# 古典文獻研究輯刊

十五編

曾永義 主編

第4冊

論元好問對蘇軾的接受與轉化（上）

蕭豐庭 著

國家圖書館出版品預行編目資料

論元好問對蘇軾的接受與轉化（上）／蕭豐庭 著 — 初版 —
新北市：花木蘭文化出版社，2017〔民 106〕
目 4+174 面；19×26 公分
（古典文學研究輯刊 十五編；第 4 冊）
ISBN 978-986-404-896-0（精裝）
1.（元）元好問 2.（宋）蘇軾 3. 學術思想 4. 文學評論
820.8                                    106000804

ISBN-978-986-404-896-0

9 789864 048960

古典文學研究輯刊
十五編 第四冊                    ISBN：978-986-404-896-0

# 論元好問對蘇軾的接受與轉化（上）

作　　者 蕭豐庭
主　　編 曾永義
總 編 輯 杜潔祥
副總編輯 楊嘉樂
編　　輯 許郁翎、王筑　美術編輯 陳逸婷
出　　版 花木蘭文化出版社
社　　長 高小娟
聯絡地址 235 新北市中和區中安街七二號十三樓
　　　　 電話：02-2923-1455／傳眞：02-2923-1452
網　　址 http://www.huamulan.tw 信箱 hml 810518@gmail.com
印　　刷 普羅文化出版廣告事業
初　　版 2017 年 3 月
全書字數 323793 字
定　　價 十五編 18 冊（精裝）新台幣 32,000 元

# 論元好問對蘇軾的接受與轉化（上）

蕭豐庭　著

## 作者簡介

蕭豐庭，民國八十九年就讀成功大學中文系，深受王偉勇老師指導的蘭亭詩社薰陶，在創作吟唱過程中開啟對詩詞的熱愛；民國九十三年入台南大學碩士班，受指導教授王琅老師期許，將詞學視野拓展到金元以後的朝代，自此與元好問結下了不解之緣。民國九十七年，順利考上高雄師範大學國文學系博士班，恩師蘇珊玉老師的指導使其大開眼界，在蘇軾、元好問身上尋找美學存在的永恆意義，在宋金元文學史上發掘文學脈絡的繼往開來。現今任教於長榮女中專任教師，秉持為天地立心，為生民立命，為往聖繼絕學，為萬世開太平的理念。

## 提　　要

　　金代的元好問與北宋的蘇軾，皆為當代經典作家，因兩人都有豐厚的創作實績，作品也一再引起不同世代的讀者、批評者，欣賞傳播與詮解評騭。元好問在文學史上具有傳承蘇軾美學的鮮明特點，早已在金元文人的詩話詞評中標誌而出；甚至明清以來更是評論元好問接受蘇學的高峰時期。然而此一明顯的接受影響現象，時至今日仍未有學者論述元好問接受蘇軾詩、詞、文的深度與反思。

　　本論文旨在探究元好問坦白面對深受蘇軾這位經典大家影響時，展現出文人的自信與實際的自成一派，樹立元好問兼具創作與批評的特色。本論文透過接受影響的研究視野，以文獻分析、知人論世、平行比對、分析借鑒的多元方式，深入闡釋元好問接受蘇學的現象。本論文共分六章，內容簡述如下：

　　第一章「緒論」，敘述問題意識、文獻述評，闡釋研究向度、範圍與限制，以及研究的方式，所欲達到的研究目的。

　　第二章「元好問接受蘇軾文學觀的因緣」，從金元君主朝臣、學者文士接受蘇軾人格美與文藝美的氛圍下，以及元好問恰巧與蘇軾有相似的生命遭遇，相似的生活涵養。在這外緣內因的因素下，實為元好問接受蘇軾美學的立足點。

　　第三章「元好問、蘇軾文藝觀點的同與異」，兩人都對自身創作有一套完整理論，相同點在於兩人重視學識積累，並透過實際創作，將才識學問與藝術表能力純熟運用，才能從古人法度中自成一家。元好問不同於蘇軾，是對欣賞者有閱讀素養的要求、詩詞一理的實踐、對碑誌銘詩的內容擴充，以及反對金元文人次韻唱和而刻意逞奇鬥巧。

　　第四章「元好問詩、詞、文對蘇軾作品的取資與鎔裁」，全方面交叉比對元好問、蘇軾作品，一方面論證元好問接受蘇軾的深廣度；另一方面客觀呈現元好問受前人影響中，呈現百態變化的藝術風貌。

　　第五章「元好問接受蘇學的因革與開拓」，元好問與蘇軾皆有通變精神，從二人面對陶詩的審美接受，與個別不同的再創作，足證元好問企圖另闢蹊徑。

目 次

## 表 次

# 第一章 緒 論

撼樹蚍蜉自覺狂，書生技癢愛論量。
老來留得詩千首，卻被何人校短長？

——〈論詩絕句〉三十首

從元明清以來，元好問的詩文集結、刊印、傳播到接受，成為金代文學的亮點。時至今日，前輩學者在元好問的生平創作、詩詞理論等研究也多有創獲，且大陸、臺灣在 1990 年先後皆有紀念元好問八百年的學術研討會，學界對元好問的研究實屬熱絡。元好問創作在不同時代的讀者或詩評家閱讀接受中，無論在創作根源、詩味內涵、風格特質等審美歷程，存在著多元的闡釋，而透過比對前人精闢見解，仍可發掘饒富趣味的學術議題。

一位經典作家，除了自身創作的實質成績外，作品能引起不同世代的讀者一再閱讀的欲望，自然吸引歷來文學批評者不斷的關注，而元好問正是能在同時代作家群中，脫穎而出成為大家風範，不斷被後人傳播、欣賞、詮釋、評論的經典作家之一。過往學者對元好問生命的重要歷程、蛻變軌跡，作品的情感層面、創作基調，在不斷的閱讀與辯思之中，已有鮮明的輪廓。

本文理解前人對元好問的研究成果，若從文學——社會角度來看，元好問身處金末元初時局的震盪，國破囚居而後攜家隱居，感慨亂亡、抒發離情，時而隱晦曲折、時而蒼涼揮灑，作品帶著個人激情的個性與時代的投射；又從文學——文化來思索，元好問為鮮卑拓跋氏後裔，生活在女真、蒙古相繼政權之下，但以儒學為本，道釋兩家兼容並蓄，不辨華夷，著眼中華文化，存在仁人志士以民為貴的價值觀，也有北方率真任情之風。

然經典形象在歷史辯證、美學思索中，必然存在部分的定論與未盡完善的探究，正如鮑列夫言：

　　偉大的形象總是多側面的，它有著無窮的涵義，這些涵義只有在若
　　干世紀中才能逐漸揭開。每個時代都在經典形象中發現新的側面和
　　特點，並賦予它自己的解釋。〔註1〕

過去對元好問的研究，泰半集中於創作主體與作品，在主體認知探究裡，全
面揭示元好問的創作歷程，探討其生命成長，評論藝術成就與文學史上的地
位；而在作品研究思維中，對作品的結構形式與要素，有著相似性的歸類或
相異性的辯證，就作品的思想感情為歸納主題，或就作品的色彩與技巧演繹
出風格鑑賞。論者開始審視過往的學者專家的研究心得，理出不同蹊徑所探
求的研究成果。

## 第一節　問題意識

　　從金元文獻留存來看，第一次全面評價元好問創作的是郝經（字伯常，
西元 1223 年～1275 年）〔註2〕在元憲宗七年（西元 1257 年）所寫的〈遺山先
生墓銘〉：

　　詩自三百篇以來，極于李、杜。其後纖靡濃豔，……而至蘇、黃，
　　振起衰踣，益為瑰奇，復于李、杜氏。金源有國，……委墜廢絕百
　　有餘年，而先生出焉，當德陵之末，獨以詩鳴。上薄風雅，中規李、
　　杜，粹然一出於正，直配蘇、黃氏。……以五言雅為正，出奇於長
　　句、雜言，至千五百餘篇。為古樂府，不用古題，特出新意，以寫
　　怨思者，又百篇餘。用今題為樂府，揄揚新聲者又數十百篇，皆近
　　古所未有也。〔註3〕

郝經著眼整個詩歌發展史，點出元好問詩作所學習的對象以及達到的境界。
郝經的祖父郝天挺是元好問的老師，又郝經與元好問二人交遊甚密、和詩交
流，在此淵源下，這些論點或有舉足輕重的價值，也對後世的評點有很大影
響。而後中統三年（西元 1262 年）嚴忠傑所刊的《元遺山全集》為最早的本

────────────

〔註1〕見（俄）鮑列夫著，喬修業、常謝楓譯，《美學》（北京：中國文聯出版公司，
　　　　1986 年 2 月第 1 版），頁 237。
〔註2〕《元史》記載「郝經字伯常，其先潞州人，徙澤州之陵川，家世業儒。」見
　　　　（明）宋濂等撰、楊家駱主編，《新校本元史並附編二種（6）》卷一百五十七
　　　　〈列傳第四十四・郝經〉（臺北：鼎文書局，1995 年 4 月六版），頁 3698。
〔註3〕見姚奠中編、李正民增訂，《元好問全集（增訂本）下》（太原：山西古籍出
　　　　版社，2004 年 1 月第 1 版），頁 1262。

子，有李治、徐世隆二序，杜人傑、王鶚二跋，這些人皆爲元好問好友或文壇名家，相知甚深，評論得當，如：

> 作爲詩文，皆有法度可觀，文體粹然爲之一變。大較遺山詩祖李、杜，律切精深，而有豪放邁往之氣；文宗韓、歐，正大明達，而無奇纖晦澀之語；樂府則清新頓挫，閒宛瀏亮，體制最備。又能用俗爲雅，變故作新，得前輩不傳之妙，東坡、稼軒而下不論也。
>
> （徐世隆序）〔註4〕
>
> 辛敬之先生嘗爲余言：「吾讀元子詩，正如佛說法云：『吾言如蜜，中邊皆甜。』雖倡優、駔儈、牛童、馬走聞之，莫不以爲此皆吾心上言也若夫文之所以爲文，亦安用艱辛奇澀爲哉？敢以東坡之後，請元子繼，其可乎？不識今之作者，以爲如何？」（杜仁傑跋）
>
> 〔註5〕

擷取序文的部分文字，足見徐世隆從元好問的詩歌宗法對象來談，並循詩體、格律、語言等道出獨樹一幟的風格，而杜仁傑與辛敬之談話則以禪喻元好問詩。這些曾與元好問來往的詩友，從郝經的「直配蘇、黃氏」、徐世隆的「東坡、稼軒而下不論」、或辛敬之告訴杜仁傑「敢以東坡之後，請元子繼」等觀點，無獨有偶的標誌出元好問對蘇軾承繼關係，也深深影響到後來詩評家、詞評家。如清代趙翼在《甌北詩話》將元好問與蘇軾、陸游並列論述，翁方綱的《石洲詩話》提到金元時「蘇學行於北」，元好問爲集大成者，而況周頤《蕙風詞話》甚至道出遺山爲「金之坡公」。〔註6〕

---

〔註4〕 見姚奠中編、李正民增訂，《元好問全集（增訂本）下》，頁 1252。

〔註5〕 見姚奠中編、李正民增訂，《元好問全集（增訂本）下》，頁 1253。

〔註6〕 見清代趙翼《甌北詩話》卷八：「元遺山才不甚大，書卷亦不甚多，較之蘇、陸，自有大小之別。然正惟才不大、書不多，而專以精思銳筆，清煉而出，故其廉悍沉摯處，較勝於蘇、陸。……」翁方綱《石洲詩話》卷五：「當日程學盛於南，蘇學盛於北。蔡松年、趙秉文之屬皆蘇氏支裔。元遺山起黨、趙之後始不盡爲蘇氏餘波，開啓百年後文士之脈。……」況周頤《蕙風詞話》卷三：「遺山之詞，亦渾雅，亦博大。有骨幹，有氣象。以比坡公，得其厚矣，而雄不逮焉者。豪而後能雄，遺山所處不能豪，尤不忍豪。……知人論世，以謂遺山即金之坡公，何遽有愧色耶。」見（清）趙翼撰，《甌北詩話》（臺北：廣文書局有限公司 1991 年 3 月再版）、（清）翁方綱著，《石洲詩話》（臺北：廣文書局有限公司 1980 年 9 月初版），頁 201、（清）況周頤著、王幼安校訂，《蕙風詞話》（北京：人民文學出版社 2008 年 4 月第 1 版），頁 65～66。

　　時至近代，在藏諸名山、一家之言中，研究者字字珠璣、擲地有聲的論述裡，仍可讀出元好問在詩詞文中不離蘇軾影響的觀點，如多次在《管錐編》舉元好問詩句爲例的錢鍾書〔註7〕，其《談藝錄》對元好問詩歌多有讚美，專評元好問詩也有三則，並指出「《遺山集》中於東坡頗推崇」〔註8〕、黃兆漢在《金元詞史》著眼於整個金元詞的發展，道出金末六大詞人中的元好問特出之處：「遺山生平最仰慕東坡、稼軒。……他之所以仰慕東坡、稼軒是因爲欲要追上他們非盡一番努力不可。」〔註9〕、專文專論元好問的鍾屏蘭在《元好問評傳》第五章論述元好問在文學上的成就時指出：「在蘇學北行的金源，遺山主要的代表作品，還是直接受到東坡的影響。」〔註10〕、周惠泉在《金代文學研究》探究金代文學概觀也提到「元好問的詞作頗受重視，論者以爲足以上繼蘇軾、辛棄疾。……其文法具體備，格老氣蒼，從唐、宋古文運動的發展來看，足堪接歐、蘇正軌」〔註11〕、趙永源《遺山詞研究》更是總結：「就遺山詞的繼承和融通來說，他的詞直承蘇、辛，有雄奇豪放的一面，……元好問憑借著他大倡蘇、辛的詞論和融化蘇、辛的詞篇，而成爲影響有元一代詞的發展走向的領袖詞人」〔註12〕前輩學者或從金元文學概觀而論元好問的文學地位，或是畢生研究元好問作品的心得結晶，都不謀而合、殊途同歸的指向元好問對蘇軾的繼承與融會。

　　另值得一提是林明德在《紀念元好問八百年誕辰學術研討會論集》中發表的〈元好問與蘇軾〉，從「理論的追蹤」與「詩歌的驗證」兩處直證元好問確實受到蘇軾影響，化用蘇軾詩九十多首，當時礙於篇幅僅舉二十多首爲例

---

〔註7〕　錢鍾書在《管錐編》引元好問詩句爲例證，約有二十多處，或解毛詩正義、楚辭、太平廣記、史記、後漢文等句中涵義或故事舉證，見錢鍾書，《管錐編（1～4冊）》（北京：生活・讀書・新知三聯書店，2010年10月4刷），頁237、240、250、579、714、893、987、990、996、1018、1245、1520、1525、1780、1788、1990、2157、2286、2346。

〔註8〕　見錢鍾書著，《談藝錄》（臺北：書林出版股份有限公司1988年11月出版），頁153。

〔註9〕　見黃兆漢，《金元詞史》（臺北：臺灣學生書局，1992年12月初版），頁120～121。

〔註10〕見鍾屏蘭，《元好問評傳》（臺北：文津出版社有限公司，1999年11月初版），頁230～231。

〔註11〕見周惠泉，《金代文學研究》（臺北：文津出版社有限公司，2000年4月初版），頁76～77。

〔註12〕見趙永源，《遺山詞研究》（上海：上海古籍出版社，2007年12月第1版），頁313～319。

而已，對於元好問的詞與文等各體文學套用蘇軾作品，林明德也說有待來日。〔註 13〕因此，時至今日暫時沒有博論論述元好問接受蘇軾詩、詞、文的深度與反思，遂引發論者的探索；再者，文學的發展本是各代文人在前人影響中前進並追尋突破，任何一位評論者也是在眾多前輩學者的研究基礎上尋找新亮點。在元好問坦白面對深受蘇軾這位經典大家影響時，如何展現文人的自信與實際的自成一派，在析論成果的優點缺失過程中，樹立元好問兼具創作與批評的特色。

## 第二節　文獻述評

　　元好問（西元 1190～1257 年）為金元之際重要文學作家，在詩、詞皆有豐碩成績，粲然可觀，還包括古文、散曲、筆記小說《續夷堅志》等創作；此外也是文學評論者和歷史家，從《論詩三十首》與《壬辰雜編》、《中州集》等編撰足以證之。他在晚年曾對弟子說：「某身死之日，不願有碑誌也。墓頭樹三尺石，書曰『詩人元遺山之墓』足矣」〔註 14〕，誠見對自身寫作的高度自信，實也因著述甚豐、成績斐然，故金元以來，文人早有不少正面評價。

　　時至近代，學者主要針對元好問創作活動為研究核心，考察金元以來對他的評價，廣泛涉及作品本事考證、版本源流，以及作者的文化涵養、人生境遇，作品的審美鑑賞、文藝批評，甚至是著述的史學貢獻與價值。在 1990 年前後舉辦紀念元好問 800 誕辰學術研討會，研究的面向開始集中於生平思想、詩學理論與詩歌研究，在遺山的詞與散文方面還尚待努力。〔註 15〕而至 2014 年回顧兩岸期刊論文、碩博士論文對元好問的各類作品都有研究成果，期刊論文已在部分特定的主題有深化探討，碩士論文的範圍大半聚焦於單一文類的論述，對元好問詩、詞與筆記小說《續夷堅志》、詩史合編《中州集》等方面皆有成績。而博論研究視角多有轉換，不再以作者、作品的個體性為主，將元好問放在中國文學發展上，從多主題、多面向去考察接受與創新。至於專書的研究在七十年代收穫頗豐，陸續從元好問的

---

〔註 13〕見紀念元好問八百年誕辰學術研討會籌備會編，《紀念元好問八百年誕辰學術研討會論集》（臺北：文史哲出版社，1991 年 12 月出版），頁 431～452。
〔註 14〕見姚奠中主編、李正民增訂，《元好問全集（增訂本）下》，頁 1335。
〔註 15〕見狄寶心，〈20 世紀以來的元好問研究〉，《中國古代、近代文學研究》第 6 期（2005 年），頁 167～173。

人格行誼、歷史公案、思想學術、文藝作品等方面評述，視野廣闊、搜羅豐富，堪稱精博。從學術文獻的整理觀察可得知近年來兩岸對元好問研究的側重點已不大相同。

## 一、期刊論文

　　兩岸的期刊論文至 2014 年來，主要還是集中在三大類，第一大類為〈論詩絕句〉整體或單首詩意的詮釋與評斷，許多研究學者在此一議題精研深厚，例如何三本〈元好問論詩絕句三十首箋證〉、李建崑〈元好問及其《論詩三十首》〉、楊松年〈元好問《論詩三十首》詩觀論析〉、曹千里〈元好問《論詩三十首》疏鑿〉、周益忠〈出門一笑大江橫──元好問論詩三十首的文學解讀：以羅曼・英加登的理論為中心的探討〉、張靜〈元好問論詩絕句闡釋熱點舉隅──以女郎詩、詩囚、心畫心聲為例〉等。〔註 16〕這當中何三本、李建崑的研究方法皆為析釋〈絕句三十首〉每一詩句，一一探詢整理元好問詩評觀點，深厚的學術見解實有助後人；但兩篇皆以〈絕句三十首〉的第一首作為整體論詩的基礎，評斷元好問對金元以前詩歌存在「正體」、「偽體」的優劣分判，理出〈絕句三十首〉的劃分意義；同樣的，楊松年也依如此邏輯企圖解決元好問面對東坡詩的「新」，周益忠以羅曼・英加登的多層次理論解析〈絕句三十首〉，實則得出結論也是元好問再現曹劉、陶謝、李杜等詩歌正體的讚許。而曹千里認為元好問論詩主要針對宋詞而發，主真誠、高雅、慷慨、自然等創作特質，受蘇軾影響且對蘇軾有褒有貶，張靜則彙整分析歷代針對〈論詩絕句〉中「女郎詩」、「詩囚」、「心畫心聲」的述評。

　　〈論詩絕句三十首〉值得繼續辯證的觀點在於，元好問整理歷代詩人、詩歌作品提出個人觀點，是一種自我反思與期許，倘若停留在「正體」、「偽

---

〔註16〕見何三本，〈元好問論詩絕句三十首箋證〉，《中華文化復興月刊》第 7 卷第 3 期、第 4 期（1974），頁 21～30、41～52。李建崑，〈元好問及其《論詩三十首》〉，《文史學報》第 23 期（1993），頁 43～61、楊松年，〈元好問《論詩三十首》詩觀論析〉，《佛光人文社會學刊》第 2 期（2002），頁 77～102、曹千里，〈元好問《論詩三十首》疏鑿〉，《金陵科技學院學報（社會科學版）》第 24 卷第 2 期（2010），頁 32～35、周益忠，〈出門一笑大江橫──元好問論詩三十首的文學解讀：以羅曼・英加登的理論為中心的探討〉，《彰化師大國文學誌》第 21 期（2010），頁 1～41、張靜，〈元好問論詩絕句闡釋熱點舉隅──以女郎詩、詩囚、心畫心聲為例〉，《閩江學刊》第 5 期（2012），頁 137～142。

體」的優劣分判，就失去他提出「學至於無學」的終極意義，甚至就元好問接受蘇軾的情形來看，主觀的分辨蘇軾詩詞的優劣，如此蘇軾作品該歸正偽哪一邊，「正體」、「偽體」的框架削弱了元好問省思歷代詩歌的意義，何況從現存文獻來看遺山未曾正式提出「正偽」的確切論點；再者，學者已多從元好問其他著作來佐證〈論詩絕句〉中的觀點，更意味追本溯源才是釐清〈論詩絕句〉的意涵。

　　第二大類著重在遺山詩詞情感探討核心價值，或關注到遺山散文或筆記小說，例如：祝劍韜〈元遺山散文之探討〉、王煜〈惻隱、自由與慈悲：元好問哲思探幽〉、鍾屏蘭《《續夷堅志》探析》、李德偉〈記憶編織與國家印記：《遺山樂府》之身世書寫〉、狄寶心〈元好問的成就與地位〉、于東欣〈元好問的文化立場及詞學思想〉等。〔註 17〕祝劍韜將元好問的散文歸納並作簡略的評述；而王煜便是從作品中心論去歸結出元好問展現的儒釋道思想，對本身生命的薰陶與轉變；鍾屏蘭分析《續夷堅志》的內容，認定此書包含史學與文學的雙重意義，至於李德偉以遺山詞作歸納四種視角，不外乎生命體驗或家國書寫。狄寶心從文學、詩論與史學、文壇領袖等綜合肯定遺山地位；于東新以華夏文化的自覺守護者與開放圓通的詞學思想簡單論證超越前人的詞史地位。

　　如此以作者或作品中心論，各循一類作品的切入，便能發現元好問的創作特點在不同文類殊途同歸，真誠、古雅、自然、味外之味、史學意識等特質皆存在於遺山的詩詞文，這些都是過往學者一再論述，如今要深入認知遺山在文學史上的自出機杼，已不能單單從作者思想與作品情感、藝術特質得到更多的新價值，必須了解元好問從歷代觀點總結而出獨樹一幟文藝思維，是累積與反思的成果。

　　第三大類是今人開始嘗試的，站在接受史或影響論的角度來分析元好問的文藝思想的淵源，臺灣有關這類的期刊論文稀少，現今僅見有徐國能〈元

---

〔註 17〕見祝劍韜，〈元遺山散文之探討〉，《新埔學報》第 9 期（1984），頁 1～49、王煜，〈惻隱、自由與慈悲：元好問哲思探幽〉，《哲學與文化》第 19 卷第 8 期（1992），頁 716～736、鍾屏蘭，《《續夷堅志》探析》，《屏東師院學報》第 11 期（1998），頁 213～232、李德偉，〈記憶編織與國家印記：《遺山樂府》之身世書寫〉，《東海中文學報》（2010），頁 53～76、狄寶心，〈元好問的成就與地位〉，《忻州師範學院學報》第 29 卷第 1 期（2013），頁 1～3、于東欣，〈元好問的文化立場及詞學思想〉，《社會科學輯刊》第 3 期（2014），頁 182～188。

好問杜詩學探析〉〔註18〕一文，本篇著墨在於元好問如何從宋金杜詩學中有
一席地位，主要從元好問的〈杜詩學引〉了解元好問對宋代注杜詩的不滿，
與〈論詩絕句三十首〉中「少陵自有連城璧」思索元好問理解杜詩的內在意
涵，杜甫作品提供元好問創作的句法詩意的借鑑、詩史意識的發揮；然而全
文概略說明元好問反對當時注杜風氣，對「元好問如何注杜」隨著《杜詩學》
的亡佚，是不可能再有更確切的證據。又論及元好問在體會、模仿杜甫詩作
或詩觀時，擁有自覺的反省與創造，在構句、造意、章法、詩體等礙於篇幅
無完整的論述，「學至於無學」是否可能是單單對杜詩創作的一個總結、概括
性的說法，都是很值得商榷的。

　　大陸方面已有較多篇幅從元好問接受陶淵明、杜甫、白居易、蘇軾等文
人的創作特質或文藝觀點，如：降大任〈遺山詩對李杜蘇黃繼承之例析〉、陸
巖軍〈乞靈白少傅　佳句倘能新──試論元好問對白居易的接受〉、赫蘭國〈元
好問的杜詩學〉、劉揚忠〈元好問對辛棄疾其人其詞的接受和學習〉、李世忠
〈元好問對蘇軾詞的接受〉、趙永源〈遺山詞融化唐詩發微〉、趙永源〈再論
杜甫詩歌對遺山詞風的影響〉、孫曉星〈元好問對蘇軾詩歌的繼承與發展〉等。
〔註19〕降大任是較早開始觀注元好問在作品落實承先啟後的創作方式，僅舉
四首詩歌點出效法李杜蘇黃的部分；陸巖軍指出元好問推崇白居易的曠達自
適與關懷社會的詩歌，而劉揚忠認為基於學蘇的南北詞人，元好問多少受到
辛棄疾陽剛之氣與英雄之志的影響；至於趙永源是跨文體的論證遺山詞借鑑
唐詩或杜甫詩，有著深婉真摯的風格。李世宗是舉證蘇元使用的詞語頻率相
近，以及元好問化用蘇軾詞韻、語典，來闡述對效法蘇軾的情況；孫曉星略

---

〔註18〕　見徐國能，〈元好問杜詩學探析〉，《清華中文學報》第 7 期（2012），頁 189
　　　　　〜234。

〔註19〕　見降大任，〈遺山詩對李杜蘇黃繼承之例析〉，《名作欣賞》第 5 期（1986），
　　　　　頁 32〜36、陸巖軍，〈乞靈白少傅　佳句倘能新──試論元好問對白居易的接
　　　　　受〉，《重慶郵電大學學報（社會科學版）》第 19 卷第 3 期（2007），頁 104〜
　　　　　108、赫蘭國，〈元好問的杜詩學〉，《重慶郵電大學學報（社會科學版）》第 19
　　　　　卷第 3 期（2007），頁 104〜108、趙永源，〈再論杜甫詩歌對遺山詞風的影響〉，
　　　　　《江蘇大學學報（社會科學版）》第 11 卷第 2 期（2009），頁 32〜36、劉揚忠，
　　　　　〈元好問對辛棄疾其人其詞的接受和學習〉，《忻州師範學院學報》第 28 卷第
　　　　　3 期（2012），頁 1〜5、李世忠，〈元好問對蘇軾詞的接受〉，《貴州文史叢刊》
　　　　　第 2 期（2013），頁 93〜98、趙永源，〈遺山詞融化唐詩發微〉，《南京師範大
　　　　　學文學院學報》第 3 期（2013），頁 34〜38、孫曉星，〈元好問對蘇軾詩歌的
　　　　　繼承與發展〉，《樂山師範學院學報》第 29 卷第 6 期（2014），頁 5〜10。

舉元好問繼承蘇軾詩意或化用蘇詩，此外也提到元好問對正體的要求是限制本身詩歌情感內容的傳達，故遜色於蘇軾。

　　以上這些篇章以接受或影響論的角度簡略分析元好問的承繼與開創，礙於篇幅無法全面詳述，站在接受史的觀點來看，元好問何以接受這些文人的文藝觀點或創作技巧，這些篇章都無深刻的論述接受者與被接受者之間的必然連結，再者，元好問受這些文人的影響定然存在孰輕孰重的份量，值得本文繼續探討。

## 二、碩士論文

　　碩論篇章已從各方面都有較為深入的鑽研，仍以詩詞為主要研究範圍，共分四大類：第一大類過往立足於元好問整體詩作，探討其作品創作規律與歷史意涵的，有吳美玉《元遺山詩研究》、陳石慶《元遺山詩學研究》、陳志光《元遺山詩析論》、王會婷《元好問詩對北宋詩學的繼承與發展》等。〔註20〕吳美玉和陳志光都從元好問詩歌的情感本源、創作風格，各自歸結出美學見解，相當值得借鏡，吳美玉將元好問好詩分為四大類，並指出遺山詩的形式，善用典故及前人詩句，也常有慣用語的出現，並歸納出一百二十六組詩句複出；而陳志光概分遺山詩為十一類，認為元好問在寫作過程，襲用杜甫與蘇軾詩句占了相當大的比例，又摘錄遺山詩之複句，凡「複聯」十一組，「語意悉同」七十六組，「語意雷同」一百四十七組，詩句約八百句，歸結遺山詩模仿的痕跡甚為明顯，認為詩句重複出現越多算是一種自我模仿程度高，顯示獨創能力低。而陳石慶從元好問論詩主張對照歷家詩體詩派的特色，得證出他熟知歷代各家詩體，評論有脈絡貫注，析論透闢；王會婷主要從金元詩壇對北宋文化的承繼氛圍，析論元好問從東坡與山谷中得出精髓，呈現出以誠為本、自然質樸的特色，對金末元初的詩壇產生很大影響，其中更提出元好問詩學觀點的偏頗，有貴古賤今和強調詩歌外在社會政治作用，以儒學教化來限制詩歌內容之真。

---

〔註20〕見吳美玉的《元遺山詩研究》，臺灣大學中國文學系研究所碩士論文（1973）、
　　　　陳石慶的《元遺山詩學研究》，輔仁大學中國文學研究所碩士論文（1977）、
　　　　陳志光的《元遺山詩析論》，臺灣師範大學中國文學研究所碩士論文（1988）、
　　　　王會婷的《元好問詩對北宋詩學的繼承與發展》，南京師範大學碩士學位論文
　　　　（2010）。

　　第二大類概括元好問所有詞作，評析詞作觀點並歸結闡述內容風格、藝術特質的碩論，有鍾屏蘭《遺山樂府析論》、黃春梅《遺山樂府與宋詞關係》共兩篇。〔註 21〕鍾屏蘭在文中特重元好問詞作的獨立性與作品美學價值，並從歷代詞評家的評議，重新定位遺山詞史地位的價值。黃春梅則提出遺山詞隱含著宋詞審美抒情範式，從接受傳播的角度探討遺山詞對兩宋詞的繼承與發揚，礙於篇幅較為短小未能詳盡，仍提供後世研究的啓發。

　　第三大類不少針對元好問詩學或詞學單一主題來闡述，從不同角度掌握特點、深入核心，有聚焦於元好問《論詩絕句三十首》，如何三本《元好問論詩絕句三十首箋證》、郭學敏《元好問〈論詩絕句三十首〉異解輯辯》。〔註 22〕何三本從文學背景了解魏晉以文評詩而至唐杜甫以詩論詩，開啓後世詩評之濫觴，元好問承此仿效而作〈論詩絕句三十首〉，何三本便針對這三十首旁徵博引、考核背景、箋證注釋；而郭學敏圍繞元好問〈論詩絕句三十首〉對蘇軾、潘岳、秦觀、黃庭堅的評價而展開的爭論，採收眾說並提出己見。也有從語音學角度，透過對元好問詩詞用韻的整理，了解中原音韻的變化以及入聲韻的分合，如楊台福《金源詩人元好問（元遺山詩集）用韻考》、任育萱《元好問詩詞用韻之研究》。〔註 23〕這些篇章針對詩詞的韻部整理，也提供後世學者思考慣用的韻部是否影響到情感表達的走向，對於了解詩詞中聲情實有極大幫助。較多的是探討元好問詩詞重複出現顯著的意象或因特殊境遇產生不同時期風格特色的碩論，透過主題化的思索，對照著元好問生命情境，了解創作當中慣用表現的形式或題材，投射出個人特質的意境與感染力，有薛麗萍《元好問別離詩研究》、呂素珠《元好問杏花詩研究》、張紅雲《元好問山水詩研究》、楊詔閑《元好問亡國後詞作研究》、陳巍《元好問歸隱時期詞作研究》、華東方《遺山詞研究三題》。〔註 24〕

〔註21〕見鍾屏蘭的《遺山樂府析論》，高雄師範大學中國文學研究所碩士論文（1991）、黃春梅的《遺山樂府與宋詞關係》，暨南大學碩士學位論文（2008）。

〔註22〕見何三本的《元好問論詩絕句三十首箋證》，輔仁大學中國文學系研究所碩士論文（1969）、郭學敏，《元好問〈論詩絕句三十首〉異解輯辯》，東北師範大學碩士論文（2008）。

〔註23〕見楊台福，《金源詩人元好問（元遺山詩集）用韻考》，彰化師範大學國文學系在職進修專班碩士論文（2002）、任育萱《元好問詩詞用韻之研究》，彰化師範大學國文學系碩士論文（2009）。

〔註24〕見薛麗萍，《元好問別離詩研究》，臺北市立師範學院應用語言文學研究所碩士論文 2003）、楊詔閑，《元好問亡國後詞作研究》，高雄師範大學國文學系碩

　　第四大類屬於相較於詩詞作品的研究，元好問的散文小說、史學作品目前研究成果便沒有如此豐碩，關於散文研究的碩論僅有喬芳《元好問碑誌文研究》〔註25〕，元好問一生寫過的碑銘表志碣類碑誌文共九十九篇，約佔全部散文的五分之二，他從事、言、形、情品題人物，以多元角度記述事件，無論名卿將相、節婦孝女、良吏名士、道士僧侶，都栩栩如生，具有極高的認識價值和審美價。至於元好問志怪筆記小說目前也只有一篇碩論為廖羿鈞《元好問《續夷堅志》研究》〔註26〕，《續夷堅志》被是為承繼洪邁《夷堅志》，廖羿鈞認為當中故事素材來源多出於自身收集的鄉野奇聞，並細分十一大類，反映了以小說存史，金代社會觀，也隱含儒釋道三教融合，在金末元初動亂中，尋求宗教的安定人心。也因元好問除了詩人身分，又有強烈的使命保存在動盪中的歷史，透過詩詞、筆記小說或散文，甚至自編宋金詩詞文人總集《中州集》，因此不少學者站在歷史貢獻上來評析價值，如呂珏音《史筆摧殘的文學場域──元好問《中州集》詩史辯證之研究》、馬詩凱《元好問研究三題》、李瑞《元好問在歷史文獻學上的成就》〔註27〕，呂珏音先從《中州集》被後世接受的角度，了解過往評論者並未對《中州集》懷有高度期待，可能是元好問在編選《中州集》所存留的文人傳記、詩詞所懷抱延續金朝歷史的用意，在詩與史的對話上，選擇並非如過往詩評、詩品、詩話般評論的典範；甚至，元好問編選中州集的文學意識與〈論詩絕句三十首〉、《續夷堅志》是存在不同面向的，值得細究比對。至於馬詩凱針對元好問的事蹟考證、史學貢獻、在金末元初的政治抉擇三方面進行補充研究，因為這些議題在前人研究已獲得不少定見，他只是再作探討，以求全面。而李瑞著重在元好問保存文獻史料以及在文獻學領域方面的成就和地位，因為《中州集》的人物小傳和《遺山集》中的碑銘直接影響到金史的編纂。

　　士論文（2008）、陳巍，《元好問歸隱時期詞作研究》，延邊大學人文學院碩士論文（2008）、華東方，《遺山詞研究三題》，廣西師範學院碩士學位論文（2010）、呂素珠，《元好問杏花詩研究》，玄奘大學中國語文學系碩士在職專班碩士論文（2010）、張紅雲，《元好問山水詩研究》，安徽大學碩士論文（2010）。
〔註25〕見喬芳，《元好問碑志文研究》，揚州大學碩士論文（2007）。
〔註26〕見廖羿鈞，《元好問《續夷堅志》研究》，雲林科技大學漢學資料整理研究所碩士論文（2011）。
〔註27〕見呂珏音，《史筆摧殘的文學場域──元好問《中州集》詩史辯證之研究》，暨南國際大學中國語文學系碩士論文（2006）、馬詩凱，《元好問研究三題》，中央民族大學歷史系碩士論文（2007）、李瑞，《元好問在歷史文獻學上的成就》，安徽大學碩士論文（2011）。

　　從碩論來看，元好問詩詞作品仍為後人津津樂道，綜觀目前研究成果，大致得出幾個結論，第一，元好問詩詞與生命歷程相為呼應，作品中對生命的刻劃與社會的觀察，是真誠流露；第二，他的作品都是處在完整的創作觀下產生，彙整前代文人大家與當代文壇風流，也有自我風格的確立；第三，各類文體皆有涉獵，自身著作豐富又亟於保存他人作品，身兼著詩人與史學家的使命感。可惜的是，面對元好問作品在許多議題的探討，始終存在著用典、模仿或承襲著前人的書寫範式，不可否認元好問身處於金元之際，各體文學都已發展成熟，誠然繼承前人遺風，尋求創作素材的來源，卻也必須了解他面對過往大家風範的省思，甚至存在一家風骨的獨特性，況且他各種文體創作頗豐，存在詩詞文的互相融涉的美學特點，從單一方面切入頗為不足。

## 三、博士論文

　　至於博士論文以元好問為研究課題，兩岸目前也僅有五篇而已，在臺灣方面是鍾屏蘭《元好問及其學術研究》〔註 28〕，採用文史互證，全面深入探究詩詞散文、文學批評、史學著述，了解元好問在人品與著作有高度和諧美，在文評與文獻有不凡歷史性，此論文目前在臺灣是唯一針對元好問專家性研究，質與量上皆有足觀之處，值得細讀思索。至於大陸方面已有四本博論，一是趙永源《遺山詞研究》相當用心整理〈遺山樂府〉的版本考察，以及作品的繫聯與校注，後來趙永源因此出版校注遺山詞專書，更值得一提在附錄還整理遺山詞與杜甫詩的比對整理〔註 29〕；二是顏慶餘《北宋之後：元好問與中國詩歌傳統》從多個主題深入觀察，包括題畫詩、山水詩、詠史詩、七律、五古和樂府，了解元好問在傳承之餘有個性的展現，重新認識宋代之後的詩學發展並非流於文體興衰的宿命〔註30〕；三是孫達《元好問唐詩學研究》從元好問曾編《唐詩鼓吹》、《杜詩學》代表他對唐詩學的探索，透過詩學的批評與實踐，闡述元好問奠定金元時期對唐代詩風的傳承。〔註 31〕另一本為張靜《元好問詩歌的接受與傳播研究》是以接受史角度研究，從金元至明清

---

〔註28〕見鍾屏蘭，《元好問及其學術研究》，高雄師範大學國文學系博士論文（1997）。
〔註29〕見趙永源，《遺山詞研究》，南京師範大學博士論文（2006）。
〔註30〕見顏慶餘，《北宋之後：元好問與中國詩歌傳統》，復旦大學博士論文（2008）。
〔註31〕見孫達，《元好問唐詩學研究》，河南大學博士論文（2009）。

不同讀者對元好問詩歌以及論詩三十首的接受與詮釋，也了解元好問的詩歌相當受人矚目。〔註32〕

　　從上述博論來看，臺灣方面目前沒有任何一篇專從文學接受史的角度來看待元好問所有作品。至於大陸方面，顏慶餘從多方面去提點元好問與中國詩歌傳統的連結性，是多點發散的探討，得出沒有一個保持統一性的詩人形象，實在是一個難以理解的主觀斷語；至於孫達仍無法直接論證《唐詩鼓吹》定然是元好問所做，這也是學界一直懸而未解無法肯定的，因此立足點便有很大的問題；張靜則是從元好問的詩透過好友的即時傳播與歷來評論者的接受，建構出金元明清對元好問詩歌接受史的軌跡，為元好問研究提供歷史上學術上的借鑑，這是其中對單一作者與單一文類為後世接受對象的研究，值得參考也激發出研究者拓展的思維。

## 四、專書著作

　　論者耙梳剔抉，參互考尋從七十年代截至今日的學者專書，都對元好問人格與藝術美有著豐厚的探究，如在七十年代中後期，續琨的《元遺山研究》〔註33〕、李長生的《元好問研究》〔註34〕，續琨一書分「行誼篇」、「史案篇」、「學術篇」、「文藝篇」、「著述篇」在各主題上對元好問進行「知人論世」的剖析，而值得一提的是針對元好問現存與散佚的著作皆有論述，提供不同素材的佐證；至於李長生一書，偏重深入元好問詩風，從內容、形式、辭采、音律等藝術特色進行闡釋，在散文、詞曲較為概略性討論。

　　到了八十年代、九十年代，兩岸都曾出刊研究元好問的專文合集、資料彙編〔註35〕，甚至臺灣、大陸皆在 1990 年前後舉辦紀念元好問 800 誕辰學術研討會，並將研討會的研究成果各自集結成冊，給予後世研究者不同層次、方向的視野。大陸出版的《紀念元好問 800 誕辰文集》〔註36〕，仍以元好問

---

〔註32〕見張靜，《元好問詩歌的接受與傳播研究》，南京師範大學博士論文（2010）。
〔註33〕見續琨著，《元遺山研究》（臺北：臺灣中華書局，1974 年 2 月初版）。
〔註34〕見李長生著，《元好問研究》（臺北：文史哲出版社，1979 年 7 月初版）。
〔註35〕見山西古典文學會——元好問研究會編，《元好問研究文集》（山西：山西民出版社，1987 年 11 月第 1 版）。紀念元好問 800 誕辰學術研討會籌備會編，《元好問研究資料彙編》（臺北：文史哲出版社，1990 年 12 月出版）。
〔註36〕見中國元好問學會編，《紀念元好問 800 誕辰文集》（山西：山西人民出版社，1992 年 5 月初版）。

作家作品為中心，研究面向集中於生平思想、詩學理論與詩歌研究，至於詞、曲、文集研究皆相較不足；至於臺灣出版《紀念元好問八百年誕辰學術研討會論集》〔註37〕，已有較多篇章論及元好問，對前輩詩人杜甫、李白、蘇軾、黃庭堅的繼承與開拓，此論文集當中有一篇林明德所發表〈元好問與蘇軾〉，因礙於篇幅僅為泛論，卻是啟發論者思索的開端。

從九十年代末到今日，專書已對元好問的生平事蹟、人格風範有著充分正反面的辯駁，也有學者逐步拓展到對元好問散文、詞集的全面觀照。如方滿錦《元好問之名節研究》〔註38〕一書，以劉祁的《歸潛志》等資料，對元好問涉及崔立碑事件、上書耶律楚材、覲見忽必烈等事，疾言厲色指證元好問自毀名節，不免流於主觀評定；然而方滿錦在《元好問〈論詩三十首〉研究》〔註39〕頗為用心的收羅歷代各家學者對元好問〈論詩三十首〉的評點，是一部元好問〈論詩三十首〉的闡釋史研究，頗具參考份量。而李正民《元好問研究略論》〔註40〕輯錄了50年來的研究論著和有關元氏的各種資料，以及十多篇自身的研究論文，提供研究元好問的後世學者不少文獻參考；更值得一提的是他所撰述《續夷堅志評注》〔註41〕，將元好問《續夷堅志》內容分為六大類，多數篇章皆有注釋與簡評，一方面呈現元好問為文言短篇小說家的面貌，另一方面也提供研究承繼六朝、唐代，下開元明小說文獻研究的一塊拼圖。至於趙興勤的《元遺山研究》〔註42〕，從《中州樂府》、遺山詞、史實與文獻、傳播與接受等四個主題，一部分目的再補足前人見解，另一部分論述元好問何以至清代開始，學者對元好問評價紛起的原因，從傳播與接受略談元好問的史學地位。

綜觀了兩岸期刊論文、碩博士論文、專書著作，對於金元以來認定「蘇軾──元好問」之間的接受與傳承，還未出現一個具體完整的解析，元好問

〔註37〕 見紀念元好問八百年誕辰學術研會籌備會編，《紀念元好問八百年誕辰學術研討會論集》（臺北：文史哲出版社，1991年12月出版）。
〔註38〕 見方滿錦著，《元好問之名節研究》（臺北：天工書局，1997年10月出版）。
〔註39〕 見方滿錦著，《元好問〈論詩三十首〉研究》（臺北：萬卷樓圖書股份有限公司，2002年9月初版）。
〔註40〕 見李正民著，《元好問研究略論》（北京：社會科學文獻出版社，1999年8月第1版）。
〔註41〕 見李正民評注，《續夷堅志評注》（太原：山西古籍出版社，1999年12月第1版）。
〔註42〕 見趙興勤著，《元遺山研究》（臺北：文津出版社有限公司，2011年4月初版）。

對蘇軾接受的起始點，以及元好問站在金元文風與所景仰的蘇軾之間，展現在文藝觀與作品的融攝、反思與轉化，都是可以論證出元好問在時代中的歷史定位。因此，歷來文人、前輩學者對元好問的評點研究，無論是古典的詩話、詞話、文話或近代的專門著作、單篇文論，對論者而言就是豐富的接受文獻，必須透過系統的整理，在多重空間中運思，從圍繞在經典作品與經典問題的接受史中，再次發掘值得一探的研究專題。

# 第三節　研究向度

　　從歷代的闡釋、評論重新思考和分析元好問的經典形象，提供新的思考結果甚至學術見解，實爲本文的研究向度，在接受對元好問文論的歷時性評判視野，與各種文類作品的共時性閱讀，便爲本文所欲探求在蘇軾影響之下，思考元好問因襲模擬或深化超越，窺見再創造的深意。自 H‧R‧姚斯在〈文學史作爲向文學理論的挑戰〉提出不同於主張文學是社會現象的對照的馬克思主義，與文本中心論的結構主義，而闡釋以讀者爲探討中心的接受美學〔註43〕，從 20 世紀 60 年代以來，爲現代批評重要的研究範式之一。H‧R‧姚斯指出：

> 文學事件只是在那些隨之而來或對之再發生反響的情況下——假如有些讀者要再次欣賞這部過去的作品，或有些作者力圖模仿、超越或反對這部作品——才能持續地發生影響。文學的連貫性，使一種事件在當代及以後的讀者、批評家和作家的文學經驗的期待視野中得到基本的調節。……一部文學作品，即便它以嶄新面目出現，也不可能在信息眞空中以絕對新的姿態展示自身。但它卻可以通過預告、公開的或隱蔽的信號、熟悉的特點、或隱蔽的暗示，預先爲讀者提示一種特殊的接受。它喚醒以往閱讀的記憶，將讀者帶入一種特定的情感態度中，隨之開始喚起「中間與終結」的期待，於是這

---

〔註43〕 「藝術作品的歷史本質不僅在於它的再現或表現的功能，而且在於它的影響……在馬克思主義方法和形式主義方法的論爭中，……是把文學事實侷限在生產美學和再現美學的封閉圈子內。……讀者、聽者、觀者的接受因素在這兩種文學學派都沒有得到很好的重視：」見 H‧R‧姚斯、R‧C‧霍拉勃著，周寧、金元浦譯，《接受美學與接受理論》（瀋陽：遼寧人民出版社，1987 年 9 月第 1 版），頁 19～23。

種期待便在閱讀過程中根據這類文本的流派和風格的特殊規則被完
整地保持下去，或被改變、重新定向，或諷刺性地獲得實現。〔註44〕
文學事件便是 H・R・姚斯要求文學建立一種接受和影響的美學，因為任何一
部具體的文學作品在被閱讀之前，都已經或多或少預先為讀者提供審美氛
圍，並喚起我們過往的閱讀經驗、生活經歷，帶入個人的情感態度，有了對
作者與文本的期待便是一種「期待視野」，而讀者的「期待視野」會與作者的
文本產生距離，距離越小越沒有「視野的變化」，反之，距離越大便可能在閱
讀過程中不斷的改變、修正或實現這些期待視野〔註45〕，這便是作者——文
本——讀者之間的互動。

所以元好問在閱讀蘇軾作品之前，就已受金元文學審美風氣，以及宋金
元以來文人對蘇軾作品的批評而產生「期待視野」，在接受蘇軾作品之後，可
能有微小或極大的距離，使元好問認同或反對蘇軾作品和過往的評論，進而
仿擬或內化為自身的創作特色。如今，本文則站在讀者接受的角度，去面對
蘇軾文本、元好問身為間接接受者所接受蘇軾文藝觀點與作品、元好問面對
歷代對蘇軾批評的語句、元好問身為借鑑者〔註46〕模仿或超越蘇軾文本的創
作、甚至後世評斷元好問對蘇軾審美接受的評論，這樣的接受流程如下表所
示：

---

〔註44〕 見 H・R・姚斯、R・C・霍拉勃著，周寧、金元浦譯，《接受美學與接受理論》，
頁27～29。

〔註45〕 見 H・R・姚斯、R・C・霍拉勃著，周寧、金元浦譯，《接受美學與接受理論》，
頁31。

〔註46〕 這裡使用「借鑑」是見王偉勇在《宋詞與唐詩之對應研究》一文，他指出王
國維的《人間詞話》：「最工文學，非徒善創，亦且善因」所謂「善因」即是
善於借鑑前人之作品及其創作經驗，所以借鑑方式便是透過截取、增減、襲
用、代用、集句、檃栝，以及使用前人故實等綜合技巧借用他人的文本，見
王偉勇，《宋詞與唐詩之對應研究》(臺北：文史哲出版社，2003年6月初版)，
頁7～25。故本文以元好問借鑑蘇軾的文本為主，便以借鑑者來指元好問。

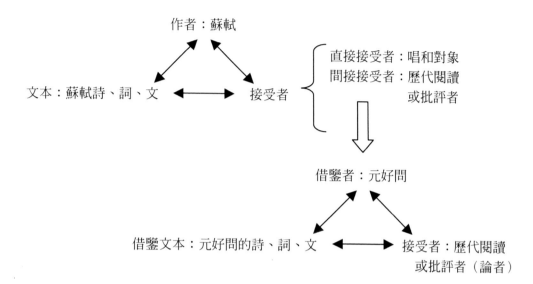

如此，作者、文本、讀者雙向互動交流過程中，本文的探求便是站在「接受者：歷代閱讀或批評者（論者）」角度擬從三個層面來說明：

第一，為何蘇軾是影響元好問最重要的對象，除了從元好問詩友的評價觀察，以及後世評論者與近代學者的研究指向外，直接從元好問對蘇軾投射的熱情，既編有《東坡詩雅》、《東坡樂府集選》，也曾至河南郟縣的蘇墳拜訪〔註47〕，甚至元好問的兒子元叔儀也深知父親遺志，在任汝州知州時，為蘇墳封樹築垣〔註48〕，都足以直接證明元好問對蘇軾生命的熱愛，既為一個讀者，也為一個間接接受者的身分。

第二，元好問為蘇軾人物形象與詩詞文作品的間接接受者，因為並非同一時代人物，兩人無法透過唱和進行直接交流，然而傳播與接受的過程並未受時空侷限有所滯礙，況且元好問不僅單純的閱讀，同時接受蘇軾文藝理論與審美規律，省察並探索藝術價值，雖然《東坡詩雅》、《東坡樂府集選》均已亡佚，但從尚存的二書序文或〈論詩絕句〉三十首中都可以片面了解元好

---

〔註47〕 見元好問〈送詩人秦略簡夫婦蘇墳別業〉，（金）元好問著、狄寶心校注，《元好問詩編年校注（第一冊）》（北京：中華書局 2011 年 1 月第 1 版），頁 397。

〔註48〕 （元）尚野〈二蘇先生墓碑記〉：「元貞改元，知州元公叔儀，遺山之子也，署事之餘，趨拜其下，徬徨不能去，曰：『先子學東坡〈移居〉詩有云：九原如可作，從公把犁鋤。其志不敢忘……忠臣烈士所當致祭修理者，莫玉局昆弟也，若今忝居長吏，其責又在我矣。』」見（明）王雄修、承天貴纂，《正德汝州志》，《天一閣藏明代方志選刊第四十六冊（66）》（上海：上海古籍書店，1963 年 7 月據明正德元年刻本影印本），頁 382～383。

問反思蘇軾文藝美學的觀點。論者在把梳前輩學者，都未有透過元好問詩、詞、文，作一個全面性的系統闡釋，如〈論詩絕句〉三十首和〈錦機引〉是元好問二十八歲時所作呈現詩文的評論〔註49〕，與在四十歲的〈東坡詩雅引〉、四十七歲的〈東坡樂府集選引〉〔註50〕等其他散見於各種文體的隻字片語，必然有一個歷時性的文藝觀點轉變，甚至在元好問不斷接受蘇軾以及其他文人的創作觀點時，也會持續反芻思辨蘇軾的文學觀與自身得出的創作觀。所以論者展現元好問文藝美學建構歷程，從元好問的詩話、詞話、文集等對創作根源、審美義意的闡釋，有系統的逐一剖析，確立元好問文藝的核心價值，並思索元好問接受蘇軾具體思路，考察從中獨特性。

第三，從縱向觀察元好問對蘇軾詩詞文理論的接受，可以發掘相應而生的獨特文藝觀；元好問同時身為創作者，閱讀蘇軾作品後不自覺地內化到記憶深處，時而眼前境遇，剛好蘇軾描寫過似曾相識，在伴隨著類似的心情後，便可能出現模仿、套用等借鑑技巧，因此將蘇軾的作品與元好問借鑑蘇軾的創作，置於同一平面作橫向觀察，必能考察出元好問受到蘇軾影響的廣度和方式。然而借鑑者並非單單模仿即被論定無價值而不可取，在話語雷同與因襲現象的理解與寬容中，後人閱讀並熟悉前人作品並未阻礙詩思，並能在繼承中發揮自己的獨創性，確立自我形象。〔註51〕所以比對蘇軾的文本與元好問借鑑蘇軾的文本，參校異同仿擬，深化經典欣賞，品味沿襲成因，除了模仿之外，元好問可能從蘇軾美學領悟而出開闊視野的文學觀點。

「蘇學北行」誠然是金元文風的主軸，元好問卻是金元之際唯一在詩詞文對蘇軾有全盤接受與辯證，不能因片面的文學史賞析，而忽略創作也是自熟悉情境而變化、從舊有語句出新意。本文領悟古今用意異同、遣詞巧拙而觸類旁通，從專題探求元好問在豐富的閱讀經驗，受到蘇軾大家風範的影響，所存在的文藝趣味與學術價值。

---

〔註49〕見狄寶心，《元好問年譜新編》（北京：中國文聯出版社，2000 年 11 月第 1 版），頁 51～52。

〔註50〕見狄寶心，《元好問年譜新編》，頁 134、210。

〔註51〕見王立，《中國古代文學主題學思想研究》（天津：天津教育出版社，2008 年 5 月第 1 版），頁 378～388。

# 第四節　研究範圍及限制

　　元好問著作版本，據《四庫全書》記載元世祖中統三年嚴忠傑所刊全集本早已不可見，明弘治戊午儲巏序的李瀚刊本，是目前現存最早的全集本〔註52〕，單行的詩集系統最早是元世祖至元七年的曹益甫刊本，有段成己序，亦不可見，實至清道光二年的施國祁《元遺山詩集箋注》將全集系統與單行詩集系統合為一體。道光三十年平定張穆校刊本，此本除詩文四十卷外，有附錄一卷，補載一卷，年譜四卷，《新樂府》四卷，《續夷堅志》四卷，又光緒七年方戊昌所刊讀書山房本，重刊張穆本而有所增訂，並附有趙培因《考證》三卷。時至今日，姚奠中《元好問全集（增訂本）》以讀書山房本為底本，也參校其它總集、別集、雜著等，以全集來看目前最為完善。本篇論文主要參考底本是狄寶心的《元好問詩編年校注》，因為此集本校對過往合集或單行詩集系統的刊刻本，皆廣泛蒐羅與參考，又按時序編排，有助於研究遺山詩思想內容與創作特色的演變軌跡。〔註53〕

　　至於元好問的詞集部分，《遺山樂府》至明以來刊刻版本甚多〔註54〕，近年來以唐圭璋《全金元詞》搜羅尤備，彙集朱孝臧的三卷本、吳重熹的五卷本等進行校勘比對，共收元好問作品三百七十七首，其中三首重複，實則三

---

〔註52〕　據《四庫全書總目提要》中記載，《元遺山集》為他的樂府與詩文總匯，最早是元世祖中統三年嚴忠傑所刊，目前僅存李冶、徐世隆二序，杜仁傑、王鶚二跋，全集早不可見。見（清）永瑢、紀昀等撰，《四庫全書總目提要（第四冊）・集部》（臺北：臺灣商務印書館股份有限公司，1983 年 10 月初版），頁 355。

〔註53〕　見姚奠中主編、李正民增訂，《元好問全集（增訂本）上》，頁 4〜6、（金）元好問著、狄寶心校注，《元好問詩編年校注》，頁 13〜19。

〔註54〕　有一卷本者，為明初凌雲翰所編之抄本；二卷本者收錄於朱彝尊《詞綜・發凡》；至於三卷本最早由明弘治壬子高麗刊本，有二種版本保存，一為陶湘的《宋金元明本詞》，是據宋本、金本、元本、明本所刊刻的，是罕見的善本，當中的《遺山樂府》分上中下三卷，共兩百十九首，二為朱孝臧《彊村叢書》的刊本，根據陶刻本而來，見凌本、張諸本校勘並附《校記》，也是較好的刊本；四卷本就是合及系統中的張穆校刊本、讀書山房本；至於五卷本，頗為繁複，有清張調甫刊刻本，其子聲皰曾重刊之，還有清吳重熹輯《九金人集》的刻本，羅振玉輯《殷禮在斯堂叢書》也有收錄。見（明）朱彝尊撰，《詞綜》（臺北：中華書局，1966 年 3 月臺一版），卷二十六、三十六。（清）吳昌綬、陶湘輯，《景刊宋金元明本詞》（上海：上海古籍出版社，1989 年 9 月第 1 版），頁 843〜856。（清）朱祖謀校輯，《彊村叢書（八）》（臺北：廣文書局，1970 年 3 月初版），頁 5197〜5342。

百七十四首。〔註55〕姚奠中的《元好問全集》以讀書山房本爲底本，以朱孝臧、唐圭璋、賀新輝三本對勘，共得三百九十首。之後趙永源校註的《遺山樂府校註》，仿唐圭璋《全金元詞》收錄元好問作品的體例，並參校前述的一卷本、三卷本、四卷本等各版本，共收三百八十八首詞，且有箋註、附錄，三百八十八首詞約有三十幾首待考，當前而言堪稱最詳細、完備〔註56〕。因此在詞集部分，雖全篇論文以趙永源《遺山樂府校註》爲主，也輔以姚奠中《元好問全集（增訂本）》。

而元好問文集也是以明弘治戊午儲巏序的李瀚刊本爲最早的刊本，後來道光年間的張穆本是以李本爲底本，光緒方戊昌所刊讀書山房本又以張本爲底本，實則一脈相承。近年來以姚奠中《元好問全集（增訂本）》與北京師範大學李修生主持點校的《全元文‧元好問》也都以李瀚本爲底本〔註57〕，而後狄寶心又在《元好問詩編年校注》後再編《元好問文編年校注》，此本又參考姚奠中、李修生基礎上，再加上自身又編年過詩集，可謂在前賢集本上後出轉精，故爲本論文引用元好問散文的選本，然狄本並未收錄元好問《詩文自警》、《續夷堅志》，姚奠中本有收錄並詳細考察，因此在論述過程中需要旁徵此二選集的字句時，便以姚本作爲引用依據。

元好問一生的活動年譜僅爲參考之用，過去清代三家年譜，翁方綱譜、淩廷堪譜、施國祁譜〔註58〕，皆編寫較早，錯誤頗多，之後清李光廷《廣元遺山年譜》較爲精密。近代學者繆鉞《元遺山年譜彙纂》，薈萃了諸家年譜之長，對後人研究幫助頗多。〔註59〕然狄寶心近年發表《元好問年譜新編》針對姚奠中主編的《元好問全集》中作品進行繫聯，而體例分紀年、時事、本事三部份；紀年先以公元紀錄時間，再以金、宋、元個朝代年號對照，時事

---

〔註55〕見唐圭璋編，《全金元詞（上）》（北京：中華書局，1979 年 10 月第 1 版），頁 1。

〔註56〕見（金）元好問撰、趙永源校註，《遺山樂府校註‧凡例》（南京：鳳凰出版社，2006 年 5 月第 1 版），頁 1～4。

〔註57〕見（金）元好問著、狄寶心校注，《元好問文編年校注（上冊）》（北京：中華書局，2012 年 2 月第 1 版），頁 4～5。

〔註58〕翁譜、淩譜、施譜在吳重憙的《九金人集》皆有收錄，見（清）吳重憙輯，《九金人集（三）》（臺北：成文出版社，1967 年 8 月臺一版），頁 1053～1069、1023～1052、1070～1077。

〔註59〕見北京圖書館編，《北京圖書館藏珍本年譜叢刊（第 35 冊）》（北京：北京圖書館出版社，1999 年 4 月第 1 版），頁 147～404。

部份以史籍摘錄重要大事，本事針對元好問行蹤、作品、事跡爲主，對文人的活動可說更深入了解。〔註 60〕本篇論文便以狄寶心《元好問年譜新編》爲思索元好問創作演變歷程的。

而蘇軾的文本是論者觀察元好問借鑒的對象〔註 61〕，論述的過程主要以孔凡禮點校的《蘇軾詩集》、《蘇軾文集》和鄒同慶、王宗堂著《蘇軾詞編年箋注》爲依據〔註 62〕，孔凡禮用心致力於蘇軾詩文集的校勘，《蘇軾詩集》在南宋已有王十朋的百家分類註，至清代有馮應榴、王文誥兩人各自做總結性的工作，孔凡禮各自指陳這些選本的優缺點，而加以重編點校〔註 63〕；至於《蘇軾文集》，孔凡禮也以宋刊本、明刊本爲底本，甚至考察金石碑帖、宋元文人別集、筆記或詩文註中徵引的句子，甚至近人、今人的校勘記〔註 64〕，孔凡禮在蘇軾詩文集用功頗深；《蘇軾詞編年箋注》以明代吳訥《東坡詞》三卷本爲底本，以宋、元、明、清各家二卷、三卷本爲校勘，並參考宋人筆記、詞話、詞譜等定是非〔註 65〕，此三本皆爲嚴謹的選本。而近年來張志烈、馬德富、周裕鍇主編《蘇軾全集校注》，因爲蘇軾著述龐大且歷來舊本重新刊印不少，又學者對蘇軾著述整理有很大的成績，本書歷經二十餘年幾代人的努力編寫校勘、釋詞解義，將蘇文、詩、詞合爲一體的全集校注本，實具份量，爲求在舉證時能有完善之處會互相參照。

# 第五節　研究方法

元好問身爲著作大家，除了有內涵的豐富性外，也有實質的創造性，明顯自覺並非重複前人步伐，而是從蘇軾的腳步再踏出新方向，正如哈羅德‧布魯姆在《影響的焦慮———一種詩歌理論》說到：

---

〔註 60〕見狄寶心，《元好問年譜新編‧序例》，頁 1～2。
〔註 61〕見張志烈、馬德富、周裕鍇主編，《蘇軾全集校注》（石家莊：河北人民出版社，2010 年 6 月第 1 版），頁 46～70。
〔註 62〕見（宋）蘇軾撰、（清）王文誥輯注、孔凡禮點校，《蘇軾詩集》（北京：中華書局，2009 年 5 月第 7 次印刷）。（宋）蘇軾撰、（明）茅維編、孔凡禮點校，《蘇軾文集》（北京：中華書局，2004 年 11 月第 6 次印刷）。鄒同慶、王宗堂著，《蘇軾詞編年箋注》（北京：中華書局，2007 年 10 月第 2 版）。
〔註 63〕見（宋）蘇軾撰、（清）王文誥輯注、孔凡禮點校，《蘇軾詩集（第一冊）》，頁 15～17。
〔註 64〕見（宋）蘇軾撰、（明）茅維編、孔凡禮點校，《蘇軾文集（第一冊）》，頁 6～11。
〔註 65〕見鄒同慶、王宗堂著，《蘇軾詞編年箋注（上冊）》，頁 1。

> 詩的影響——當它涉及兩位強者詩人、兩位真正的詩人時——總是
> 以對前一位詩人的誤讀而進行的。這種誤讀是一種創造性的校正，
> 實際上必然是一種誤譯。一部成果斐然的「詩的影響」的歷史——
> 亦即文藝復興以來西方詩歌的主要傳統——乃是一部焦慮和自我拯
> 救的漫畫的歷史，是歪曲和誤解的歷史，是反常和隨心所欲的修正
> 的歷史，而沒有所有這一切，現代詩歌本身是根本不可能生存的。

〔註66〕

哈羅德·布魯姆透過此西方文學的脈絡〔註 67〕，認為後人面對前人的作品是會有焦慮，而一位優秀作者是會把焦慮化成創作的動力，帶給後人新的焦慮，所以「誤讀」是一種創造性的、變異性的或顛覆性的審美心理，也就是接受者更具清醒的自覺方式。此段引文是透過他對歷代西方作者作品與評者闡述，來看待前人影響後輩的思維，正如元好問面對蘇軾，在接受影響中並存在對蘇學的認同或質疑。

本論文主要思考便圍繞在「元好問接受蘇軾文本」的主軸上，分成兩大研究方面展開，一個是以元好問為創作主體接受蘇學的影響研究，另一個是以歷代詩評家對元好問接受蘇軾現象的闡釋研究。〔註 68〕

## 一、以元好問接受蘇學的影響研究

影響研究是在深化元好問的經典形象，以及元好問的創作特質、詩學觀點的重要意義，透過層層比對，多元解讀一個接受現象的存在意義。

第一層是以文獻分析的方式，了解當時金代文壇對蘇學接受的廣度與深度，可清楚知道元好問身處「蘇軾——金代——元好問」的脈絡中，如何反思受蘇學影響的金代文風，並深刻把握蘇軾美學的真諦。

---

〔註66〕 見（美）哈羅德·布魯姆、徐文博譯，《影響的焦慮——一種詩歌理論》（南京：江蘇教育出版社，2006 年第 1 版），頁 31。

〔註67〕 哈羅德·布魯姆透過此書，將莎士比亞置於西方文學中心的中心，探討從但丁至莎士比亞再到貝克特等 26 位西方經典作家，考察後輩是否都受到前驅詩人的影響。

〔註68〕 陳文忠認為古典詩歌接受史研究可朝三個方向展開，一為以普通讀者為主題的效果史研究，一為以詩評家為主體的闡釋史研究，另一個則是以詩人創作者為主體的影響史研究。參考陳文忠，《文學美學與接受研究》（合肥：安徽人民出版社，2008 年 4 月第 1 版），頁 293～305。

　　第二層透過知人論世的研究方法，了解元好問接受蘇學實因生命歷程或心理活動的必然，為此一接受現象奠定一個立足點，代表元好問心神嚮往、尚友古人的景仰追尋。

　　第三層平行比較蘇軾、元好問的詩學觀點，從兩人文學理念同中求異，歸納元好問對蘇軾的理解、對自身的反思，所得到文學觀點的更新與豐富，以求元好問在繼承蘇軾文風的傳統中，如何保有獨特的歷史見解。

　　第四層直接比對元好問詩、詞、文與蘇軾作品中相似的字句，因為元好問面對蘇軾的作品，既是讀者、評論者甚至也是借鑒者，不只停留在閱讀欣賞與理性評斷，更將蘇軾詩詞文的語句素材，汲取吸收為自身創作的靈感，論者可以全面性的將兩人各體文學交叉比對，元好問可能「以詩為詞」或「以文為詩」、「以詞為詩」等創作實踐的嘗試，如此更能發掘元好問脫胎換骨與推陳出新的所在。

## 二、歷代詩評家的闡釋研究

　　此一研究面向並非只是歷代評價材料作一簡單的排列而已，在揭示過往批評家的闡釋當中，主要解決兩個問題。

　　第一為比勘金元到近代批評家論及「蘇軾──元好問」接受現象的觀點，建構元好問在不同時代中被接受探討的顯隱情形，彙整成為一個系統性的學術話題。

　　第二必須明瞭元好問在歷代闡釋中，被批評家認定在創作中藝術技巧或風格特色有所優劣得失的地方，與「影響研究」所得結果是否能有所呼應。更甚至深入探究元好問思想意義、藝術技巧、審美風格，在歷代闡釋脈絡中未盡完善的部分。

　　全文的設想在於兩個層次：一是歷代讀者面對經典文本的審美性對話，二是論者面對接受文本時的反思性對話。〔註69〕故從歷代讀者的審美性對話，以文獻分析的方式，再次闡釋元好問接受蘇學的現象，以求了解接受的本質與意義，也等同側面提供蘇軾影響後人的強度與廣度。再就批評角度來看，一方面是比對元好問接受蘇軾的間接與直接證據，明白分析借鑒、襲用的多元方式，代表元好問能活用前輩大家的智慧結晶，自有他不凡的文學才

〔註69〕見陳文忠，《文學美學與接受研究》，頁333。

識；另一方面論證元好問承接著前人的審美闡釋，開拓原有的理論視野，目的補充說明或重新認識元好問的詩學觀念，在文學史或接受史上提供璀璨的一頁。

# 第二章　元好問接受蘇軾文學觀的因緣

　　元好問曾仿蘇軾作〈東坡移居八首〉〔註1〕，又自編《東坡詩雅》、《東坡樂府集選》，此二書雖都已亡佚，仍存〈東坡詩雅引〉、〈東坡樂府集選引〉二文〔註2〕。再者，元好問之子元叔儀知汝州時，不忘父親之志，故至蘇墳種樹築垣〔註3〕，誠見元好問對蘇軾人格特質與藝術創作的美學接受，是個顯而易見的存在現象。元好問受到蘇軾藝術創作中美感的引發，對於蘇軾將生活情感、人生境遇、文學思維等，憑藉各種素材藉以表現感覺、理想的創造，存在著同情共感的作用，並企圖去把握創作者的特性與創作的過程。〔註4〕蘇軾成為元好問心中的美學形象是無庸置疑的，然而兩位不同時代的藝術作者之間，存在接受美學的現象只停留在表面認知，就無法領悟美學意涵、學術價值。

─────────────

〔註1〕　見（金）元好問著、狄寶心校注，《元好問詩編年校注（第二冊）》，頁742。
〔註2〕　見（金）元好問著、狄寶心校注，《元好問文編年校注（上冊）》，頁180～182、397～400。
〔註3〕　（元）尚野〈二蘇先生墓碑記〉：「元貞改元，知州元公叔儀，遺山之子也，署事之餘，趨拜其下，徬徨不能去，曰：『先子學東坡〈移居〉詩有云：九原如可作，從公把犁鋤。其志不敢忘也……忠臣烈士所當致祭修理者，莫玉局昆弟也，若今忝居長吏，其責又在我矣。』」、（明）胡謐〈重修三蘇祠墓記〉：「逮元貞初，知州元叔儀為之封樹築垣，稍復舊觀。」見（明）王雄修、承天貴纂，《正德汝州志》，頁382～383、392。
〔註4〕　宗白華將美學中所研究事物，可分為（1）美感的客觀條件、（2）美感的主觀條件、（3）自然美及藝術創作美的研究、（4）人類史中藝術品創造的起源與進化、（5）藝術天才的特性及其創造藝術的過程、（6）美育的問題。因此蘇軾的人格美與作品美引起元好問主觀的聯想或靜觀等作用，欲思維藝術天才的特性及其創造藝術的過程。見宗白華，《美學與意境》（北京：人民出版社，2009年3月第1版），頁16～19。

　　本章先觀照金元時期文人接受蘇軾所呈現的文風，了解元好問面對當時**趨勢**，存在獨到的見解。最後了解元好問在面對前代的大家風範時，自我生命投射的呼應，如此確知「蘇軾——元好問」的接受連結是遠比元好問接受其他詩人文士要來的強烈。

## 第一節　「蘇學行於北」的金代文風

　　金代文壇接受蘇軾文藝的現象，元好問早已清楚，他在〈趙閑閑書擬和韋蘇州詩跋〉就說到：「百年以來，詩人多學坡谷」〔註5〕雖然他只提到詩歌部分多學蘇黃，就歷代文人的觀察與評判，已把金代整體創作傾向與蘇軾劃上密不可分的關係，因此在清代錢謙益的〈復李叔則書〉：「眉山之學，流入於金源，而有元好問。昌黎之學流入於蒙古，而有姚燧，蓋至是文章之變極矣。」〔註6〕以及翁方綱《石洲詩話》：「當日程學盛於南，蘇學盛於北，如蔡松年、趙秉文之屬，蓋皆蘇氏之支流餘裔。」〔註7〕更是指出蘇軾對金代的影響，不僅僅是一種創作的形式或風格的效法，是一種對蘇軾人品、詩品等等景仰的融攝。然而，從歷代論者的隻字片語，僅能察覺金代文壇對蘇軾接受的廣度，這些隻字片語，多以感覺經驗為主，較屬於直觀理解的認知；若能在初步閱讀基礎上，再重新閱讀或反覆閱讀中，細心體會或反思作者、作品的意涵〔註8〕，那就是接受現象的深度，也代表接受者不是一味的被影響，而是一種接受活動中接受者與文本之間信息、情感的交換、融攝、建構或解構再創造。金代文風接受蘇軾的深度，從考察當代文人接受活動才可了解深層的根源，更能凸顯元好問接受蘇軾文風的定位。

　　金代文學近年學者在討論時，往往分成三或四期來討論，如黃兆漢在《金元詞史》是分三期來探討，第一期為金太祖到海陵王的借才異代時期，第二期為世宗到衛紹王的文學鼎盛期，第三期為宣宗貞祐到金亡憂時傷亂時期〔註

---

〔註5〕　見（金）元好問著、狄寶心校注，《元好問文編年校注（下冊）》，頁1376。

〔註6〕　語出《牧齋有學集》卷三十九。見續修四庫全書編纂委員會編，《續修四庫全書（1391冊）‧集部‧別集類》（上海：上海古籍出版社，2002年3月第1版），頁390。

〔註7〕　見（清）翁方綱著，《石洲詩話（卷五）》，頁201。

〔註8〕　見周聖弘，《接受詩學》（北京：中國傳媒大學出版社，2011年12月第1版），頁71～78。

〔註9〕　見黃兆漢，《金元詞史》，頁19～23。

9〕；周惠泉《金代文學研究》和胡傳志《金代文學研究》也都是如此分三期〔註10〕，而後王永《金代散文研究》則是在這三期的基礎又多分出金亡後遺民餘音時期。〔註11〕如此的分期依據主要是從《金文最》〈伍紹棠跋〉參考得來的，《金文最》是有重要歷史保存文獻的意義，在金亡後不少文獻因戰火消失殆盡，詩歌幸賴元好問所編《中州集》才能保存不少金代詩家大作，至於文章部分在清代張金吾的《金文最》才加以整理收集，當中伍紹棠的跋語就是現今不少研究者引述的分期：

> 溯夫渤海龍興，飆風電掃，始于收國，以迄海陵，文字甫興，制科肇舉，譬之唐室初定，議禮多藉馬周；魏臺始營。故事或諮王粲，此一時也。大定、明昌，四方靜謐，乘軺之使，酬匹裂而敘歡；射策之英，染緹油而試藝。愷樂娛宴，雍容揄揚；譬之馬工枚速，奮飛于孝武之朝；柳雅韓碑，績藻乎元和之盛，此又一時也。逮乎汴水南遷，邊疆日蹙；龍蛇潁洞，豺虎縱橫；羈人同楚社之悲，朝士有新亭之泣。譬之杜樊川之慷慨，乃喜言兵；劉越石之激越，輒聞傷亂。此又一時也。〔註12〕

這些文字主要描述金朝開國到結束的國勢狀況，以唐代、漢代等盛世來比擬金代初中期的繁榮安定，而最後走向衰亡後如魏晉南北朝一樣，遺民文士抒發新亭對泣之感；後代研究者多半引用這當中的分期方式，來概括整個金代文學發展，就如黃兆漢、周惠泉、胡傳志等學者。但在《金文最》諸序當中，張金吾所寫的一段文字，站在接受史的角度來看，提供了幾句相當重要的線索，他用很精要的文字點出影響金代文壇走向的人事物：

> 聿稽武元開國，得遼舊人，文烈繼統，收宋圖籍，文教由是興焉。大定、明昌，投戈息馬，治化休明。南渡以後，楊、趙諸公迭主文盟，文風蒸蒸日上。迄乎北渡，元遺山以宏衍博大之才，鬱然為一代宗匠，執文壇牛耳者幾三十年。嗚呼，盛矣！〔註13〕

---

〔註10〕見周惠泉，《金代文學研究》，頁 1～41、胡傳志，《金代文學研究》（合肥：安徽大學出版社，2000 年 5 月第 1 版），頁 1～5。

〔註11〕見王永，《金代散文研究》（北京：中國社會科學出版社，2011 年 9 月第 1 版），頁 12～81。

〔註12〕見（清）張金吾編纂，《金文最（下）》（北京：中華書局，1990 年 8 月第 1版），頁 1738。

〔註13〕見（清）張金吾編纂，《金文最（上）》，頁 9。

首先，張金吾更加謹慎細分四期，金初開國爲第一時期，世宗、章宗的大定、明昌年間爲第二期，金宣宗時蒙古南侵而遷都爲第三期，最後蒙古滅金僅存的遺民爲第四期。其次，點出金代文學關鍵的開始以及幾位頗具影響性的人物，金代因爲「收宋圖籍」而「文教興焉」，代表金代在政治文教一開始就從宋代文化汲取。最後，標誌元好問延續前期並影響後世的重要性。

本篇論文便依據張金吾與其他前輩學者觀點，又從金代接受蘇軾的脈絡來看，分成金代初期在入主中原前就已接受蘇軾文學，受到蘇軾政治人格魅力的感染一直延續到金中葉世宗、章宗時期，而金末則產生兩派對蘇軾美學的不同觀點，到了元好問集結兩派觀點也重新審視蘇軾美學，融會貫通後而自成一家之論。

## 一、金初：對蘇軾人格與文品的共鳴

女眞族居於長白山及黑龍江流域，由各部落發展而來，完顏阿骨打統一女眞諸部，滅了遼國後登基稱帝，建立金國〔註14〕；金朝經過太祖、太宗的經營，滅遼擊敗北宋後，擴大了統治疆域，面對不同民族文化的碰撞、融合交流，金朝統治階層除了保有自身民族的特質，也不斷效法原有政權的典章制度，在《金史》就提到：

> 金初未有文字。世祖以來，漸立條教。太祖既興，得遼舊人用之，
> 使介往復，其言已文。太宗繼統，乃行選舉之法，及伐宋，取汴經
> 籍圖，宋士多歸之。熙宗款謁先聖，北面如弟子禮。〔註15〕

〔註14〕穆宗末年，令諸部不得擅置信牌馳驛訊事，號令自此始一，皆自太祖啓之。……宗幹與數騎陷遼軍中，太祖救之，免冑戰。或自傍射之，矢拂于顙。太祖顧見射者，一矢而斃。謂將士曰：「盡敵而止。」眾從之，勇氣自倍。敵大奔，相蹂踐死者十七八。撒改在別路，不及會戰，使人以戰勝告之，而以謝十馬賜之。撒改使其子宗翰、完顏希尹來賀，且稱帝，因勸進。太祖曰：「一戰而勝，遂稱大號，何示人淺也。……收國元年正月壬申朔，群臣奉上尊號。是日，即皇帝位。上曰：「遼以賓鐵爲號，取其堅也。賓鐵雖堅，終亦變壞，惟金不變不壞。金之色白，完顏部色尚白。」於是國號大金，改元收國。」見（元）脫脫等撰、楊家駱主編，《新校本金史並附編七種（1）》卷二〈本紀第二·太祖〉（臺北：鼎文書局，1985年4月六版），頁21～26。

〔註15〕見（元）脫脫等撰、楊家駱主編，《新校本金史並附編七種（4）》卷一二六〈列傳第三十六·文藝上·韓昉傳〉，頁2713。

金代文化隨著攻伐的腳步，汲取遼的制度、宋代漢人的學術知識，甚至到到了金熙宗更是崇尚漢文化。而且早在入主中原以前，在《三朝北盟會編》記載北宋末年宋金交戰時，金國就已多次索要漢人文集：

> 靖康中帙。起靖康元年十二月，二十三日甲申，盡二十九日庚寅。……二十三日甲申，金人索監書藏經、蘇黃文及古文書、資治通鑑諸書。金人指名取索書籍甚多。又取蘇黃文墨蹟及古文書籍，開封府披撥見錢收買又直取於書籍鋪。
>
> ……金人入國子監取書凡王安石說棄之。
>
> 靖康中帙。起靖康二年正月十九日己酉，盡二十六日丙辰。金人來索什物儀仗等。
>
> 宣和錄曰：……秘閣三館書籍、監本印板、古聖賢圖像、明堂辟雍圖、皇城宮闕圖、四京圖、大宋百司並天下州府職貢令、宋人文集陰陽醫之書（如元白並元祐諸名人文尤愛慕）〔註16〕

這些文字就可以看出，金人積極接觸漢人文化，包括宮廷藏書、國子監刊刻古籍、皇家禮制建築圖、占卜醫藥等，特別多次指名蒐羅蘇軾、黃庭堅的古文與墨寶，從民間書鋪直購收取，更值得注意捨棄北宋新黨王安石的書籍。金朝未入主中原時，未有文字或教條秩序，或許在政治目的下，了解宋朝文化的考量才搜羅漢人文物，如此記載足以證明金代很早就開始接受蘇軾的作品，同時注意到新舊黨爭的影響性。自宋徽宗崇寧年間蔡京為宰相，不斷打壓舊派勢力，將舊派人名立於黨碑之中詔告天下，並詔毀司馬光、范純仁等繪像，又焚毀蘇軾、黃庭堅等文集，並禁止任何教授與元祐黨人有關學術的事〔註17〕，一直要到欽宗靖康元年才解除元祐黨籍的禁止。〔註18〕金國反而

---

〔註16〕見（宋）徐夢莘撰，《三朝北盟會編》卷七十三、七十七，收於中國野史集成續編委員會、四川大學圖書館編，《中國野史集成·續編（42）》（成都：巴蜀書社，2000年1月初版），頁578、581、615。

〔註17〕《宋史》記載徽宗「丁卯，詔毀呂公著、司馬光、呂大防、范純仁、劉摯、范百祿、梁燾、王巖叟景靈西宮繪像。己巳，以初謁景靈宮赦天下。乙亥，詔毀刊行唐鑑并三蘇、秦、黃等文集。……辛丑，改吏部選人自承直郎至將仕郎七階。令天下監司長吏廳各立元祐姦黨碑。冬十一月庚辰，以元祐學術政事聚徒傳授者，委監司察舉，必罰無赦。」見（元）脫脫等撰、楊家駱主編，《新校本宋史並附編三種（2）》卷十九〈本紀第十九·徽宗一〉（臺北：鼎文書局，1983年11月3版），頁357。

刻意捨棄新黨文人的書籍，索要蘇黃文集等於開啟「蘇學行於北」的第一步。

而金朝入主中原一開始多用遼人，滅北宋後多重用漢人，金太宗在原屬於北宋領土地方建立齊國，命劉豫為皇帝，境內實行北宋制度〔註19〕，甚至到了金熙宗時開始貴族階層的漢化，包括廢除傳統的女真勃極烈官員制、劉豫的齊國，統一改用漢制，皇帝底下設三師、尚書省設尚書令，並且開始尊孔，親自拜祭。〔註20〕因此，金朝一步步使用漢人制度來統治疆域，許多由宋入金的文人，把蘇軾人格或詩詞的精神美透過筆記收錄或個人創作持續接受與傳播，如出使金國被拘留的朱弁（字少章，西元 1085 年～1144 年）〔註21〕，在留金期間所作《曲洧舊聞》、《風月堂詩話》〔註22〕，收錄許多關於蘇軾的詩歌與軼事甚至是文學觀點，像「韓退之云：餘事作詩人。未可以為篤論也。東坡以詞曲為詩之苗裔，其言良是。」、「東坡文章至黃州以後，人莫能及，……。或謂：東坡過海雖為不幸，乃魯直之大不幸也。」〔註23〕等，多半讚許或認同蘇軾在文藝見解或創作風格，朱弁當時是拘留身分，金人強迫做官而不屈服〔註24〕，在當時氛圍能傳鈔北宋蘇軾等元祐黨人軼事，代表金代統治階層接受蘇軾文學的傳播。

---

〔註18〕《宋史》記載欽宗「壬寅，追封范仲淹魏國公，贈司馬光太師，張商英太保，除元祐黨籍學術之禁。」見（元）脫脫等撰、楊家駱主編，《新校本宋史並附編三種（2）》卷二十三〈本紀第二十三·欽宗〉，頁 368。

〔註19〕見齊木德道爾吉，《遼夏金原史微·金朝卷》（呼和浩特：內蒙古大學出版社，2007 年 9 月第 1 版），頁 71～72。

〔註20〕見齊木德道爾吉，《遼夏金原史微·金朝卷》，頁 143～145。

〔註21〕見（元）脫脫等撰、楊家駱主編，《新校本宋史並附編三種（14）》卷三百七十三〈列傳第一百三十二·朱弁〉，頁 11551。

〔註22〕四庫全書總目提要：「臣等謹案：《風月堂詩話》二卷，宋朱弁撰。弁有《曲洧舊聞》，已著錄。是編多記元祐中歐陽脩、蘇軾、黃庭堅、陳師道、梅堯臣及諸晁遺事，……前有自序，題〔庚申閏月〕，考庚申為紹興十年，當金熙宗天眷三年。弁以建炎元年使金，留十七年乃還，則在金時所作也。」見（清）永瑢、紀昀等纂修，《景印文淵閣四庫全書（第 1479 冊）·集部 418 詩文評類》（臺北：臺灣商務印書館股份有限公司，1986 年 3 月初版），頁 13。

〔註23〕語出《風月堂詩話》卷上。見（清）永瑢、紀昀等纂修，《景印文淵閣四庫全書（第 1479 冊）·集部 418 詩文評類》，頁 17、20。

〔註24〕《宋史》記載金人強迫朱弁之事：「金人迫弁仕劉豫，且誘之曰：『此南歸之漸。』弁曰：『豫乃國賊，吾嘗恨不食其肉，又忍北面臣之，吾有死耳。』金人怒，絕其餼遺以困之。弁固拒驛門，忍饑待盡，誓不為屈。金人亦感動，致禮如初。久之，復欲易其官，弁曰：『自古兵交，使在其間，言可從從之，不可從則囚之、殺之，何必易其官？吾官受之本朝，有死而已，誓不易以辱吾君也。』」見（元）脫脫等撰、楊家駱主編，《新校本宋史並附編三種（14）》卷三百七十三〈列傳第一百三十二·朱弁傳〉，頁 11552。

此外，金初文壇以宇文虛中、高士談、吳激、蔡松年等人爲主要群體，像由宋入金朝官至翰林學士的高士談（字季默，西元？～1146 年）〔註25〕，現存二十多首作品中就有〈曉起戲集東坡句〉二首、〈次韻東坡定州立春日詩〉、〈集東坡詩贈程大本〉這幾首，藉由集蘇句或和蘇韻來抒發自己懷念故國的孤苦心情。而吳激、蔡松年更是受蘇軾影響頗深的兩人，吳激（字彥高，西元 1093～1142 年）〔註26〕是米芾的女婿，蔡松年（字伯堅，西元 1107 年～1159 年）〔註27〕則爲王安中的女婿，米芾是蘇軾好友而王安中則是蘇軾學生〔註28〕，從家學淵源或親屬關係來看，吳激、蔡松年相較於其他人是更易授蘇軾影響，因此反應在兩人詞作上都有「以詩爲詞」、「以詞言志」傾向，尤其蔡松年多化用蘇軾詞句或擬蘇軾詞體創作。〔註29〕由此可知，金代統治階層從政治文化角度吸取宋代漢人文化，又特別關注元祐黨人的文章學術，不少宋入金的文人也從蘇軾人格與作品中找尋生命情感的共鳴，「蘇學行於北」的現象是在政治文化推波助瀾下逐步成型。

到了世宗、章宗更加重視中原典籍的整理，對於漢人儒學、文獻整理奠定深厚基礎，《金史》記載：

> 世宗既興，復收向所遷宋故禮器以旋，乃命官參校唐、宋故典沿革，開「詳定所」以議禮，設「詳校所」以審樂，統以宰相通學術者，於一事之宜適、一物之節文，既上聞而始匯次，至明昌初書成，凡四百余卷，名曰《金纂修雜錄》。

> 世宗、章宗之世，儒風丕變，庠序日盛，士由科第位至宰輔者接踵。

---

〔註25〕高士談字季默，高瓊之後。宣和末，爲忻州戶曹參軍。入朝，官至翰林直學士。虛中、士談俱有文集行于世。見（元）脫脫等撰、楊家駱主編，《新校本金史並附編七種（3）》卷七十九〈列傳第十七・高士談〉，頁 1792。

〔註26〕《金史》記載「吳激字彥高，建州人。父栻，宋進士，官終朝奉郎、知蘇州。激，米芾之婿也，工詩能文，字畫俊逸得芾筆意。」見（元）脫脫等撰、楊家駱主編，《新校本金史並附編七種（4）》卷一百二十五〈列傳第六十三・文藝上・吳激〉，頁 2718。

〔註27〕《金史》記載「蔡松年字伯堅。父靖，宋宣和末，守燕山。松年從父來，管勾機宜文字。」見（元）脫脫等撰、楊家駱主編，《新校本金史並附編七種（4）》卷一百二十五〈列傳第六十三・文藝上・蔡松年〉，頁 2715。

〔註28〕見柯正容，〈金詞「吳蔡體」研究〉，成功大學中國文學系碩士論文（2006），頁 41～43。

〔註29〕見柯正容，〈金詞「吳蔡體」研究〉，頁 109～112、黃兆漢，《金元詞史》，頁 88。

> 當時儒者雖無專門名家之學，然而朝廷典策、鄰國書命，粲然有可
> 觀者矣。〔註30〕

《金纂修雜錄》代表著金朝為健全禮樂制度彙整的書籍，且不同於初期僅只
於收羅，而是深究唐宋故有典章制度，將漢人文化傳統徹底的延續，從金熙
宗開始尊孔到金世宗、章宗的禮樂規模的確立，漢化政策的加深代表女真族
與漢文化的交流是更密切。也因此在這時期，無論是統治階層或文士對於蘇
學的接受度是比金初文壇要更熱情與深刻，金世宗在位時曾向大臣詢問宋朝
名臣之優劣，在元好問的《中州集》耶律履詩人小傳收錄當中對話：

> 興陵嘗問宋名臣孰為優，履道以蘇端明軾對。上曰：「吾聞軾與王詵
> 交甚款，至作歌曲戲及姬侍，非禮之甚，尚何足道耶？」履道進曰：
> 「小說傳聞，未必可信。就使有之，戲笑之間亦何得深責。世徒知
> 軾之詩文人不可及，臣觀其論天下事，實經濟之良才。求之古人，
> 陸贄而下未見其比。陛下無信小說傳聞，而忽賢臣之言。」明日，
> 錄軾奏議上之，詔國子監刊行。（右相文獻公耶律履）〔註31〕

金世宗起初從傳聞中認為蘇軾與王詵沉於唱詞與歌妓，對其為人頗有微
詞，然耶律履認為一般世俗傳聞不足採信，蘇軾實為治國良才，並在隔日
抄錄蘇軾的奏摺呈上金世宗，金世宗看完後下詔國子監刊行傳播。由此可
知，蘇軾的政治人格仍舊深得金代統治者的推崇，從金人入主中原前的主
動收羅元祐文集到金世宗下詔刊行蘇軾奏議，在風行草偃之下，金代文人
對蘇軾是更加的景仰，同樣在元好問所編《中州集》中所收集的一些文人
軼事就足以證之：

> 泰和三年乙科登第。嘗自言於世味澹無所好，惟生死文字間而已。
> 使世有東坡，雖相去萬里，亦當往拜之。（高博州憲）
>
> 承安中進士……臨終沐浴易衣冠，與家人訣，怡然安坐，誦東坡赤
> 壁樂府，又歌「人間如夢」以下二句，歌闋而逝。（衛承慶）〔註32〕

---

〔註30〕 見（元）脫脫等撰、楊家駱主編，《新校本金史並附編七種（2）》卷二十八〈志
第九·禮一·郊〉，頁691～692、《新校本金史並附編七種（4）》卷一二六〈列
傳第三十六·文藝上·韓昉傳〉，頁2713。

〔註31〕 見（金）元好問編、（明）毛晉刊，《中州集（卷九）》（臺北：臺灣商務印書
館股份有限公司，1973年12月初版），頁26。

〔註32〕 見（金）元好問編、（明）毛晉刊，《中州集（卷五）》，頁45；《中州集（卷七）》，
頁46。

承安、泰和是金章宗的年號，從高憲熱愛與崇拜蘇軾，而衛承慶至死都仍吟誦著蘇軾詞作，可見愛好蘇軾人品與詩詞之深切。

　　金世宗、章宗在位期間，金代文壇更多詩詞家對蘇軾的學習與繼承，如元好問讚許為國朝文派〔註33〕「正傳之宗」蔡珪的〈雪擬坡公韻〉〔註34〕、大定年間進士的劉迎〈郭熙秋山平遠用東坡韻〉〔註35〕、大安元年進士劉從益〈歲除夕次東坡守歲韻〉〔註36〕等詩透過依和東坡詩韻來抒發自身情感，又密國公完顏璹的一闋〈朝中措〉上片「千古風流人物，一時多少豪傑」〔註37〕、被元好問評「恨其依倣蘇才翁太甚」的王寂〈大江東去‧弔舍弟〉一詞下片「重來華髮蒼顏，故人應笑我，平生羈旅」〔註38〕都明顯化用蘇軾〈念奴嬌‧赤壁懷古〉當中的唱詞名句。〔註39〕

　　也有對蘇軾詩文風格的追求與人生態度的景仰，如劉象先《雨聲軒記》中稱許鄭子聃「皆軋軋若自肺腑中流出，何異於萬斛泉源不擇地而出焉？公

---

〔註33〕元好問曾在《中州集》的蔡珪傳中指出：「國初文士如宇文大學、蔡丞相、吳深州之等，不可不謂豪傑之士，然皆宋儒，難以國朝文派論之。故斷自正甫為正傳之宗，黨竹溪次之，禮部閑閑公又次之。自蕭戶部真卿倡此論，天下迄今無異議云。」此段話是元好問認同蕭貢「國朝文派」的觀點，金初文壇多受北宋影響，到了「國朝文派」是金代文學獨特風格的奠定。見（金）元好問編、（明）毛晉刊，《中州集（卷一）》，頁4。

〔註34〕蔡珪，蔡松年之子，七歲能賦菊詩，語意驚人。歷官澄州軍事判官，三河主簿。知制誥，改戶部員外郎兼太常丞，大定年間以禮部郎中出守濰州，途中逝世。見（金）元好問編、（明）毛晉刊，《中州集（卷一）》，頁45～49。

〔註35〕見（金）元好問編、（明）毛晉刊，《中州集（卷三）》，頁17。

〔註36〕劉從益字雲卿，博學強記，精於經學。為文章長於詩，五言尤工，有蓬門集。見（元）脫脫等撰、楊家駱主編，《新校本金史並附編七種（4）》卷一百二十六〈列傳第六十四‧文藝下〉，頁2733～2734；（金）元好問編、（明）毛晉刊，《中州集（卷六）》，頁40。

〔註37〕本名壽孫，世宗賜名，字仲實，一字子瑜。資質簡重，博學有俊才，喜為詩，工真草書。見（元）脫脫等撰、楊家駱主編，《新校本金史並附編七種（3）》卷八十五〈列傳第二十三‧世宗諸子〉，頁1904～1905、唐圭璋編，《全金元詞（上）》，頁45。

〔註38〕王寂為世宗時期中都路轉運使。見（金）元好問編、（明）毛晉刊，《中州集（卷二）》，頁68；唐圭璋編，《全金元詞（上）》，頁36。

〔註39〕蘇詞原文：「大江東去，浪淘盡、千古風流人物。故壘西邊，人道是、三國周郎赤壁。亂石穿空，驚濤拍岸，捲起千堆雪。江山如畫，一時多少豪傑。遙想公瑾當年，小喬初嫁了，雄姿英發。羽扇綸巾，談笑間、強虜灰飛煙滅。故國神游，多情應笑我，早生華髮。人間如夢，一尊還酹江月。」見鄒同慶、王宗堂著，《蘇軾詞編年校註（中冊）》，頁398～399。

生平嘗慕東坡之爲人，於其文章，尤所嗜好。下筆優入其域，豈非聲而應歟？」
〔註 40〕據《金史》記載鄭子聃英俊有直氣，其爲文亦然〔註 41〕，也代表鄭子
聃頗受東坡聞風影響。又耶律履〈念奴嬌〉：「老坡疑是前身，赤蛇宵吼，肯
遲留捫拂」〔註 42〕、劉迎〈錦堂春・西湖〉：「笑傲坡公一夢，風流杜牧三生」
〔註 43〕皆展現對蘇軾人格或抱負的欽佩與追尋。

　　整個金初到金中葉前期，無論從何種階層、不同身分來看，由金入宋的
文人或推行漢化的統治階層到朝臣文士，不少受蘇軾的人格或創作影響，從
政治文化、詩文創作來尋脈絡，「蘇學行於北」遍於金代的政事態度與人文氣
象，意味著蘇軾美學藝術生命的存在與延續，金代文壇呈現的是接受蘇軾人
格或藝術美的廣度，存在對蘇軾精神感同深受的共鳴。

## 二、金中葉：逞才求奇與自然風雅的分化

　　金初是蘇學引進與傳播的階段，金初朝政因民族文化的融合，向漢人制
度的借鑒學習，入金的宋人或因去國懷鄉、出處困頓，借蘇軾詩詞感傷憂時；
到了金中葉大定、明昌，政局穩定、國泰民安，高度漢化、尊孔重蘇的政策
導向，儒雅之風使一時名士輩出，金初側重向蘇軾尋求感情認同或藝術技巧
學習，到了金中葉文人在景仰或依循經典大家的風範與寫作方式過程中，慢
慢轉變爲對蘇軾美學的省思與呈現自我風格。

　　劉祁（字京叔，西元 1203 年～1259 年）〔註 44〕在《歸潛志》就提到在金
章宗明昌之後，金代文風走向追求形式尖新風氣，

〔註 40〕語出《金文最》卷二十三。見（清）張金吾編纂，《金文最（上）》，頁 320。
〔註 41〕鄭子聃字景純，大定府人。見（元）脫脫等撰、楊家駱主編，《新校本金史並
　　　　附編七種（4）》卷一百二十五〈列傳第六十三・文藝上〉，頁 2725。
〔註 42〕移剌履字履道，遼東丹王突欲七世孫也。……世宗方興儒術，詔譯經史，擢
　　　　國史院編修官，兼筆硯直長。見（元）脫脫等撰、楊家駱主編，《新校本金史
　　　　並附編七種（3）》卷九十五〈列傳第三十三〉，頁 2099、唐圭璋編，《全金元
　　　　詞（上）》，頁 28。
〔註 43〕見唐圭璋編，《全金元詞（上）》，頁 36。
〔註 44〕《金史》與《中州集》皆記載劉從益之子劉祁字京叔，爲太學生，甚有文名。
　　　　值金末喪亂，作歸潛志以紀金事，修金史多採用焉。見（元）脫脫等撰、楊
　　　　家駱主編，《新校本金史並附編七種（4）》卷一百二十六〈列傳第六十四・文
　　　　藝下・劉從益〉，頁 2734；（金）元好問編、（明）毛晉刊，《中州集（卷六）》，
　　　　頁 40。

　　明昌、承安間，作詩者尚尖新，故張著仲揚由布衣有名，召用。其
詩大抵皆浮豔語，如：「矮窗小户寒不到，一爐香火四圍書」又「西
風了卻黃花事，不管安仁兩鬢秋。」人號張了卻。劉少宣嘗題其詩
集後云：「楓落吳江真好句，不須多示鄭參軍。」蓋譏之者也。
〔註45〕

張著（字仲揚，生卒年不詳）〔註46〕在金章宗泰和年間，因一首名詩而被召
見，《中州集‧詩人小傳》中也有記載「泰和五年以詩名召見」〔註47〕，後來
劉勳因此寫了〈讀張仲揚詩，因題其上〉：「布衣一日見明君，俄有詩名四海
聞。楓落吳江真好句，不需多示鄭參軍。」〔註48〕劉祁認為劉勳引用唐代崔
信明與鄭世翼的故事，頗有嘲諷張著之意，因其詩句多為浮誇無內涵。劉祁
一句「尚尖新」代表著明昌以後金代詩文其中一派特色，此派最常被討論的
代表人物便是王寂、王庭筠等人。

　　王寂（字元老，號拙軒，西元 1128 年～1194 年）〔註49〕常有次韻唱和詩，
他追和前人的詩韻如〈和陳撫已送東坡韻〉、〈和黃山谷讀楊妃外傳〉五首等〔註
50〕，也有他與朋友酬唱或讚許兒子相和，如〈高武略復和尖字韻見贈走筆奉
酬〉、〈兒子以詩酒送文伯起既而複繼三詩予喜其用韻頗工為和〉五首、〈伯起
善用強韻往複愈工再和〉五首〔註51〕，尤其是最後讚許兒子與文伯起互贈酬
唱的十首和詩，韻腳皆為「周」或「州」，刻意展現逞奇鬥巧的風格。甚至更
有求新求奇之作，以兩兩疊韻為一句頗為繞口的五言律詩〈送王平仲〉二首，
略舉幾句如下：「潦倒少礨礋，臞儒餘愚迂。……」、「放浪纍骯髒，囊裝將長
揚。……」〔註52〕讀來頗為拗口，完全追求個人文學技巧的遊戲之作，失去
送別時表達真情的內涵；王寂對東坡也是熱愛，除了以東坡詩為韻外，也曾

〔註45〕語出卷八。見（金）劉祁撰、崔文印點校，《歸潛志》，頁 85。
〔註46〕見（金）元好問編、（明）毛晉刊，《中州集（卷七）》，頁 20。
〔註47〕見（金）元好問編、（明）毛晉刊，《中州集（卷七）》，頁 20。
〔註48〕見（金）元好問編、（明）毛晉刊，《中州集（卷七）》，頁 27。
〔註49〕王寂為世宗時期中都路轉運使。見（金）元好問編，（明）毛晉刊，《中州集
　　　（卷二）》，頁 68。
〔註50〕詩見《拙軒集》卷一、卷三。見（金）王寂撰，《拙軒集‧附詞》，收錄於《叢
　　　書集成初編》（北京：中華書局 1985 年新一版），頁 3、41。
〔註51〕詩見《拙軒集》卷三。見（金）王寂撰，《拙軒集‧附詞》，收錄於《叢書集
　　　成初編》，頁 44。
〔註52〕詩見《拙軒集》卷二。見（金）王寂撰，《拙軒集‧附詞》，收錄於《叢書集
　　　成初編》，頁 17。

多次化用蘇軾詩詞，如〈哭僧義和二首〉「竹杖芒鞋上翠微，山川良是昔人非。……老人手種堂前柏，不見蒼皮四十圍」〔註53〕化用蘇軾的〈定風波〉「竹杖芒鞋輕勝馬」和〈宿州次韻劉涇〉「無用蒼皮四十圍」〔註54〕，或〈元夕有感〉「自笑區區成底事，天涯流落淚沾巾」〔註55〕抒發的感慨與蘇軾〈天竺寺〉「四十七年眞一夢，天涯流落淚橫斜」〔註56〕字句頗爲相似。

王寂顯然是受到東坡影響，卻使部分詩歌走向巧構雕琢的形式，不免爲人詬病，至於他的詞部分有意效法《花間集》，小令如〈菩薩蠻・春閨〉、〈點絳唇・閨思〉等〔註57〕，所以黃兆漢《金元詞史》認爲：「元老之詞，風流蘊藉，清麗纏綿，甚得《花間》之風神。」〔註58〕但長調部分仍有東坡豪邁之風，同時存在求新求奇的寫法，會用雄渾的詞調去寫美人細膩的容貌與遭遇，如〈大江東去・美人〉：「破瓜年紀，黛螺垂雙鬢，珍珠羅抹。姹姹吳音嬌滴滴，風裏啼鶯聲怯。……」〔註59〕所以王寂在詩詞部分受到蘇軾影響，在作品中較易顯露辭采張揚的風格。

金代中葉求新求奇的另一代表人物王庭筠（字子端，號黃華山主，1151年～1202年）〔註60〕，更是被極力批評的對象，首先劉祁的《歸潛志》卷十，記載趙秉文和李純甫對他的評價：

> 趙閑閑於前輩中，文則推黨世傑懷英、蔡正甫珪，詩則最稱趙文孺水風、尹無忌拓。嘗云：「王子端才固高，然太爲名所使。每出一聯一篇，必要使人皆稱之，故止是尖新。其曰『近來陡覺無佳思，縱有詩成似樂天。』不免爲物議也。李屏山于前輩中止推王子端庭筠。
> 嘗曰：「東坡變而山谷，山谷變而黃華，人難及也。」〔註61〕

〔註53〕詩見《拙軒集》卷三。見（金）王寂撰，《拙軒集・附詞》，收錄於《叢書集成初編》，頁37。

〔註54〕見鄒同慶、王宗堂著，《蘇軾詞編年校註（上冊）》，頁356；（宋）蘇軾、（清）王文誥、孔凡禮點校，《蘇軾詩集（第三冊）》，頁728。

〔註55〕詩見《拙軒集》卷二。見（金）王寂撰，《拙軒集・附詞》，收錄於《叢書集成初編》，頁28。

〔註56〕見（宋）蘇軾、（清）王文誥、孔凡禮點校，《蘇軾詩集（第六冊）》，頁2056。

〔註57〕見（金）王寂撰，《拙軒集・附詞》，收錄於《叢書集成初編》，頁47。

〔註58〕見黃兆漢，《金元詞史》，頁97。

〔註59〕見（金）王寂撰，《拙軒集・附詞》，收錄於《叢書集成初編》，頁54。

〔註60〕見（金）元好問編、（明）毛晉刊，《中州集（卷三）》，頁58。

〔註61〕見（金）劉祁撰、崔文印點校，《歸潛志》，頁100。

趙秉文特別推崇黨懷英、蔡珪等人，認爲王庭筠走向尖新風格，但是並未明言何處尖新，李純甫則是認爲王庭筠寫作技巧是從蘇黃變化而來，當世文人難以比得上。同樣的元好問在〈王黃華墓碑〉文中對王庭筠有褒有貶：

> 爲文能道所欲言，如〈文殊院斫琴飛來〉、〈積雪賦〉及〈漢照烈廟碑文〉等，辭理兼備，居然有臺閣體裁。暮年詩律深嚴，七言長篇，尤以險韻爲工，方之少作，如出兩手，可爲知者道也。〔註62〕

元好問實際指出王庭筠早年與晚年之作頗有差異，尤其長篇詩歌中如〈楊秘監下槽馬圖〉、〈舍利塔〉〔註63〕使用仄韻。而王若虛則是特地寫〈王子端云：「近來徒覺無佳思，縱有詩成似樂天」其小樂天甚矣！予亦嘗和爲四絕〉四首嚴厲批評王庭筠：

> 功夫費盡謾窮年，病入膏肓不可鐫。寄語雪溪王處士，恐君猶是管窺天。東塗西抹鬥新妍，時世梳妝亦可憐。人物世衰如鼠尾，後生未可議前賢。妙理宜人入肺肝，麻姑搔癢豈勝便。世間筆墨成何事，此老胸中具一天。百斛明珠一一圓。絲毫無恨徹中邊。從渠屢受群兒謗，不害三光萬古懸。〔註64〕

針對王庭筠曾寫過「近來徒覺無佳思，縱有詩成似樂天」，與趙秉文同樣覺得他有貶低白居易之意，才反過來大力抨擊，王若虛所寫的四首絕句第一首是認爲王庭筠對白居易詩歌藝術僅是「以管窺天」，雖然做詩耗費工夫也只是病入膏肓，第二首則批評隨波逐流，透過詩歌上爭奇鬥艷，哪有資格批評前輩，至於第三首先稱讚白居易詩歌能夠深入人心，豈是這些世間僅求技巧的詩歌能相比，最後把白居易的詩歌比喻爲百斛明珠，是不會輕易受到毀謗而傷害光芒。

從趙秉文、王若虛與元好問等金代重要詩文大家，紛紛出來指摘王庭筠，先足以證明王庭筠當時在金代文壇有著舉足輕重的地位；可惜晚年詩作已不多存，也較難窺得全貌，僅從相近時期文人的批評，判斷他有尖新風格，但元好問在《中州集》仍對他〈獄中賦萱〉、〈獄中見燕〉都有很高評價，稱許爲「集中第一」。〔註65〕至於王庭筠詞作也被況周頤評爲「金源人詞伉爽清疏，

---

〔註62〕見（金）元好問著、狄寶心校注，《元好問文編年校注（下冊）》，頁1345～1346。
〔註63〕見（金）元好問編、（明）毛晉刊，《中州集（卷三）》，頁58、63。
〔註64〕語出《滹南先生詩集》。見（金）王若虛撰，《滹南遺老集‧附續詩集》，收錄於《叢書集成初編》（北京：中華書局，1985年新一版），頁3。
〔註65〕見（金）元好問編、（明）毛晉刊，《中州集（卷三）》，頁60。

自成格調。唯王黃華小令，開涉幽峭之筆，縣邈之音。」〔註66〕多有清冷幽
艷、悽惻哀怨之作，不同於金詞剛健疏爽之風，大概與他作詩的意念相似。

　　就整體而言，「尖新派」無論詩詞多少受到蘇軾影響，也吸取黃庭堅等江
西詩風變化而來，重視詩歌字句形式，多在次韻唱和或詩律險韻中找尋創新
途徑，脫離傳達情感的真誠。

　　金代中葉除了王寂、王庭筠「尖新」一派，另外趙秉文所推舉的黨懷英
等人便是另一派風格的代表，黨懷英（字世傑，西元 1134 年～1211 年）〔註
67〕是大定明昌年間政壇重要人物，累官國史院編修官、應奉翰林文字、翰林
待制、兼同修國史，《金史》記載「懷英能屬文，工篆籀，當時稱為第一，學
者宗之。」〔註68〕足見黨懷英在文壇的重要地位，在《中州集》王磵的小傳
中記載，趙秉文曾將前輩重要作品收錄成選集：

> 閒閒公嘗集黨承旨、趙黃山、路司諫、劉之昂、尹無忌、周德卿與
> 逸賓七人詩，刻木以傳，目為「明昌辭人雅製」云。〔註69〕

雖然《明昌辭人雅製》已亡佚，但從趙秉文批評王庭筠的文字，再加上選這
些文人作品做為詩歌總集，就知道收編選錄的風格標準定然迥異於「尖新」
一派。黨懷英曾闡述過自己的創作觀點，在《滹南詩集》中：

> 趙周臣云：「黨世傑嘗言：『文當以歐陽子為正，東坡雖出奇，非文
> 之正。』……」〔註70〕

這段話是趙秉文轉述黨懷英的話，黨懷英認為蘇軾雖然文章以出奇超眾、冠
絕當世，卻不符合他追求雅正的風格，才會以歐陽脩為效法對象，後來在趙
秉文《中大夫翰林學士承旨黨公神道碑》也可得到佐證：

---

〔註66〕語出《蕙風詞話》卷三。見（清）況周頤著、王幼安校訂，《蕙風詞話》，頁
61。

〔註67〕《金史》記載「黨懷英字世傑，故宋太尉進十一代孫，馮翊人。……大定十
年，中進士第，調莒州軍事判官，累除汝陰縣令、國史院編修官、應奉翰林
文字、翰林待制、兼同修國史。」見（元）脫脫等撰、楊家駱主編，《新校本
金史並附編七種（4）》卷一百二十五〈列傳第六十三‧文藝上‧黨懷英〉，頁
2726。

〔註68〕見（元）脫脫等撰、楊家駱主編，《新校本金史並附編七種（4）》卷一百二十
五〈列傳第六十三‧文藝上‧黨懷英〉，頁 2726。

〔註69〕見（金）元好問編、（明）毛晉刊，《中州集（卷四）》，頁 41。

〔註70〕語出《滹南遺老集》卷三十六〈文辨三〉。見（金）王若虛撰，《滹南遺老集‧
附續詩集（四）》，收錄於《叢書集成初編》，頁 229。

公之文似歐公，不爲尖新奇險之語；詩似陶謝，奄有魏濬；篆籀入
神，李陽冰之後一人而已。……文章非能爲之爲工，乃不能不爲之
爲工也。非要之必奇，要之不得不然之爲奇也。譬如山水之狀，煙
雲之姿，風鼓石激，然後千變萬化，不可端倪。此先生之文與先生
之詩也。〔註71〕

趙秉文認爲黨懷英文章似歐陽脩，詩歌似陶淵明、謝靈運，整體來看恬淡閑
雅不做尖新詩文，如同蘇軾一樣行雲流水，行於所當行而止與所當止。元好
問在評論黨懷英〈西湖晚菊〉、〈西湖芙蓉〉兩首詩，認爲出於柳永、蘇軾二
家，但「辭不足而意有餘」、「有騷人之餘韻」〔註72〕，至於黨懷英的詞像〈青
玉案〉下片：「一甌月露心魂醒，更送清歌助清興。痛飲休辭今夕永。與君洗
盡，滿襟煩暑，別作高寒境。」表達在夜晚清歌助興下，與朋友一起品茶，
一洗夏天心中的煩悶，尤以末幾句表達出清秀強勁之氣，難怪況周頤會評：
「辛、黨二家，並有骨幹。辛凝勁，黨疏秀。」〔註73〕也都頗有蘇軾影響下
傳達金人爽朗的風格。

　　同時也被趙秉文選入《明昌辭人雅制》的周昂（字德卿，西元？～1162
年）〔註74〕，更是主張詩文該以作者情感爲主，詞句爲輔，才是創作之道，
在《中州集》詩人小傳中曾記載周昂的文藝觀點：

德卿傳其甥王從之文法云：「文章工於外而拙於內者，可以驚四筵而
不可以適獨坐，可以取口稱而不可以得首肯。」又云：「文章以意爲
主，以字語爲役，主強而役弱，則無令不從。今人往往驕其所役，
至跋扈難制，甚者反役其主。雖極辭語之工，而豈文之正哉。」

〔註75〕

〔註71〕語出《閑閑老人滏水文集》卷十一。見（金）趙秉文撰，《閑閑老人滏水文集·
　　　　附續遺（二）》，收錄於《叢書集成初編》（北京：中華書局，1985年新一版），
　　　　頁164。
〔註72〕見（金）元好問編、（明）毛晉刊，《中州集（卷三）》，頁60。
〔註73〕語出《蕙風詞話》卷三。見（清）況周頤著、王幼安校訂，《蕙風詞話》，頁
　　　　60。
〔註74〕《金史》記載「周昂字德卿，眞定人。……昂年二十四擢第。調南和簿，有
　　　　異政。遷良鄉令，入拜監察御史。」見（元）脫脫等撰、楊家駱主編，《新校
　　　　本金史並附編七種（4）》卷一百二十六〈列傳第六十四·文藝下·周昂〉，頁
　　　　2730。
〔註75〕見（金）元好問編、（明）毛晉刊，《中州集（卷四）》，頁1。

周昂看著同時期文人爭奇鬥艷、逞詞鬥才，認爲脫離詩文之正，應該是要由內而外，從作者的心意來駕馭文章詞句。所以，趙秉文所稱許的黨懷英、周昂等人都與「尖新」派不同，反對文人過分求新奇的詩文風格，應該是要於詩追求自然平和，於詞追求方剛疏爽，於文追求行雲流水，都要以作者的感觸爲創作的起始點。所以崇尚自然這一派在接受蘇軾美學的同時，也在反思當時代另一派文人偏激追求形式的弊病。

　　至眞宗南渡時期兩派持續對立，劉祁在《歸潛志》便提到金代末期左右文壇幾個重要人物：

> 南渡後，文風一變，文多學奇古，詩多學風雅，由趙閑閑、李屛山倡之。屛山幼無師傳，爲文下筆便喜左氏、莊周，故能一掃遼宋餘習。而雷希顏、宋飛卿諸人，皆作古文，故復往往想法效，不作淺弱語。〔註76〕

一派是以趙秉文主風雅爲主，另一派便是李純甫以奇古爲代表。趙秉文（字周臣，自號閑閑，西元 1159 年～1232 年）〔註77〕是大定二十五年進士，曾累官至翰林、禮部尙書〔註78〕，是繼黨懷英之後爲金末文壇代表人物，曾讚許蘇軾「東坡先生，人中麟鳳也。……出新意於法度之中，寄妙理於豪放之外，……至於字外匠成風之妙，筆端透具眼之禪。蓋不可得而傳也。」〔註79〕認爲蘇軾在人品上出類拔萃，而在創作方面是在形式之外獨具一格，又能傳達獨識慧眼的妙理，趙秉文因爲對蘇軾評價之高，詞作泰半神似東坡，著名的〈水調歌頭〉上片「四明有狂客，呼我謫仙人。俗緣千劫不盡，回首落紅塵。我欲騎鯨歸去，只恐神仙官府……」〔註80〕寫來氣勢恢弘、疏曠不凡，甚至如〈大江東去·用東坡先生韻〉、〈缺月挂疏桐·擬東坡作〉〔註81〕都借用東坡詞韻、詞作來抒情。值得注意的是趙秉文並非全面接受蘇軾美學，在

---

〔註76〕語出《歸潛志》卷八。見（金）劉祁撰、崔文印點校，《歸潛志》，頁 85。

〔註77〕《金史》記載「趙秉文，字周臣，磁州滏陽人也。幼頴悟，讀書若夙習。」見（元）脫脫等撰、楊家駱主編，《新校本金史並附編七種（4）》卷一百十〈列傳第四十八·趙秉文〉，頁 2426。

〔註78〕見（元）脫脫等撰、楊家駱主編，《新校本金史並附編七種（4）》卷一百十〈列傳第四十八·趙秉文〉，頁 2426。

〔註79〕語出《閑閑老人滏水文集》卷二十〈跋東坡四達齋銘〉。見（金）趙秉文撰，《閑閑老人滏水文集·附續遺（三）》，頁 235。

〔註80〕見唐圭璋編，《全金元詞（上）》，頁 46。

〔註81〕見唐圭璋編，《全金元詞（上）》，頁 47。

〈答李天英書〉中推薦李經（字天英，生卒年不詳）〔註82〕學詩文的對象：

> 故爲文當師《六經》及左丘明、莊周、太史公、賈誼、劉向、揚雄、
> 韓愈，爲詩當師《三百篇》、《離騷》、《文選》、《古詩十九首》，下及
> 李、杜。學書當師三代金石、鍾、王、歐、虞、顏、柳，盡得諸人
> 所長，然後卓然成一家。非有意於專師古人也，亦非有意於專擯古
> 人也。……梁肅、裴休、晁迥、張無盡，名理之文也，吾師之。太
> 白、杜陵、東坡，詞人之文也，吾師其詞，不師其意。淵明、樂天，
> 高士之詩也，吾師其意，不師其詞。〔註83〕

如此看來，趙秉文如蘇軾融會諸家，卻對蘇軾的詩文持保留態度，且取法對
象多是以風雅爲內容要求，或許是對王寂、王庭筠或李純甫等人一派追求奇
古風的反擊，希望能在詩歌意涵上有所深厚用世的情感，又希冀不受一派技
巧詩法侷限，要能多學古人卻又不居古人之情意或句法，無論「師其意」或
「師其詞」想表達就是要盡收諸家之長，但「風雅」的確是趙秉文學習古人
詩文的價值標準，在同一篇文章提到：

> 嘗謂古人之詩，各得其一偏，又多其性之似者。若陶淵明、謝靈運、
> 韋蘇州、王維、柳子厚、白樂天得其沖淡，江淹、鮑明遠、李白、
> 李賀得其峭峻。……太白詞勝於理，樂天理勝於詞，東坡又以太白
> 之豪、樂天之理，合而爲一，是以高視古人，然終不廢古人。足下
> 以唐宋詩人得處，雖能免俗，殊乏風雅過矣，所謂近風雅，豈規規
> 然如晉宋詞人蹈襲用一律耶。〔註84〕

更明白說明前輩大家各有風采神韻、格調風範，後世文人汲取這些作家的創作
成果，是可各得其優點，更要如蘇軾兼容並蓄、博採眾家，又能超脫而出，才
能不宥於一隅、蒙蔽視野，且特別叮嚀雖得唐宋諸家之長，內容需近風雅，但
並非規規矩矩的按照路數，如同晉宋追求千篇一律的形式、格律。正如元好問
在〈閑閑公墓銘〉說：「若夫不溺於時俗，不汩於利祿，慨然以道德仁義性命

---

〔註82〕 《金史》記載「李經字天英，錦州人。作詩極刻苦，喜出奇語，不蹈襲前人。」
見（元）脫脫等撰、楊家駱主編，《新校本金史並附編七種（4）》卷一百二十
六〈列傳第六十四・文藝下・李經〉，頁2733。
〔註83〕 語出《閑閑老人滏水文集》卷十九。見（金）趙秉文撰，《閑閑老人滏水文集・
附續遺（三）》，頁230。
〔註84〕 語出《閑閑老人滏水文集》卷十九。見（金）趙秉文撰，《閑閑老人滏水文集・
附續遺（三）》，頁230。

禍福之學自任，沉潛乎六經，從容乎百家，幼而壯，壯而老，怡然渙然，之死
而後已者，惟我閑閑公一人。」〔註85〕趙秉文以承繼詩三百、六經等溫柔敦厚
的風雅詩文，來一掃金中葉以後文壇求新求奇的風格，有慨然之志以振興文壇。

當時趙秉文與李純甫一派詩學觀念的差異，從劉祁《歸潛志》記載二人
互斥對方的理由便有清楚概念：

> 李屏山教後學爲文，欲自成一家，每曰：「當別轉一路，勿隨人腳跟。」
> 故多喜奇怪，然其文亦不出莊、左、柳、蘇，詩不出盧仝、李賀。
> 晚甚愛楊萬里詩，曰：「活潑剌底，人難及也。」趙閑閑教後進爲詩
> 文則曰：「文章不可執一體，有時奇古，有時平淡，何拘？」李嘗與
> 余論趙文曰：「才甚高，氣象甚雄，然不免有失支墮節處，蓋學東坡
> 而不成者。」趙亦語余曰：「之純文字止一體，詩只一句去也。」又，
> 趙詩多犯古人語，一篇或有數句，此亦文章病。屏山嘗序其閑閑集
> 云：「公詩往往有李太白、白樂天語，某輒能識之。」又云：「公謂
> 男子不食人唾，後當與之純、天英作眞文字。」亦陰識云。〔註86〕

這段文字等於是兩人各執己見，來抨擊對方的缺失，首先，在面對前輩大家，
兩人態度就大相逕庭，趙秉文主張博採眾家，而李純甫明顯擺脫舊有規範，
自闢蹊徑。其次，就詩風格上，趙秉文批評李純甫多喜怪奇，文章仍不出柳
宗元、蘇軾質樸寓理的散文，詩歌仍走李賀、盧仝的唯美風格；李純甫認爲
趙秉文氣象雄大，然學蘇軾不成而失文理。最後從創作細膩度來看，趙秉文
批評李純甫雖求新奇，其實大同小異，並無變化之新；而李純甫在極力抨擊
趙秉文學古人欲脫古人之法，卻往往有明顯痕跡。

李純甫（字之純，號屏山，西元 1177 年～1223 年）〔註87〕是金章宗年間
經義進士，曾入翰林，官至左司都事，金末南渡後復入翰林，連知貢舉，《金
史》記載爲文法莊周、列禦寇、左氏、戰國策，後進多宗之。又喜談兵，慨
然有經世心，晚年喜佛，力探其奧義。〔註88〕李純甫融通儒、釋、道三家思

---

〔註85〕 見（金）元好問著、狄寶心校注，《元好問文編年校注（上冊）》，頁 257。

〔註86〕 語出《歸潛志》卷八。見（金）劉祁撰、崔文印點校，《歸潛志》，頁 87。

〔註87〕 《金史》記載「李純甫字之純，弘州襄陰人。祖安上，嘗魁西京進士。」見
（元）脫脫等撰、楊家駱主編，《新校本金史並附編七種（4）》卷一百二十六
〈列傳第六十四‧文藝下〉，頁 2734。

〔註88〕 見（元）脫脫等撰、楊家駱主編，《新校本金史並附編七種（4）》卷一百二十
六〈列傳第六十四‧文藝下〉，頁 2734～2735。

想，不似趙秉文強調溫柔敦厚的詩教，在《中州集》劉汲詩人小傳，有收錄李純甫爲劉汲《西巖集》作序，較全面表達他自己的基本觀點：

> 人心不同如面。其心之聲，發而爲言；言中理謂之文；文而有節爲之詩。然則詩者文之變也，豈有定體哉？故三百篇，什無定章，章無定句，句無定字，字無定音，大小長短，險易輕重，惟意所適。雖役夫室妾悲憤感激之語，與聖賢相雜而無愧，亦各言其志也已矣。何後世議論之不公邪！齊梁以降，病以聲律，類俳優然。沈宋而下裁其句讀，又俚俗之甚者。自謂靈均以來，此秘未睹。此可笑者一也。李義山喜用僻事，下奇字，晚唐人多效之，號西昆體，殊無典雅渾厚之氣，反詈杜少陵爲村夫子。此可笑者二也。黃魯直天資峭拔，擺出翰墨畦逕，以俗爲雅，以故爲新，不犯正位，如參禪著末後句爲具眼。江西諸君子翕然推重，別爲一派。高者雕鐫尖刻，下者模影剿竄，公言韓退之以文爲詩，如教坊雷大使舞；又云學退之不至，即一白樂天耳。此可笑者三也。嗟乎，此說既行，天下寧復有詩耶？〔註89〕

李純甫認爲詩歌是發自內心的，不同於文字的表面，所以底層百姓的詩歌只要出於眞誠的悲憤感激，是能與聖賢文人創作相提並論，這便是和趙秉文強調詩文風雅最根本的不同，也是李純甫自成一家的基礎點，同時也與蘇軾「隨物賦形」追求「平淡自然」是相近的；而在這觀點上「章無定句，句無定字，字無定音」方能成立，李純甫卻仍欣賞韓愈以文爲詩，黃庭堅以俗爲雅、以故爲新，而討厭西昆體一味用深僻典故，或江西末流的雕痕尖新的風氣。由此可知，李純甫仍不出蘇黃等人觀點，和趙秉文同樣反對綺麗尖新詩風，然趙秉文存有詩法古人風雅，從古人法度變化而出的創作理念；李純甫是希望另闢蹊徑，要如韓愈、蘇軾、黃庭堅一樣開創不同途徑。從他現存不多的詩詞來看，如〈水龍吟〉上片「幾番冷笑三閭，算來枉向江心墮。……清濁從他，醉醒由己，分明識破。待用時即進，舍時便退，雖無福，亦無禍。」〔註90〕明顯將詞俗化傾向，透過幽默詼諧方式表達自己灑脫豁達之觀，又如〈爲蟬解嘲〉：「老蜣破衲染塵緇，轉丸如轉造物兒。道在矢溺傳有之，定中幻出嬋娟姿。金仙未解羽人屍，吸風飲露巢一枝。……」從蟬的脫殼蘊含人生的

---

〔註89〕見（金）元好問編、（明）毛晉刊，《中州集（卷二）》，頁32～33。
〔註90〕見唐圭璋編，《全金元詞（上）》，頁70。

轉化〔註91〕，〈怪松謠〉詩「阿誰栽汝來幾時，輪困擁腫蒼虬姿。鱗皴百怪雄
牙髭，拿空天矯蟠枯枝。疑是秘魔岩中老傭物，旱火燒天鞭不出。……」〔註
92〕以奇詭怪異的字句、突兀的風格、拗口的語句描述怪松，也頗有感懷不遇。
從李純甫現存詩詞來看的確有恣意狂怪、欲造新境的企圖，也難怪他會稱許
王庭筠「東坡變而山谷，山谷變而黃華，人難及也」，而被趙秉文直斥求新的
弊病。

　　從金代中葉到金末，王寂、王庭筠到李純甫的尖新派，和黨懷英、周昂
到趙秉文的自然風雅一派，都時從蘇軾美學各取一端領悟而來，也意味兩派
代表人物熟諳蘇軾作品，如王寂的次韻唱和仍用東坡韻，趙秉文兼採眾家然
詩詞也多似東坡，而黨懷英認為蘇文出奇，不夠雅正故學歐陽脩；周昂認為
創作以意為主，李純甫追求情真與另闢蹊徑，兩人觀點都深似蘇軾。所以兩
派接受蘇軾美學，或求形式之新、篇章之奇，或求意涵之雅、境界自然，不
同於金初文人，這些大家接受蘇軾美學，卻也深刻體悟出屬於自己人格特質
與創作風格，取法對象也日漸多元，金代中葉無論詩詞文都是相對初期來得
熱絡活潑。

## 三、金末：對蘇軾文藝觀的審思與融會

　　金代中末期不管是「尖新」派還是「自然風雅」派都還未有明確完整的
論述，既學蘇軾詩詞文又各執己見的吸納蘇軾文藝觀，僅能從互相批評的字
句中取得兩派的藝術傾向，幾乎難有深刻或全面的論述。南渡以後，首推王
若虛才開始全面反思蘇軾美學，而元好問則是總結與融會後，從金元文風在
蘇軾影響下，走出個人的歷史地位。

　　王若虛（字從之，西元 1174 年～1243 年）〔註93〕是承安年間進士，累官
至刺史、翰林直學士，金亡不仕，寫下詩文評論《滹南遺老集》〔註94〕，當
中有〈文辨〉四卷、〈詩話〉三卷，〈詩話〉其中也有一些論詞的文字，他對

---

〔註91〕見（金）元好問編、（明）毛晉刊，《中州集（卷四）》，頁 75～76。
〔註92〕見（金）元好問編、（明）毛晉刊，《中州集（卷四）》，頁 82～83。
〔註93〕《金史》記載「王若虛字從之，藁城人也。幼王悟，若凤昔在文字間者。」
　　　　見（元）脫脫等撰、楊家駱主編，《新校本金史並附編七種（4）》卷一百二十
　　　　六〈列傳第六十四・文藝下〉，頁 2737。
〔註94〕見（元）脫脫等撰、楊家駱主編，《新校本金史並附編七種（4）》卷一百二十
　　　　六〈列傳第六十四・文藝下〉，頁 2738。

整個金末詩文風氣，是有透徹的醒悟，而這一看法勢必影響到對蘇軾接受的
程度，在《滹南遺老集‧詩話》的卷末：

> 近歲諸公，以作詩自名者甚眾，然往往持論太高，開口輒以〈三百
> 篇〉、〈十九首〉為準；六朝而下，漸不滿意；至宋人，殆不齒矣。
> 此固知本之說，然世間萬變，皆與古不同，何獨文章而可以一律限
> 之乎？就使後人所作，可到〈三百篇〉，亦不肯悉安於是矣。何者？
> 滑稽自喜，出奇巧以相誇，人情固有不能已焉者。宋人之詩，雖大
> 體衰於前古，要亦有以自立，不必盡居其後也。遂鄙薄而不道，不
> 已甚乎？少陵以文章為「小技」，程氏以詩為「閑言語」。然則，凡
> 辭達理順，無可瑕疵者，皆在所取可也。其餘優劣，何足多較哉！
> 夫文豈有定法哉？意所至而為之。題意適然，殊無害也。〔註95〕

前一段文字同時批評趙秉文、李純甫，因為兩人都是師法古人，僅是追尋過
程與呈現的意義差別而已，一個是追求風雅，一個是奇巧闢徑，王若虛認為
無論是〈三百篇〉、〈古詩十九首〉、六朝唐宋詩歌，只要是「辭達理順」都是
值得學習，不用因朝代風氣優劣有所取捨，「辭達理順」便是王若虛認為創作
的首要條件，同樣對古文的要求，也是認為無一定的法則，必須順意而為。
而所謂的「理」，王若虛也多有論述：

> 郊寒白俗，詩人類鄙薄之。然鄭厚評詩，荊公、蘇、黃輩，曾不比
> 數，而云：「樂天如柳陰春鶯，東野如草根秋蟲，皆造化中一妙。」
> 何哉？哀樂之真，發乎情性，此詩正理也。

> 東坡云：「論畫以形似，見與兒童鄰；賦詩必此詩，定非知詩人。」
> 夫所貴於畫者，為其似耳；畫而不似，則如勿畫。命題而賦詩，不
> 必此詩，果為何語！然則，坡之論非歟？曰：論妙在形似之外，而
> 非遺其形似；不窘於題，而要不失其題；如是而已耳。〔註96〕

「理」所代表情感表達哀樂之真，王若虛肯定孟郊、白居易也是認為他們情
感發乎情性之真；除此之外引用東坡的「形似」、「神似」的觀點，是更強調
「形似」之重要，修正了東坡「賦詩必此詩，定非知詩人」，是認為即使詩畫

---

〔註95〕語出《滹南遺老集》卷四十〈詩話下〉。見（金）王若虛撰，《滹南遺老集‧
　　　　附續詩集（四）》，收錄於《叢書集成初編》，頁261～262。

〔註96〕語出《滹南遺老集》卷三十八〈詩話上〉、卷三十九〈詩話中〉。見（金）王
　　　　若虛撰，《滹南遺老集‧附續詩集（四）》，收錄於《叢書集成初編》，頁246、
　　　　248。

的「神似」也要不能離開作品既有「形似」的部分，而所謂「形似」就是不要失題。因此，王若虛的「辭達理順」代表作品出乎情感的真誠，要自然流暢表達卻又不能失去原意設下的題目，憑藉如此的創作要件，王若虛相當重視合乎邏輯的詩歌表達，甚至在部分詩歌的字句中斤斤計較，例如：

> 東坡〈送王緘詞〉云：「坐上別愁君未見，歸來欲斷無腸。」此未別時語也，而言「歸來」，則不順矣。「欲斷無腸」，亦恐難道。〈贈陳公密侍兒〉云：「夜來倚席親曾見。」此本即席所賦，而下「夜來」字，却是隔一日。

> 張文潛詩云：「不用爲文送窮鬼，直須圖事祝錢神。」唐子西云：「脫使真能去窮鬼，自量無以致錢神。」夫錢神所以不至者，唯其有窮鬼在耳。二子之語似可喜，而實不中理也。〔註97〕

無論是對東坡語句挑剔時間上情感的不順暢，或是對張耒、唐庚似乎能可選擇窮鬼認爲不合情理，這些都是過份講求一字一句，而忘卻整篇詩文的鋪排。

王若虛既然主張「情真、理順、辭達」，自然對過分刻意雕琢、或追求形式是多所批評的，他十分讚賞蘇軾卻也同時抨擊蘇軾，大抵不出這些文藝觀念的要求：

> 東坡自言其文「如萬斛泉源，不擇地而滔滔汨汨，一日千里無難，及其與山石曲折，隨物賦形，而不自知所之者，當行于所當行，而止于不可不止。」論者或譏其太誇，予謂惟坡可以當之。夫以一日千里之勢，隨物賦形之能，而理盡輒止，未嘗以馳騁自喜，此其橫放超邁而不失爲精純也耶！

> 王直方云：「東坡言魯直詩高出古人數等，獨步天下。」予謂坡公決無是論；縱使有之，亦非誠意也。……山谷之詩，有奇而無妙，有斬絕而無橫放，鋪張學問以爲富，點化陳腐以爲新；而渾然天成，如肺肝中流出者，不足也。此所以力追東坡而不及歟！

> 東坡酷愛〈歸去來辭〉，既次其韻，又衍爲長短句，又裂爲集字詩，破碎甚矣。陶文信美，亦何必爾！是亦未免近俗也。〔註98〕

---

〔註97〕 語出《滹南遺老集》卷三十九〈詩話中〉、卷四十〈詩話下〉。見（金）王若虛撰，《滹南遺老集·附續詩集（四）》，收錄於《叢書集成初編》，頁249、252。

〔註98〕 語出《滹南遺老集》卷三十六〈文辨三〉、卷三十九〈詩話中〉。見（金）王若虛撰，《滹南遺老集·附續詩集（四）》，收錄於《叢書集成初編》，頁230、351～352、248。

他十分讚賞蘇軾，因此也認同蘇軾的「隨物賦形」，那是自然文氣的流暢貫通，卻也是只有蘇軾之才方能達到的境界，所以連黃庭堅等江西詩派即使以學問入詩、以俗為雅、以故為新，都是無法追上東坡，更何況金末趙秉文、王庭筠、李純甫這些人。但是他也批評蘇軾愛次韻唱和、集字詩等遊戲之作的毛病，這便不符合王若虛的「情真、理順、辭達」。

　　而對於詞作的態度，也與他的詩文主張出入不大，總共有三點主要論述：第一，「詩詞一理」之說；王若虛是針對蘇軾是否「以詩為詞」的觀點，提出以下的反駁：

> 陳後山謂子瞻以詩為詞，大是妄論，而世皆信之，獨茆荊產辨其不
> 然，謂公詞為古今第一。今翰林趙公亦云：此與人意暗同。蓋詩詞
> 只是一理，不容異觀。自世之末作，習為纖豔柔脆，以投流俗之好，
> 高人勝士，亦或以是相勝，而且趨於委靡，遂謂其體當然，而不知
> 流弊之至此也。文伯起曰：先生慮其不幸而溺於彼，故援而止之，
> 特立新意，寓以詩人句法。是亦不然。公雄文大手，樂府乃其遊戲，
> 顧豈與流俗爭勝哉！蓋其天資不凡，辭氣邁往，故落筆皆絕塵耳。
> 〔註99〕

他認為陳師道的主張，「以詩為詞」並非蘇軾作詞的主要態度，「詩詞一理」才是蘇詞的創作觀點，即使是遊戲之作的樂府，也因蘇軾的才氣而超群出眾。王若虛提出的「詩詞一理」，是總結金詞的創作態度，從「以詩為詞」提升到「詩詞一理」，而此「理」就是前面詩文主張所說的「哀樂之真，發乎情性」、「要不失其題」，很明顯的看出王若虛以內容重於形式的品評觀點，認為作者應以意為主，形式僅為內容的載體而已。

　　第二，作詞重真情，有雅俗之分；王若虛主張「詩詞一理」、「哀樂之真，發乎情性」，自然以內容為重，內容主要為作者心境之反應，王若虛要求作詞要有真情，因此提到：

> 晁無咎云：「眉山公之詞短於情，蓋不更此境耳。」陳後山曰：「宋
> 玉不識巫山神女而能賦之，豈待更而後知，是直以公為不及於情也。」
> 嗚呼，風韻如東坡，而謂不及於情，可乎？彼高人逸才，正當如是，
> 其溢為小詞，而閒及於脂粉之間，所謂滑稽玩戲，聊復爾爾者也。

---

〔註99〕　語出《滹南遺老集》卷三十九〈詩話中〉。見（金）王若虛撰，《滹南遺老集‧
　　　　附續詩集（四）》，收錄於《叢書集成初編》，頁250。

若乃纖豔淫媟，入人骨髓，如田中行、柳耆卿輩，豈公之雅趣也哉？
〔註100〕

透過反駁晁無咎與陳後山，蘇軾既非欠缺情感與不了解神女故事，王若虛認為蘇軾才高八斗，對於一些小詞有胭脂俗粉的氣息，不過是遊戲之作，要如那田為、柳永專寫纖細穠麗的情詞，並非文人雅趣。由此可知，王若虛對於情真依然有所規範，太過俗豔、太過刻意、不合乎情理都是不允許的，因為「詩詞一理」的前提，故對詩文的要求必然也會放在詞作要求，例如在評論山谷詞時，

山谷詞云：「新婦磯邊眉黛愁，女兒浦口眼波秋。」自謂以山色水光替卻玉肌花貌，真是漁父家風。東坡謂其「太瀾浪」，可謂善謔。蓋漁父身上，自不宜及此事也。〔註101〕

王若虛對於情感表現於詞中有著雅俗之別，這裡指出黃庭堅以山光水色與漁家兒女相比擬，作為一種描摹的想像，蘇軾認為太過放浪無拘，並無明顯好壞之判，然王若虛直指認定是一種委婉的嘲諷，是因為漁父身分與生活不相符，如此論調如同詩論一樣吹毛求疵，對詩文詞的「理」必須合乎題目、合乎作者身份、合乎創作對象的情境都有要求，也必然還原創作者當下的情境，是有所難度的。王若虛認為男女之情並非文人雅趣，因此對豔情詞都視為遊戲之作，即便是蘇軾的作品如此，王若虛所稱道的在於蘇軾寫「情」不僅侷限於男女而已，而是擴大於世態人生、胸襟懷抱，屬於文人之雅趣。

第三，自然率真的詞作態度；王若虛主張真情流露，但要有文人之雅趣，故在詞作方面，必須合於自然情性，因此也屢次對遊戲之作，表達出不滿之音，在《滹南詩話》中批評蘇黃二人：

蘇、黃各因玄真子〈漁父詞〉增為長短句，而互相譏評。山谷又取船子和尚詩為〈訴衷情〉，而《冷齋》亦載之。予謂此皆為蛇畫足耳，不作可也。〔註102〕

---

〔註100〕語出《滹南遺老集》卷三十九〈詩話中〉。見（金）王若虛撰，《滹南遺老集·附續詩集（四）》，收錄於《叢書集成初編》，頁250。

〔註101〕語出《滹南遺老集》卷三十九〈詩話中〉。見（金）王若虛撰，《滹南遺老集·附續詩集（四）》，收錄於《叢書集成初編》，頁253。

〔註102〕語出《滹南遺老集》卷三十九〈詩話中〉。見（金）王若虛撰，《滹南遺老集·附續詩集（四）》，收錄於《叢書集成初編》，頁253。

王若虛對蘇軾、黃庭堅據張志和的〈漁父〉詞增爲長短句，互相批評，王若
虛譏評爲畫蛇添足，不值得一作。

王若虛仍以宗法蘇軾爲主要態度，從蘇軾「以詩爲詞」推展到「詩詞一
理」，在觀點上詩、詞、文是互通的，他以「詩文情眞、理順、辭達」、「要不
失其題」爲首要的創作條件，故以「自然眞情」反對「遊戲豔情」之作，這
是對蘇軾詩詞開始有審思的批判。

到了金末元初動盪不安的時代，家國巨變激發創作的熱情，文藝思潮在
前輩學者不斷探討辯證有深厚累積，正值傾覆時代有段克己、段成己、李俊
民、元好問等人，也唯有元好問在詩、詞、文、創作理論、史學編纂都取得
豐厚的成績。從上一節彙整歷代批評者的辯證，誠然證明元好問接受蘇軾文
藝過程存在鎔鑄與反思，然而除了他自身的學養愛好之外，定然也受相近時
期的前輩大家、同年知交的薰陶，多少影響元好問接受蘇軾文藝的評判。

元好問二十八歲時赴汴京（今河南開封），以詩文謁見禮部尚書趙秉文，
極受賞識，名震京師，在此時期交遊如王若虛、李純甫、雷淵、李獻能、李
獻甫、麻革等人〔註103〕。由此可知，無論是主風雅自然的趙秉文、主變化新
奇的李純甫，甚至開始有專論反思蘇軾的王若虛，元好問與當時文人皆有交
流，也會從各代大家、金元文士等作品爲創作思考的借鏡。近世專家學者在
研究的面向也逐步朝向這研究方向做歸納，在詩歌繼承方面，例如：

> 蘇軾詩論，是既重技巧，又主張歸於自然的，這一藝術理想同樣被
> 遺山所繼承。（丁放《金元明清詩詞理論史》）〔註104〕

> 到了金詩集大成人物元好問，理論上更成熟，氣魄更大。……他的
> 特點正是兼采唐宋，又超越唐宋，轉益多師。對阮籍、陶淵明、陳
> 子昂、李白、杜甫、蘇軾、韓愈、黃庭堅，都有肯定，都有繼承，
> 但又不是無原則地學習。……他的理論思考比唐人深廣，氣魄更大。

---

〔註103〕從一些贈詩懷舊或即席應制就可知元好問與當世重要文人都有交情，如〈同
　　　　希顏欽叔玉華谷分韻得軍華二字二首〉、〈同希顏再登箕山〉、〈贈麻信之〉、〈灃
　　　　亭同麻知幾賦〉、〈別王使君丈從之〉、〈王子端內翰山水同屏山賦二詩〉、〈李
　　　　屏山挽章二首〉、〈野菊座主閑閑公命作〉、〈九日登平定湧雲樓故基，樓即閑
　　　　閑公所建〉等。見（金）元好問著、狄寶心校注，《元好問詩編年校注（第三
　　　　冊）》，頁138、359、575、221、162、1185、159、229、260、1394。
〔註104〕見丁放，《金元明清詩詞理論史》（合肥：安徽大學出版社，2000年2月第2
　　　　版），頁31。

宋人在理論興趣上不遜於元好問，但觀點不及元好問通融。

（董國炎〈遼金元詩歌的價值觀照〉）〔註105〕

丁放《金元明清詩詞理論史》完整把金元明清詩詞各家理論呈現，但內容精簡多為概述性，而董國炎專文專論認為遼金元詩常被與唐宋詩作對舉，被否定性過高，須凸顯當代歷史價值。兩人都用宏觀角度來檢視，金元詩壇在詩歌史上的重要性，同樣也注意到元好問在這當中的角色定位。「兼采唐宋，又超越唐宋，轉益多師」，既是把元好問定位提高，卻也模糊元好問的創作特質。近代詞論也是如此：

遺山即以一代詞壇宗主，承載蘇、辛、吳、蔡激昂悲抑之懷以入元。

（鍾屏蘭〈遺山樂府析論〉）〔註106〕

金初的蔡松年、金中期的趙秉文以及金元之際的元好問，即是金代詞壇中步武蘇詞的三位代表。……元好問則是創作上最能得蘇詞精髓的大家。（陶然《金元詞通論》）〔註107〕

與當時南北詞壇的一般詞人相比，遺山詞確實做到了南北通採，兼容並包，具有博大渾瀚與幽婉深曲為一爐的大家氣象。我們承認遺山詞的「集大成」特徵，與他「為金元北宗詞派之冠冕」的評價並不矛盾。他的身世經歷、創作觀念和所處的創作環境，決定了他始終是以北方代言人和東坡詞繼承者的身份。

（張晶分卷主編《中國古代文學通論（遼金元卷）》）〔註108〕

遺山詞之學杜主要表現在氣格韻調上，自有一種包孕萬象的氣度。

所以在學杜詩這一點上，遺山與蘇、辛又可以說同歸一途。

（趙永源《遺山詞研究》）〔註109〕

有碩博論文專論元好問的鍾屏蘭，研究金元詞史的陶然、張晶，寫過《遺山樂府校註》的趙永源，都將元好問置於承先啓後的地位，鍾屏蘭、陶然明確

---

〔註105〕見董國炎，〈遼金元詩歌的價值觀照〉收於胡傳志主編，《中國詩學研究第 3 輯・遼金詩研究專輯》（上海：上海古籍出版社，2004 年 12 月第 1 版），頁 103。

〔註106〕見鍾屏蘭的〈遺山樂府析論〉，頁 215。

〔註107〕見陶然，《金元詞通論》（上海：上海古籍出版社，2001 年 7 月第 1 版），頁 72。

〔註108〕見傅璇琮、蔣寅總主編；張晶分卷主編，《中國古代文學通論（遼金元卷）》（瀋陽：遼寧人民出版社，2005 年 5 月第 1 版），頁 99。

〔註109〕見趙永源，《遺山詞研究》，頁 289。

指出元好問承襲蘇詞風範，到了張晶、趙永源便站在包容器度上來論元好問的詞史地位，以及從豪放詞風的繼承與轉化來讚許遺山詞的格調。至於元好問的散文較少人專文研究，大抵也是不出兼容並蓄的論點：

> 他的散文取法歐、蘇，依舊保留了北宋散文立意深遠、布局嚴謹、議論風發、語言平易等許多特點。
>
> （張晶分卷主編《中國古代文學通論（遼金元卷）》）〔註110〕

> 元好問的散文創作繼承韓愈和歐陽脩的風格和成就，融金末時代風雲於筆端，使他成為獨樹一幟的文章巨公。（王永，《金代散文研究》）〔註111〕

> 他成功繼承了先秦、漢魏特別是唐宋以韓、歐為代表的優良傳統，得文派之正，惟其如此，他的散文才能兼備眾體，繩尺嚴密，有感而發而又平易暢達，取得了雄居一代的成就。
>
> （李真瑜、田南池、房春草著，《中國散文通史·宋金元卷》）〔註112〕

張晶、王永的觀點殊途同歸，元好問的散文必然受到唐宋古文八大家的影響，又兼容金代文風堪為當世典範。《中國散文通史·宋金元卷》按奏議、書序、雜論、傳狀、碑誌、辭賦等各大類選取元好問較具代表幾篇散文來論述，所得出論點也不出張晶、王永認為遺山文承襲韓歐章法，成就他在金文的歷史地位。

　　從金初到金中葉皇室貴族的政策導向，到公卿大夫、名臣文士對蘇軾人品與詩品的景仰，再到趙秉文、李純甫從蘇詩各自領悟得出的文藝觀，至金末王若虛開始反思蘇軾，元好問省思當世文風，融會貫通諸家可取之處。當今的論述透過「海納百川，有容乃大」來論證元好問視野之大，這些近世前輩學者研究當中，值得一提的是趙永源頗有新意的整理遺山詞有 161 句化用杜甫詩〔註113〕，可說是跨文類的比對證明元好問閱讀之廣；可是根據論者初步整理遺山詩詞，直接重複使用東坡詩詞句就高達 114 句，更遑論化用東坡詩詞語句數量之多。所以直循本源，論者已從外在文化環境充分論述，金代文

---

〔註110〕見傅璇琮、蔣寅總主編；張晶分卷主編，《中國古代文學通論（遼金元卷）》，頁238。
〔註111〕見王永，《金代散文研究》，頁172。
〔註112〕見李真瑜、田南池、房春草著，《中國散文通史·宋金元卷》（合肥：安徽教育出版社，2013年12月第1版），頁316。
〔註113〕見趙永源，《遺山詞研究》，頁294～308。

壇接受蘇軾人格與創作的必然性，兩個不同世代的詩詞文大家，尤其後者要如何後出轉精，必須正視元好問所大量直接、鮮明深刻的接受對象，因爲「蘇軾——元好問」的關聯性是遠比元好問接受其它前輩風範來得強烈的，蘇軾何以成爲他追尋的重要對象，元好問接受蘇軾詩歌創作、文藝理念之精深而予以修正、融會，呈現出個人的視野與境界，以下再從內在因素探討元好問與蘇軾之間精神存在的共鳴，生命歷程的高度雷同性，做爲元好問接受蘇軾人格美與文藝美的重要起始點。

## 第二節 「令人長憶眉山公」的精神追尋

蘇軾（西元 1036 年～1101 年）與元好問（西元 1190～1257 年）兩人〔註114〕，在政治上，前者身處北宋中期政壇的新舊變革，懷有淑世襟懷、不易折服的豪邁之氣；後者歷經金末元初世代的動盪時局，存有維繫文化、跨越藩籬的慨然之志。在文學上，蘇軾承襲唐宋古文運動，在各體文學與文藝觀自是一家，而詩、詞、文、書畫大放異彩，建立宋代大家的典範；元好問沿襲蘇學北行的文風，融會風雅與新奇卓然而立，在詩、詞、文、史學光彩奪目，確立金末文士的風範。

而「蘇軾——元好問」這一文學接受活動，存在的開端——情感的共鳴是產生的重要契機，正如劉勰《文心雕龍・知音》：「夫綴文者情動而辭發，觀文者披文以入情，沿波討源，雖幽必顯。」〔註115〕「綴文者」是「情動而辭發」產生作品，而「觀文者」是「披文以入情」進入「綴文者的作品」，所以作品等同於一個跨越時空的情感橋梁，存在被接受者、接受者很高程度上的契合與共通，如此接受活動才得以完成。論者無法還原兩人的心理活動，但是劉勰也說「沿波討源，雖幽必顯」，從兩人生命歷程的蛛絲馬跡，從一些人生磨難的選擇、文學喜好的傾向，進而了解兩人的同質性的高低多寡。

先述兩人的一生經歷，以大致輪廓的了解。蘇軾，字子瞻，號東坡居士，四川眉山人，生於北宋宋仁宗景祐三年（西元 1036 年），卒於宋徽宗建中靖

〔註114〕兩人生平重要歷程詳見本論文附錄「蘇軾生平年表」、「元好問生平年表」。參考孔凡禮撰，《蘇軾年譜》（北京：中華書局，2005 年 5 月第 2 次印刷）；狄寶心，《元好問年譜新編》。

〔註115〕見（梁）劉勰撰、林其錟、陳鳳金集校，《增訂文心雕龍集校合編》（上海：華東師範大學出版社，2011 年 8 月第 1 版），頁 778。

國元年（西元 1101 年），享壽六十六歲，安葬於汝州郟城縣釣臺鄉上瑞里。父親蘇洵、母親程氏，蘇軾有兩個姊姊早夭，有一妹妹蘇八娘後來嫁與程之才，在十八歲時逝世；另有一位哥哥蘇景先在蘇軾出生第二年後夭折，尚有同在仕宦生涯起伏、詩文齊名的弟弟蘇轍。蘇軾歷經北宋仁宗、英宗、神宗、哲宗、徽宗五個朝代，也正是北宋政治經濟、思想文化變革的重要階段，時代的變動牽絆蘇軾仕宦生活，在仁宗嘉祐、英宗治平年間初入仕途後，有兩次在京師任職（熙寧初、元祐初），後因朝政變法、朋黨相爭等緣故乞外補任地方官（熙寧四年通判杭州、熙寧七年移知密州、熙寧十年改知徐州、元豐二年知湖州；元祐四年知杭州、元祐六年知潁州、元祐七年知揚州、元祐八年出知定州），這當中也歷經兩次重要的貶謫（依次是元豐二年因烏臺詩案責授檢校水部員外郎黃州團練副使；另一次是紹聖元年來之邵等言蘇軾詆斥先朝，紹聖四年得瓊州別駕，移送昌化軍安置。）而他一生的創作隨著「在朝、外任、貶謫」存在不同的層次。〔註 116〕

　　至於元好問，字裕之，號遺山，太原秀容韓巖村人，生於金章宗明昌元年（西元 1190 年）七月初八生，卒於元憲宗七年（西元 1257 年）九月四日河北獲鹿寓所，享壽六十八歲，安葬於忻州秀容繫舟山韓岩村。元好問系出拓拔魏氏，故姓元氏，生父為元德明，生母為王氏，還有兩位兄長元好謙、元好古。但元好問在出生後七個月，便已過繼給叔父元格。〔註 117〕以金亡不仕作為元好問人生歷程的前後分期，早年學而成名，卻屢試不第，在三十二歲才時登進士第，卻因政治氛圍與言語毀謗而不就選，三十五歲又赴宏詞科考，中選後召任國史院編修官，一年後不願承受京城政事紛擾，再度告歸嵩山，三十八歲後赴內鄉令、代鎮平令、南陽縣令，四十二歲再赴汴京任尚書都省掾、左司都事。元好問早年也是在宦海浮沉，多有懷才不遇之嘆。

　　而人生後半段就是四處遊歷、著述存史，元好問四十四歲時蒙古攻入汴京，他以亡金故官被羈至青城，又北渡黃河遷至山東聊城羈管，四十九歲才攜家返還故鄉，他多次從故鄉秀容到東平、真定，因為蒙古滅金後，一些漢人世族以保境安民為號召而聚集一起，如東平的嚴實、真定的史天澤、順天

---

〔註 116〕這裡的出生年限與分期分別參考孔凡禮撰，《蘇軾年譜》、王水照，《蘇軾論稿》
　　　　　（臺北：萬卷樓圖書有限公司，1994 年 12 月初版），頁 5。
〔註 117〕參考狄寶心，《元好問年譜新編》，頁 1～8。

的張柔等，不少文人皆匯集於這些地方，元好問晚年多有來往。除了詩詞文等持續創作外，還包括不少為他人詩詞文集所寫的序跋，都完整表達文藝觀，更甚至有多部重要的書籍完成，如《遺山新樂府》、《南冠錄》、《東坡樂府集選》、《中州集》、《金源君臣言行錄》、《壬辰雜編》、《續夷堅志》等，無論在先世與本人事跡的記錄、金朝詩文史料編纂、個人創作整理收錄、景仰對象的作品編選，元好問都有豐富的成果。

　　兩人年代雖然相差一百五十多年〔註 118〕，都面臨當朝時局的震盪與變革，都曾企圖一展長才與濟世愛民，而在阻礙困頓、進退失據的時刻，又堅守原則、涵養情性；同樣窮而後工、不平則鳴而發憤著述，也都曾思考文壇前輩的學養累積，以求深刻省思並熱情創作。晚年元好問對蘇軾依舊瞻仰，在他六十二歲時因事來到太原，田侯秀拿出伍元真所畫的赤壁圖，上有趙秉文所題的字，讓元好問興起無限感觸〔註 119〕，寫下了一首七古〈赤壁圖〉最後八句是如此說到：

　　　令人長憶眉山公，載酒夜俯馮夷宮。

　　　事殊興極憂思集，天澹雲閑今古同。

　　　得意江山在眼中，凡今誰是出羣雄？

　　　可憐當日周公瑾，憔悴黃州一禿翁。〔註 120〕

此詩最後這幾句與蘇軾當年貶謫黃州所寫〈念奴嬌·赤壁懷古〉上半闋，物是人非的意境相似，恬淡廣遠的天空、悠然飄浮的雲朵從古至今都是一樣，誰都曾滿足高興看著雄偉華麗的山河，明知「江山如畫，一時多少豪傑」、「得意江山在眼中，凡今誰是出羣雄」了悟各代遞嬗、時空變化的必然，卻仍願在時代中貢獻一己之生命，元好問想起當年想如周瑜大破曹軍、意氣風發的蘇軾，在貶謫黃州後仍願為家國百姓效命，卻遭逢貶謫儋州的命運。自己晚年也是憔悴老者，回首一生從宦海浮沉、豁達隱居又奮發著述、為國存史，興致勃發仍百憂交集，一種同與蘇軾同感生命與時局的變動侷限，在一生之中無法避免而不時搏鬥著。

---

〔註 118〕以蘇軾生年為西元 1036 年與元好問生年為西元 1190 年，兩人時代相差一百
　　　　五十四年。
〔註 119〕見〈題閑閑書赤壁後〉，（金）元好問著、狄寶心校注，《元好問文編年校注（下
　　　　冊）》，頁 1162。
〔註 120〕見（金）元好問著、狄寶心校注，《元好問詩編年校注（第三冊）》，頁 1360。

元好問「長憶眉山公」是一種知己意識的長遠存在，一種生命共鳴的驅使，顯然是接受蘇軾作品的情感本源，「游移出處進退」、「胸懷憂國濟世」、「鍾情創作生活」三方面內文闡述兩人生命的共同點。

## 一、游移出處進退

孟子曾說：「頌其詩，讀其書，不知其人可乎？是以論其世也；是尚友也。」〔註121〕原意是論述交友不僅與當代有品行良善的士人交往，還可上交古人並對所處時代有所考察，目的還是真切接近古人、領悟古人精神而求道德修養以致性善。後來成為文學闡釋中一個重要的審美觀點「知人論世」，引導讀者將文學作品與作者、與社會緊密結合，尋求對應關係，以求作品理解的完整性。以往批評理論是把「知人論世」延伸為理解作品的途徑，將作品與作者緊密聯繫；然而，從讀者接受觀點來看，代表接受者可以自主選擇接受對象，透過任何形象化的作品，尋找前代古人中的知音或崇拜對象〔註122〕，孟子也說到：

> 口之於味也，有同耆焉；耳之於聲也，有同聽焉；目之於色也，有同美焉。至於心，獨無所同然乎？心之所同然者何也？謂理也，義也。聖人先得我心之所同然耳。故理義之悅我心，猶芻豢之悅我口。
>
> （告子上）〔註123〕

人類的視聽嗅味觸等生理感覺可以有相通，如此人的內心精神也同，孟子表示我們與聖人可以依循性善的涵養，在義理的正道上追求心靈共鳴；就是代表後世的讀者是可透過作品詩其人、論其世，目的未必是理解作品，也可是一種不同時代下對世界宇宙相同審美知覺的交流。

蘇軾尚友古人是如此，同樣地元好問尚友蘇軾更是如此，先從〈東坡八首〉這一脈絡了解就可知。蘇軾四十六歲謫居黃州的第二年寫下〈東坡八首〉，在序文明白指出這塊營地的由來。〔註124〕蘇軾將此地命名為「東坡」，實與仰

---

〔註121〕見（宋）朱熹撰，《四書章句集注》，收於（清）永瑢、紀昀等纂修，《景印文淵閣四庫全書（第197冊）‧經部四書類》，頁166。

〔註122〕見尚學鋒等著，《中國文學接受史》，（濟南：山東教育出版社，2005年12月第2刷），頁27～28、35～36。

〔註123〕見（宋）朱熹撰，《四書章句集注》，收於（清）永瑢、紀昀等纂修，《景印文淵閣四庫全書（第197冊）‧經部四書類》，頁170。

〔註124〕〈東坡八首〉前有小序「余至黃州二年，日益困匱，故人馬正卿，哀余乏食，為郡中請故營地數十畝，使得躬耕其中。」見（宋）蘇軾、（清）王文誥、孔凡禮點校，《蘇軾詩集（第四冊）》，頁1079。

慕白居易有關，因白居易在忠州任職的時間，在忠州城東的山坡上種花，並命名此地為「東坡」，寫下兩首〈東坡種花〉。〔註125〕而蘇軾仰慕白居易閒適之樂從詩句和自註可得證：

> 〈軾以去歲春夏，侍立邇英，而秋冬之交，子由相繼入侍，次韻絕句四首，各述所懷〉其四：「微生偶脫風波地，晚歲猶存鐵石心。定似香山老居士，世緣終淺道根深。」自註「樂天自江州司馬除忠州刺史，旋以主客郎中知制誥，遂拜中書舍人。軾雖不敢自比，然謫居黃州，起知文登，召為儀曹，遂忝侍從，出處老少大略相似，庶幾復享此翁晚節閒適之樂焉。」〔註126〕

這是他五十二歲在京為翰林學士知制誥與蘇轍次韻唱和，在前一年因青苗法、免役法請求補外，同年朝廷以程頤主司馬光之喪事，蘇軾覺得依循古禮不近人情，與程頤弟子朱光庭（字公掞，西元 1037 年～1094 年）〔註127〕結怨，朱光庭以蘇軾館職策題語涉先帝而誹謗〔註128〕，蘇軾又再次請求補外。所以這首詩表達出，想遠離隨時風雲變色的官場，那從「世俗之道」轉而追求「自然之道」的鐵石心腸，頗如白居易一樣；便在詩末又特別註記自己自黃州以來的境遇頗似白居易，心境也如樂天晚年安閒自得。蘇軾對白居易的仰慕，在《容齋隨筆》卷五也曾有記載推論。〔註129〕這便是一種「知人論世」後的審美接受，既是作品情志的同聲相應、人世精神的依傍寄託。

---

〔註125〕（唐）白居易著、朱金城箋注，《白居易集箋校（2）》（上海：上海古籍出版2008 年 5 月三刷），頁 599。

〔註126〕見（宋）蘇軾、（清）王文誥、孔凡禮點校，《蘇軾詩集（第五冊）》，頁 1505～1507。

〔註127〕見（元）脫脫等撰、楊家駱主編，《新校本宋史並附編三種（13）》卷三百三十三〈列傳第九十二・朱光庭〉，頁 10710。

〔註128〕《宋史》記載朱光庭論「蘇軾試館職發策云：『今欲師仁祖之忠厚，而患百官有司不舉其職，或至於媮；欲法神考之屬精，而恐監司、守令不識其意，流入於刻。』臣謂仁宗難名之盛德，神考有為之善志，而不當以『媮』、『刻』為議論，望正其罪，以戒人臣之不忠者。」見（元）脫脫等撰、楊家駱主編，《新校本宋史並附編三種（2）》卷三百三十三〈列傳第九十二・朱光庭〉，頁 10710。

〔註129〕《容齋三筆》卷五記載：「蘇公責居黃州，始自稱東坡居士。詳考其意，蓋專慕白樂天而然。白公有〈東坡種花〉二詩云：『持錢買花樹，城東坡上栽』。又云：『東坡春向暮，樹木今何如？』」見（清）永瑢、紀昀等纂修，《景印文淵閣四庫全書（第851 冊）・子部 157 雜家類》，頁 575。

同樣在四十六歲寫下〈學東坡移居八首〉的元好問，明確表現對蘇軾一種知己意識的投射，單從一組詩是無法完整論述元好問對蘇軾強烈性的共鳴，更可往前細查他們六十餘年的歲月中，在「35～36 歲、38～39 歲、43～46 歲」這三段時間點，兩人幾近相同的境遇、相似的選擇，凸顯這一組詩是累積人生感概與情志宣洩。茲先以表格呈現這三個時間點，不同時代的兩人在相同年齡上面對家國、百姓、自身定位都有同等堅持：

表 2-2-1：蘇軾與元好問三段人生時間點對照表〔註 130〕

| 年　齡 | 蘇　軾 | 元好問 | 相同點 |
|---|---|---|---|
| 35～36 歲 | 神宗熙寧三年（西元 1070 年，35 歲）以殿中丞、直史館授官告院權開封府推官，曾向神宗皇帝上書，奏論新法不可行。八月，侍御史知雜事謝景溫劾奏蘇軾丁父憂歸蜀途中，舟中曾賣私鹽。熙寧四年（西元 1070 年，36 歲）遷太常博士，蘇軾乞外補，六月知杭州。 | 哀宗正大元年（西元 1070 年，35 歲），五月應宏詞科合格，作露布、行引、頌、箋。夏歸嵩山，旋召入史館為編修官。<br>正大二年（西元 1070 年，36 歲）春，奉命赴鄭州見賈益謙，訪先朝遺事，賈益謙暴露金朝內部鬥爭。夏作〈吏部掾屬題名記〉、〈警巡院廨署記〉評官署簡陋情形，辭史院職，歸登封。 | 蘇軾深感朝政因新舊變法紛爭、小人訕謗，而自請外補。<br>元好問任史館職，也因朝廷內鬥嚴重而自願辭職。 |
| 38～39 歲 | 神宗熙寧六年（西元 1073 年，38 歲），在杭州通判任。因水旱蝗災嚴重，蘇軾常往來常州、潤州、蘇州、秀州賑濟災民。<br>神宗熙寧七年（西元 1074 年，39 歲），八月以捕蝗至臨安，潛浮雲嶺，懷蘇轍，作詩以蝗災憂。九月，移知密州，杭州百姓皆惋惜。 | 哀宗正大四年（西元 1227 年，38 歲），夏五月初任河南內鄉縣令，率父老至長慶泉祈雨。好友張仲經、杜仲梁、麻信之、劉光甫等攜家來內鄉，設宴款待。深秋憂心國事作〈滿江紅〉。<br>正大五年（西元 1228 年，39 歲）正月至菊潭、丹水，作詩寄嵩前 | 蘇軾任杭州通判時，常救助百姓度過旱災、蝗災。<br>而元好問任內鄉令也常關心農事。 |

<hr>

〔註 130〕兩人的三個年齡時間點事跡皆參考孔凡禮、狄寶心所編著年譜。見孔凡禮撰，《蘇軾年譜》，頁 172～219、245～308、424～498；狄寶心，《元好問年譜新編》，頁 92～110、116～129、153～207。

| 年　齡 | 蘇　軾 | 元好問 | 相同點 |
|---|---|---|---|
| | | 故友，至內鄉西城眺望，關心農事。丁母憂，罷內鄉任。在內鄉任內兵民感激，甚存威惠。 | |
| 43～46歲 | 宋神宗元豐二年（西元1079年，44歲），四月從徐州到湖州上任，七月，御史中丞李定言蘇軾「罪有四可廢」，御史舒亶言蘇軾近上謝表，頗有譏切時事之言；御史何正臣亦言蘇軾愚弄朝廷，妄自尊大。二十八日，中使皇甫遵到湖州勾攝蘇軾來御史臺。御史中丞李定、監察御史舒亶、監察御史裡行何正臣言蘇軾謗訕朝廷。蘇軾就逮與妻子訣別，留書與弟轍。八月十八日，蘇軾被押赴臺獄勘問。十二月二十九日，獲釋出獄，責授檢校水部員外郎黃州團練副使，本州安置，不得簽書公事。宋神宗元豐四年（西元1081年，46歲），貶居黃州，五月時故人馬正卿哀蘇軾乏食，爲請郡中故營地數十畝，使得躬耕其中，地名東坡，自是始號東坡居士。作〈東坡八首〉 | 金哀宗天興元年（西元1232年，43歲），在汴京任尙書都省掾。三月初一，三女阿秀卒。三月蒙古軍圍汴京。金哀宗決議東巡，元好問建議寫國史一部相隨，不及行。後許多好友相繼而死，完顏良佐戰死、完顏璹薨、趙秉文卒、李汾被殺、麻九疇病亡、李獻能遇害、王渥卒。金哀宗天興二年（西元1233年，44歲），京城西邊元帥崔立舉兵叛亂，以汴京降元，捲入建崔立功德碑事件；四月二十二日又上書耶律楚材望保存金源遺臣。二十九日以亡金故官被羈至青城。五月三日蒙古軍拘管自青城北渡黃河至山東聊城。金哀宗天興三年（西元1234年，45歲），正月蒙古與南宋聯軍陷蔡州，哀宗傳位給完顏承麟後自殺，金亡。元好問繼續羈管聊城。蒙古太宗七年（西元1235年，46歲），三月移居山東冠縣，暫時租賃民屋。冬在冠縣建新居成，作〈學東坡移居〉。 | 蘇軾由徐州到湖州上任時，朝中小人尋摘蘇軾詩句，構陷蘇軾譏諷神宗變法，使蘇軾被押送御史臺獄審問，牽連七十餘人，爲「烏臺詩案」。蘇軾以爲必遭死禍，故留詩句欲與蘇轍訣別。後被貶謫黃州。而元好問深陷蒙古大軍所包圍的金朝首都汴京城，當時金哀宗已出城到蔡州，元好問與臣民被困，城中哀鴻遍野、艱困萬分，後金哀宗自殺，蒙古攻陷蔡州，而金亡。元好問以金朝遺臣被羈管山東聊城。兩年後才能移居。 |

（豐庭製表）

　　孔子曾說：「三十而立，四十而不惑，五十而知天命」〔註131〕，代表人對自身生命歷程的一種自我省察，也是一種穩定成長的追求〔註132〕，對蘇軾、元好問而言三十五歲到四十六歲正值強仕之年，原先都在京師爲官，是個人抱負的實現、能力的肯定，無奈面對黑暗的官場、環境的鬥爭，不得不選擇外放或辭官再外任，雖對京師朝政頗感失望，並不減兩人在外任地方官，盡心盡力爲民服務的熱忱，再次回到京師爲官後，蘇軾又面對更險惡的毀謗誣陷迫入死牢、元好問則是面對更危難的國破家亡深陷屠城。倘若兩人「可以處而處，可以仕而仕」〔註133〕，矛盾衝突的複雜情緒就不會一再出現，「身存意去」或「意存身去」的掙扎在兩人仕宦生涯是同等累積。

## （一）宦遊起伏，感嘆茫然

　　蘇軾三十五、六歲以殿中丞直史館時，在送友人外任或次韻蘇轍的詩，曾表達對現狀的惆悵與迷惘，例如：

> 去年送君守解梁，今年送君守歷陽。年年送人作太守，坐受塵土堆胸腸。……我生本是便江海，忍恥未去猶徬徨。無言贈君有長歎，美哉河水空洋洋。（〈送呂希道知和州〉）〔註134〕

〔註131〕見（宋）朱熹撰，《四書章句集注》，收於（清）永瑢、紀昀等纂修，《景印文淵閣四庫全書（第197冊）‧經部四書類》，頁17。

〔註132〕關於這段話有太多學者的評論，在此目的並非釐清字句完善解讀，而是引用論證一種生命歷程的省思，也與歷代學者的詮解並無違背，畢竟《論語》是屬於語錄體，無法確知孔子在何時、何地因何事向何人說出這番話，因此意義的解讀會有相當大的差別。例如楊伯峻的譯文是：「孔子說：『三十歲，懂禮儀，說話做事都有把握；四十歲，掌握了各種知識，不致迷惑；五十歲，得知天命』」馮友蘭則認爲「立」就是視、聽、言、動，都可以循規蹈矩，不至於違反周禮，可以站得住；「不惑」是對於人之所以爲人有所理解，有所體會。「知天命」就是懂得一方面天命決定自然界的變化，也決定人的生死、貧富、成敗；但天本身則無言，所以必人力盡後，方知命爲如何。勞思光把對這段話「不惑」以前之工夫，皆用在自覺意志之培養上，「知天命」則轉往客體性一面。參考楊伯峻，《〈論語〉譯注》（臺北：華正書局有限公司，1988年8月初版），頁13～14；馮友蘭，《中國哲學史新編（一）》（北京：人民出版社，1982年1月第3版），頁168～169；勞思光，《新編中國哲學史（一）》（臺北：華正書局，1988年8月初版），頁13。

〔註133〕見《孟子‧萬章下》，（宋）朱熹撰，《四書章句集注》，收於（清）永瑢、紀昀等纂修，《景印文淵閣四庫全書（第197冊）‧經部四書類》，頁160。

〔註134〕見（宋）蘇軾撰、（清）王文誥輯注、孔凡禮點校，《蘇軾詩集（第一冊）》，頁248～250。

舊隱三年別，杉松好在不？我今尚眷眷，此意恐悠悠。閉戶時尋夢，無人可說愁。還來送別處，雙淚寄南州。

（〈次韻子由初到陳州〉其二）〔註135〕

第一首道出自己在京城送友人外任太守，元好問想到年年都飽受朋友揚長而去的塵土，也暗指忍受官場烏煙瘴氣的汙染，在最後四句更是直指胸臆，心境以四海為家，而今忍受著小人的毀謗恥辱未曾離去，內心實在無限徬徨，徒留空嘆盛大的江河往大海奔流，再無任何言語可贈與好友。第二首回應蘇轍，想起三年多前將父親與母親合葬於眉州並手植青松，三年多後仍十分眷念，如此情感的牽絆是悠遠，可惜此時無人可以傾訴，再次來到送蘇轍離別之處只能把淚水藉由書信寄送。這一首詩、一闋詞皆代表蘇軾面對現狀無所適從，進退之處皆有諸多的考量，使他無法灑脫釋懷。

同樣元好問三十五、六歲被召入史館為編修官，一個六次科考未曾及第的文人不斷一再嘗試，表示熱切期待在朝廷貢獻一己之力，好不容易理想能有所實現，萌生退意的心境卻在詩詞一再表露：

帝城西下望孤雲，半廢晨昏愧此身。世俗但知從仕樂，書生只合在家貧。悠悠未了三千牘，碌碌翻隨十九人。預遣兒書報歸日，安排雞黍約比鄰。（〈帝城二首之一‧史院夜直作〉）〔註136〕

形神自相語，咄諾汝來前。天公生汝何意，寧獨有奇偏？萬事粗疏潦倒，半世棲遲零落，甘受眾人憐。許汜臥床下，趙壹倚門邊。五車書，都不博，一囊錢。長安自古岐路，難似上青天。雞黍年年鄉社，桃李家家春酒，平地有神仙。歸去不歸去，鼻孔欲誰穿。

（〈水調歌頭‧史館夜直〉）〔註137〕

第一首表達出處之間親身經歷與外人想像的落差，自己覺得平庸無能跟隨他人翻閱整理史館文案，不能歸家侍奉老母而慚愧，派人預先把家書送回，家人也好安排與鄰居飲酒宴樂。第二闋詞上片透過奇想，自己外在形體與內在精神的對談，似乎埋怨自己漂泊失意、潦倒窮苦的外型，精神上以許汜、趙

---

〔註135〕見（宋）蘇軾撰、（清）王文誥輯注、孔凡禮點校，《蘇軾詩集（第一冊）》，頁255～257。

〔註136〕見（金）元好問著、狄寶心校注，《元好問詩編年校注（第一冊）》，頁253～255。

〔註137〕見（金）元好問撰、趙永源校註，《遺山樂府校註》，頁35。

壹自勉，眼界要高遠、不仰人鼻息的決心〔註138〕；下片仍寫縱使自己滿腹學識，都仍要爲五斗米折腰，進京師當官本有難度，不如在家鄉年年歡飲作樂，然而是否能順利歸去，仍要聽命於人。元好問便如同蘇軾，熱切期待出仕來肯定自我實現的價值，在朝任官卻又因政治環境、封建情勢等等嗟嘆自己身陷是非之地。

### （二）死生際遇，不忘初衷

　　兩人在四十多歲，一個經歷烏臺詩案、一個經歷國破家亡後，同樣飽嚐磨難仍對這世界懷抱一己之責，似乎拋開生死關頭的餘悸，不忘爲官的初衷，好比蘇軾在貶謫黃州前後的心境：

> 聖主如天萬物春，小臣愚暗自亡身。百年未滿先償債，十口無歸更累人。是處青山可埋骨，他時夜雨獨傷神。與君今世爲兄弟，又結來生未了因。（予以事繫御史臺獄，獄吏稍見侵，自度不能堪，死獄中，不得一別子由，故作二詩授獄卒梁成，以遺子由，二首其一）〔註139〕

> 少學不爲身，宿志固有在。雖然敢自必，用舍置度外。天初若相我，發跡造宏大。豈敢負所付，捐軀欲投會。……若人疑或使，爲子得微罪。時哉歸去來，共抱東坡耒。（聞子由爲郡僚所捃，恐當去官）〔註140〕

第一首由詩題就清楚知道是元豐二年（西元 1079 年）因烏臺詩案剛入獄的蘇軾，深怕自己未能來得及與蘇轍離別，便以詩爲信託付獄吏，了解自己的口舌愚昧導至性命堪危，也連累家人與兄弟的生計，日後恐讓蘇轍因思念而獨

---

〔註138〕《三國志・魏書・陳登傳》中曾記載許汜遭亂見元龍，元龍無客主之意，久不相與語，自上大床臥，使許汜臥下床，許汜感到羞辱。然劉備認爲天下大亂，帝主失所，許汜因憂國忘家，有救世之意，卻欲求田問舍，是元龍所諱也。《後漢書・文苑下・趙壹傳》中記載趙壹恃才倨傲，曾作〈刺世疾邪賦〉：「文籍雖滿腹，不如一囊錢。伊優北堂上，抗髒倚門邊。」以舒其憤。見（晉）陳壽撰，王德毅、徐芹庭等斷句，《三國志集解》（臺北：新文豐出版有限股份公司，1975 年 3 月初版），頁 247、（宋）范曄撰，王德毅、徐芹庭等斷句，《後漢書集解》（臺北：新文豐出版有限股份公司，1975 年 3 月初版），頁 903。
〔註139〕見（宋）蘇軾撰、（清）王文誥輯注、孔凡禮點校，《蘇軾詩集（第三冊）》，頁 998～1000。
〔註140〕見（宋）蘇軾撰、（清）王文誥輯注、孔凡禮點校，《蘇軾詩集（第四冊）》，頁 1171～1172。

自傷神，但盼來生再續親緣。然而到了元豐六年（西元 1083 年），聽到蘇轍
因人毀謗辭官，自己卻又把那份期許再次陳述，

　　早年的志向仍在，最初的發展能通達宏大，倘若上天願意再次相助，不
敢辜負自己的期許以投身報國，然而也知道仕途有所險惡，用捨已置於思慮
之外，時機一到便如陶淵明所寫的〈歸去來兮〉的心境一樣，與蘇轍共同辭
官回到東坡歸隱躬耕。蘇軾在出處危難之中不斷沉潛、反省，在自己的處世
哲學與時運的抉擇尋找一個心靈的平衡點。

　　而元好問在面對國破家亡時，除了歸家不得的感嘆，卻也深感時代之責
在己身，由金亡前後兩首詩詞也可知：

> 萬里荊襄入戰塵，汴州門外即荊榛。蛟龍豈是池中物？蟻虱空悲地
> 上臣。喬木他年懷故國，野煙何處望行人？秋風不用吹華髮，滄海
> 橫流要此身。（〈壬辰十二月車駕東狩後即事五首其四〉）〔註141〕

> 賦招魂九辯，一尊酒，與誰同。對零落棲遲，興亡離合，此意何窮。
> 匆匆。百年世事，意功名、多在黑頭公。喬木蕭蕭故國，孤鴻澹澹
> 長空。門前花柳又春風，醉眼眩青紅。問造物何心，村簫社鼓，奔
> 走兒童。天東。故人好在，莫生平、豪氣減元龍。夢到琅邪臺上，
> 依然湖海沈雄。（〈木蘭花慢〉）〔註142〕

第一首詩寫於金哀宗壬辰年間（西元1232 年）蒙古大軍包圍汴京時，以「車
駕東狩」諱言金哀宗的棄城往東突圍，當時城內狀況萬分慘烈，元好問的女
兒、長輩、詩友、知己相繼喪生，後來還寫〈四哀詩〉哀悼李獻能、冀禹錫、
李汾、王渥〔註143〕，當中包括視爲「三知己」的兩人〔註144〕，這對他來說是
多大的悲慟。在詩歌先遠眺家國四周，精兵健將多有夭折，汴京城內外一片
荒蕪，將金哀宗出奔比喻爲「蛟龍並非池中物」，把大臣比喻爲「徒有悲傷而
無實際作爲的蟻虱」，與其來年望著喬木思念故國，或是往荒僻處靄靄煙霧的
地方盼望君主，元好問認爲自己在時世動亂不安能需有所作爲。金亡後七年
所寫的〈木蘭花慢〉，上片先以《楚辭》的〈招魂〉、〈九辯〉定調對好友的追

---

〔註141〕見（金）元好問著、狄寶心校注，《元好問詩編年校注（第二冊）》，頁 627。
〔註142〕見（金）元好問撰、趙永源校註，《遺山樂府校註》，頁 73。
〔註143〕見（金）元好問著、狄寶心校注，《元好問詩編年校注（第二冊）》，頁 661～
　　　　666。
〔註144〕元好問編《中州集》在卷十特別在目次上把辛願、李汾、李獻能合編爲「三
　　　　知己」。見（金）元好問編、（明）毛晉刊，《中州集（卷十）》，頁 1。

悼、抒發自身之愁思，面對家國離亂、人事衰亡，許多少壯居高位者卻相繼
歿世，獨留翱翔廣漠天空的飛鴻，與在故土蕭條寂靜的喬木；下片筆鋒一轉，
一片春風無限、萬紫千紅，問造物者仍讓鄉里兒童奔走，歡度祭神慶典，便
是勉勵我們尚存的人，不要滅掉奮發的豪氣，最後以虛景作結，夢到秦始皇
時所築的琅邪臺，我們依然沉著雄武。由此可知，元好問面對國家支離破碎
的危難，反而激發出原有的雄情壯志，仍勉勵好友共戮力王室、克復神州。

　　兩人三十多歲到幾近五十歲鴻圖大展的時光，卻是載浮載沉、蒙難瀕死，
所以蘇軾在〈東坡八首〉其一的兩句「獨有孤旅人，天窮無所逃」與元好問
〈學東坡移居八首〉其四「滄溟浮一葉，渺不見止泊」〔註145〕，都是回首歷
程對未來茫然，欲尋安身立命之處而不可得。蘇軾對政治現狀的猶豫、故鄉
的思懷，即使在朝廷的政治核心仍是一個「天涯孤旅人」，等到外放任地方官，
仍不失「天窮無所逃」，放不開對天下黎民的責任、為國盡忠的責任。元好問
在家國尚存時，苦於自身對政治環境的隔閡，而當國破家亡後，卻又激昂憤
慨的號召好友，無怪感嘆自身「滄溟浮一葉，渺不見止泊」。元好問對蘇軾的
接受，是一種明確深刻「知人論世」的人格美與藝術美的接受，來自不同時
代卻有前後共鳴。

## 二、胸懷憂國濟世

　　蘇軾與元好問兩人無論居廟堂之高或處江湖之遠，進退之間憂其君也憂
其民，即便感嘆「天窮無所逃」、「渺不見止泊」，在國家用捨之間，都堅持自
己政治原則。相較於蘇軾「在朝——外任——貶謫」〔註146〕一種坎坷卻也不
畏難而退、飽受升沉榮辱的仕途，元好問身處的時空本身較難受用發揮，金
代取得進士出身後多從基層官吏或七品以下之官做起〔註147〕，一般士大夫升

---

〔註145〕見（宋）蘇軾撰、（清）王文誥輯注、孔凡禮點校，《蘇軾詩集（第四冊）》，
　　　　頁1079、（金）元好問著、狄寶心校注，《元好問詩編年校注（第二冊）》，頁
　　　　748。
〔註146〕見王水照，《蘇軾論稿》，頁5。
〔註147〕楊雲翼登明昌五年進士第一，詞賦亦中乙科，特授承務郎、應奉翰林文字。（七
　　　　品）。趙秉文登大定二十五年進士第，調安塞簿（九品）。李獻甫興定五年登
　　　　進士第，歷咸陽簿（九品）。雷淵登至寧元年詞賦進士甲科，調涇州錄事（八
　　　　品）。周昂年二十四擢第。調南和簿（九品）。王若虛擢承安二年經義進士。
　　　　調鄜州錄事（八品），歷管城、門山二縣令。見（元）脫脫等撰、楊家駱主編，
　　　　《新校本金史並附編七種（2）》卷五十五〈志第三十六・百官一〉，頁1246；

遷速度相當緩慢〔註148〕，從進士升任到宰執需要約三十多年的時間〔註149〕，再加上金宣宗貞祐二年因蒙古軍南渡定都後，疆土日益狹小，任地方官機會變更少，這對中下層官員的士氣大有打擊，元好問能在金末衰敗之際，任內鄉、鎮平、南陽縣令，後又在金亡前兩年任尚書都省掾、左司都事，已實屬不易，也因國家日益殘破實無效命的長久良機。

　　倆人的政治思想最大的共同點，都希望君臣以德智涵養、君主知人善任、天下守成必以民為貴，可從兩人一生仕途以及所書寫文章便能得證。蘇軾中舉後因母卒而奔喪歸蜀，後朝廷授河南福昌縣主簿並未赴任，經歐陽脩、楊畋等推薦參加祕閣的才識兼茂科考試，當中蘇軾應制而作的策論文章，足以代表他一生的堅持；且在朝或外放更有不少上書、表狀、箚子，不斷傳達他既有的執著。同樣元好問及第後因政治紛擾不就選，後來應宏詞科考，得以召入史館為編修官，在奉尚書省命令所作的擬制文，以及為他人作的碑銘表志碣，都有他對朝政的觀察與理念。他們對君王的建議大致可歸納為三點：

### （一）涵養德智，自然歸心

　　兩人第一個共同點希望君臣以德智涵養，天下之士自然歸心。蘇軾應制科試寫二十五篇〈進策〉，內容分五篇〈策略〉代表對現有形勢的判斷，十七篇〈策別〉就是提出實際改革方法，三篇〈策斷〉針對是北宋面對外患的策略。在〈策略一〉先論萬事萬法「立之先」是取決於君主的心態：

　　　臣嘗觀西漢之衰，其君皆非有暴鷙淫虐之行，特以怠惰弛廢，溺於宴安，畏期月之勞，而忘千載之患，是以日趨于亡而不自知也。……苟天子一日赫然奮其剛明之威，使天下明知人主欲有所立，則智者願效其謀，勇者樂致其死，縱橫顛倒無所施而不可。苟人主不先自

　　卷五十七〈志第三十八・百官三〉，頁1314～1315；《新校本金史並附編七種（4）》卷一百十〈列傳第四十八・楊雲翼、趙秉文、李獻甫、雷淵〉，頁2421～2435；《新校本金史並附編七種（4）》卷一百二十六〈列傳第六十四・文藝下周昂、王若虛〉，頁2730～2737。

〔註148〕據《金史・選舉志》：「其常調制，正七品兩任陞六品，六品三任陞從五品，從五品兩任陞正五品，正五品三任陞刺史。」見（元）脫脫等撰、楊家駱主編，《新校本金史並附編七種（2）》卷五十四〈志第三十五・選舉四〉，頁1197。

〔註149〕見王德朋著，《金代漢族士人研究》（北京：中國社會科學出版，社2006年2月第1版），頁79。

斷於中，群臣雖有伊呂稷契，無如之何。故臣特以人主自斷而欲有

所立爲先，而後論所以爲立之要云。〔註150〕

蘇軾先以西漢君主爲例，帝王本身並無暴虐行爲，是懈怠享樂失去居安思危
的智慧，葬送過往累積的成果，蘇軾認爲只要人主能身先士卒、確立積極心
智，天下之士皆明白人主決心後，智者、勇者都願爲君主貢獻智謀、氣力；
倘若君主沒有果斷自知的決心與智慧，縱使旁有伊尹、呂尚、稷、契，也對
國家之政無計可施。蘇軾還以上天之德比喻軍主之德，認爲「天之所以剛健
而不屈者，以其動而不息也」，人主要自我力求進步，剛毅堅卓，永不停歇，
便能如那上天「其光爲日月，其文爲星辰，其威爲雷霆，其澤爲雨露，皆生
於動者也」〔註151〕人主的風采、政令、威勢、恩澤都能因自身運行不息淬煉
而出。

　　同樣哲宗元祐七年（西元 1092 年），五十七歲的蘇軾任穎州太守轉知揚
州軍州事，八月原以兵部尙書召回後改禮部尙書，蘇軾多次辭免不成而就職，
對哲宗皇帝所上〈謝除兩職守禮部尙書表〉之二，仍是一貫對君主懇切的規
誡：

恭惟皇帝陛下，即位以來，學如不及。問道八年，寒暑不廢。講讀
之官，談王而不談霸，言義而不言利。八年之間，指陳至理，何啻
千萬，雖所論不同，然其要不出六事。一曰慈，二曰儉，三曰勤，
四曰愼，五曰誠，六曰明。慈者，謂好生惡殺，不喜兵刑。儉者，
謂約己省費，不傷民財。勤者，謂躬親庶政，不邇聲色。愼者，謂
畏天法祖，不輕人言。誠者，謂推心待下，不用智數。明者，謂專
信君子，不雜小人。此六者，皆先王之陳跡，老生之常談。〔註152〕

蘇軾先肯定哲宗願意問道學習，談王政、義理，但他認爲爲政之理千百萬條，
還不如最簡單的六件事，即便是老生常談，也望哲宗皇帝明瞭這六事是先王
所遺留給後人瞻仰學習，這六件「慈、儉、勤、愼、誠、明」都是從涵養君
主自身德性、智慧，要有慈愛好生之心、節儉不耗費民財、親身參政不耽於
逸樂、敬畏天神與祖先智慧、誠摯對待百官、能有識得君子之目光。哲宗皇
帝登基時才九歲，蘇軾在元祐二年曾爲翰林學士兼侍讀，他了解哲宗皇帝的
學習與成長，才更希望成年的君主能再次傾聽他始終如一的叮嚀。

〔註150〕見（宋）蘇軾撰、（明）茅維編、孔凡禮點校，《蘇軾文集（第一冊）》，頁 227。
〔註151〕見（宋）蘇軾撰、（明）茅維編、孔凡禮點校，《蘇軾文集（第一冊）》，頁 227。
〔註152〕見（宋）蘇軾撰、（明）茅維編、孔凡禮點校，《蘇軾文集（第二冊）》，頁 701。

　　無獨有偶的元好問在國史館擔任編修官，在題吏部佐治官吏的姓名時，便鏗鏘有聲直接道出官場敗壞的原因，希望有自知之明者能有所警惕：

> 吏部為六曹之冠。自前世號為「前行」。官屬府史由中後行而進者皆以為榮焉。……古人以為吏猶賈然。賈有賢有愚。賢賈之取廉，日計不足，月計有餘；愚賈之求無紀極，舉身以徇貨，反為所累者多矣！此最善喻者。自風俗之壞，上之人以徒隸遇佐史，甚者先以機詐待之。廉恥之節廢，苟且之心生，頑鈍之習成，實坐於此。夫以天下銓綜之系、與夫公卿達官之所自出，乃今以徒隸自居，身辱而不辭，名敗而不悔；甚矣，人之不自重也！乃錄南幸以來名姓凡若干人，刻之石。孰善孰惡、孰由此而達、孰由此而敗，觀者當自知之得以監焉。〔註153〕

元好問認為吏部掌管官吏的考核，能在此到職任官是感到光榮，也代表責任之重大。以商人的買賣比喻官員的進取，聰明的商人求的是日月累積，廉潔的官員也需思考長遠之計；而愚笨的商人卻是利字為先，追求的是漫無邊際的貪求，因此拖累敗壞身家，正如貪得無厭的官員無非加速葬送仕宦生涯。元好問觀察到當時風俗敗壞，公卿達官以欺詐和權術來操縱手下的官吏，官吏賣身求榮，身敗名裂，因此特定提醒如今進入吏部佐治的官員，名字一旦被記錄下來，代表這一生為官的職責，是為名節、廉潔而保其全身，還是為利益、譏詐而惡貫滿盈，每一個為官者都該自我監督省思。

　　元好問對士人、官員的名聲與教化是十分重視，認為這是天下守成最重要的基礎，在他寫〈資善大夫武寧軍節度使夾谷公神道碑銘〉的評論中變提到：

> 蓋嘗論公：君臣之義，於名教為尤重。名教者，天地之大經，而古今之恆典，惟天下之至誠為能守。故人臣之於君者，有天道焉，有父道焉。大分一正，義均同體。吉凶禍福，不以回其慮；廢興存亡，不以奪其節。任重道遠，死而後已，猶之父有罔極之慕，而天無可逃之理。……是故，誠之所在，即名教之所在，有不期合而合焉者。《語》有之：「善人，吾不得而見之矣；得見有恆者，斯可矣。」居今之世，行古之道若公者，吾不知其去古人為遠近；然則不以名教處之，其可乎？〔註154〕

---

〔註153〕見〈吏部掾屬題名記〉，（金）元好問著、狄寶心校注，《元好問文編年校注（上冊）》，頁86。

〔註154〕見（金）元好問著、狄寶心校注，《元好問文編年校注（中冊）》，頁645。

這一段是元好問藉由評論讚賞夾谷公（夾谷士剌，字大用，西元 1166 年～1238 年）〔註 155〕，傳達他對君臣潔身自好的重視，認為人臣與人君之間關係，既有天地自然之道，也包含倫理父子之道，但二者並無分別，皆要一體端正、合乎名教，面對吉凶禍福不能改變任何想法，面對國家興亡也無法奪取節操，盡國家、君主之「誠」便是身為人臣「名教」之所在，這份責任是須到生命終結才能結束，並引用《論語》強調需要不斷一心持之一恆的為善盡誠，便與蘇軾也是引用《論語》論述「天之所以剛健而不屈者，以其動而不息也」來告誡君主的道理是一樣。蘇軾上書對象為君主，勸誡國君以身作則必然上行下效；元好問苦無機會進入朝政核心，自然勸誡各部大臣、地方官員一心向上、為國盡忠，但兩人一致認為天下守成之要，必然是君主官員自我要求，提升內涵素質，因國家未來、百姓福祉全都仰賴政府組織，此組織的良善與否端賴每一個位置上的人心。

## （二）澄清吏政，善任人才

　　第二個共同點都激勵君主能澄清吏政、知人善任，要求君主大臣、地方官員涵養智慧品行後，接著便要能一一放到合適的位置上，才能發揮最大效能。蘇軾在〈策略三〉就把整體國家大勢的本末關係釐清：

> 請言當今之勢。夫天下有二患，有立法之弊，有任人之失。二者疑似而難明，此天下之所以亂也。……臣竊以為當今之患，雖法令有所未安，而天下之所以不大治者，失在於任人，而非法制之罪也。
> 〔註 156〕

國家的體系是推動法律前行、領導百姓生活的重要關鍵，此一體系就是要有良善的官員，所以蘇軾在〈策別〉的前六篇〈課百官〉一文中都在闡述如何改革吏治，交代君主要如「古之用人者，取之至寬，而用之至狹。取之至寬，故賢者不隔；用之至狹，故不肖者無所容」〔註 157〕廣選人才，使賢良不易錯失盡忠報效機會，一旦選用便要嚴格考察，非使冗官閒散，確立嚴格的審察制度，便能上下通達、萬事精察，如此君主不受蒙蔽，百姓得以陳情，所以「事繁而官不勤，故權在胥吏。欲去其弊也，莫如省事而屬精。省事莫如任

〔註 155〕見（金）元好問著、狄寶心校注，《元好問文編年校注（中冊）》，頁 649。
〔註 156〕見（宋）蘇軾撰、（明）茅維編、孔凡禮點校，《蘇軾文集（第一冊）》，頁 232。
〔註 157〕見（宋）蘇軾撰、（明）茅維編、孔凡禮點校，《蘇軾文集（第一冊）》，頁 244。

人，厲精莫如自上率之」〔註158〕胥吏是官民之間溝通重要橋梁〔註159〕，他們
權責越大代表官員與百姓隔閡越大，使官府事宜多了一層中介者干預，不如
自上而下親力親為，慎選人才，因此再次強調「今省府之重，其擇人宜精，
其任人宜久」〔註160〕，嚴選專職的官員，也須讓他在位長久才有可觀之效。
至於考核官員，「以職司守令之罪罪舉官，以舉官之罪罪職司守令」〔註161〕
被推薦者有罪，則推薦的人也要受罰，一旦「絕之則不用，用之則不絕」〔註
162〕，可以給官員改過自新的機會，若有大過必然去官，因為像北宋現有法律
「一陷於罪戾，終身不遷，使之不自聊賴而疾視其民，肆意妄行而無所顧惜」
〔註163〕如此反而傷害百姓，使自知無法升遷的官員更肆無忌憚的榨取利益。

　　蘇軾「課百官」的方法便是從「厲法禁」、「抑僥倖」、「決壅蔽」、「專任
使」、「無責難」、「無沮善」等六點〔註164〕，勸諫君主由上而下將整體國家組
織整飭一番，才能使國家之法順暢推行。如此觀念即使面對王安時變法，蘇
軾還是同樣堅持，宋神宗熙寧二年（西元 1069 年），王安石為參知政事欲改
革科舉，蘇軾寫了〈議學校貢舉狀〉望請神宗再三思索：

> 貢舉之法，行之百年，治亂盛衰，初不由此。陛下視祖宗之世貢舉
> 之法，與今為孰精？言語文章，與今為孰優？所得文武長才，與今
> 為孰多？天下之事，與今為孰辦？較此四者，而長短之議決矣。今
> 議者所欲變改，不過數端。……臣故曰：此數者皆知其一，而不知
> 其二也。特願陛下留意其遠者大者。必欲登俊良，黜庸回，總覽眾
> 才，經略世務，則在陛下與二三大臣，下至諸路職司與良二千石耳，
> 區區之法何預焉。〔註165〕

〔註158〕見（宋）蘇軾撰、（明）茅維編、孔凡禮點校，《蘇軾文集（第一冊）》，頁244。
〔註159〕《文獻通考》卷三五〈選舉考八・吏道〉：「府史胥徒，庶人之在官者也。」
　　　　見（宋）馬端臨撰，《文獻通考（一）》（臺北：新興書局1958年10月初版），
　　　　頁331。
〔註160〕見（宋）蘇軾撰、（明）茅維編、孔凡禮點校，《蘇軾文集（第一冊）》，頁249。
〔註161〕見（宋）蘇軾撰、（明）茅維編、孔凡禮點校，《蘇軾文集（第一冊）》，頁251。
〔註162〕見（宋）蘇軾撰、（明）茅維編、孔凡禮點校，《蘇軾文集（第一冊）》，頁252。
〔註163〕見（宋）蘇軾撰、（明）茅維編、孔凡禮點校，《蘇軾文集（第一冊）》，頁253。
〔註164〕見（宋）蘇軾撰、（明）茅維編、孔凡禮點校，《蘇軾文集（第一冊）》，頁240
　　　　～253。
〔註165〕見（宋）蘇軾撰、（明）茅維編、孔凡禮點校，《蘇軾文集（第二冊）》，頁723
　　　　～725。

蘇軾認爲改革首要的眼光要放遠，必然是要提拔賢能的人，貶黜平庸邪佞小人，如今變更學校貢舉之法與過往祖先選拔人才之法的優劣，其實在現今成效明顯可見，籌畫治理經營家國事務，都取決於陛下以至朝廷大臣、文武百官，過往選才任官功效已然呈現，哪裡是如今區區新法所能干預！

同樣元好問正大元年（西元 1224 年）入史館任編修官時，奉尚書省之命撰擬公文，其中〈擬御史大夫讓樞密使表〉也是表達選才任官的重要性：

> 況樞極通帝位之紀，宥府嚴師律之謀。周設六官，司馬聯於塚宰；
>
> 漢分三府，太尉列於中臺。故必文武智能之臣，乃付腹心爪牙之任。
>
> 人歌宣后，豈無吉甫之憲邦；天啓高皇，宜得留侯而籌幄。〔註166〕

樞密院主管國家軍事，自周代設天、地、春、夏、秋、冬六官，天官塚宰掌管調和政府官員，夏官司馬輔佐君主安定邦國；漢分丞相、太尉、御史大夫，太尉爲重要軍事顧問。因此必要是文武兼備的能臣方能身居此要職，才能賦予保爲君主與國土重要之地位，就如周宣王身邊有尹吉甫賢能宰輔、漢高祖能得張良運籌帷幄。雖然此爲應制撰擬，便隱含元好問認爲君主與大臣之間彼此信任、倚重，善待人才便能使國家興盛，可惜金末的朝政已然衰敗，元好問五十一歲時爲過世好友馮璧所寫的〈內翰馮公神道碑銘〉中就感嘆：「自衛紹王專尚吏道，繼以高琪當國，朝士鮮有不被其折辱者。」〔註167〕金末國勢衰微，用胥吏力行虐政，連敢言敢爲士大夫都斯文掃地。

金代胥吏名目甚多，包括如令史、通事、譯史等協助文牘事務，是以及第進士爲選拔原則〔註168〕，《金史》記載：

> 大定元年，世宗以胥吏既貪墨，委之外路幹事又不知大體，徒多擾
>
> 動，至二年，罷吏人而復皇統選進士之制。〔註169〕

---

〔註166〕見（金）元好問著、狄寶心校注，《元好問文編年校注（上冊）》，頁 59～60。

〔註167〕見（金）元好問著、狄寶心校注，《元好問文編年校注（中冊）》，頁 569。

〔註168〕《金史‧百官》提到知事孔目以下行文書者爲「吏」。所以在尚書省、樞密院、御史臺各主事官底下所設令史、通事、譯史、書寫等都爲胥吏，而《金史‧選舉志》：「臺部譯史、令史、通事，仕進皆列於正班，斯則唐、宋以來之所無者，豈非因時制宜，而以漢法爲依據者乎。」這些胥吏也是及第進士而入選擔任。見（元）脫脫等撰、楊家駱主編，《新校本金史並附編七種（2）》卷五十五〈志第三十六‧百官一〉，頁 1231；卷五十一〈志第三十二‧選舉一〉，頁 1130。

〔註169〕見（元）脫脫等撰、楊家駱主編，《新校本金史並附編七種（2）》卷五十二〈志第三十三‧選舉二〉，頁 1168。

> 承安二年五月甲戌朔，諭宰臣曰：「比以軍須，隨路賦調。司縣不度
> 緩急，促期徵斂，使民費及數倍，胥吏又乘之以侵暴。其令提刑司
> 究察之。」〔註170〕

由此可見金世宗、金章宗開始胥吏權力已然過度膨脹，甚至侵害百姓，連統
治者都不得不注意如此情形，加以詔告曉諭群臣，然而濫用胥吏情形並未隨
之遏止，

> 自三師、三公、平章政事、元帥以下至監軍、東宮三師、三少、點
> 檢至振肅、承旨、學士、王傅、副統、招討、及前所不載者……主
> 事四員，從七品……令史六十九人，內女直二十九人。譯史五人，
> 通事二人，與令史同。泰和八年，令史增十人。

> 戶部主事五員，……令史七十二人，內女直十七人。譯史五人，通
> 事二人。泰和八年增八人。

> 三司管勾架閣庫一員，正八品。三司令史五十人，內女直十人，漢
> 人四十人。大安元年增八人。譯史二人，大安元年增一人。通事二
> 人。〔註171〕

從這些尚書省吏戶理兵刑工等各部、三司、三師等重要政務機構底下，令史、
譯史、通事自金章宗泰河、衛紹王大安年間不減反增，過分依賴胥吏對金末
朝政無疑是病入膏肓、雪上加霜。到了金宣宗時更是變本加厲：

> 貞祐間，尤虎高琪為相，欲樹黨固其權，先擢用文人，將以為羽翼。
> 已而，臺諫官許古、劉元規之徒見其恣橫，相繼言之。高琪大怒，
> 斥罷二人。因此大惡進士，更用胥吏。彼喜其獎拔，往往為盡心，
> 于是吏權大盛，勝進士矣。又，高琪定製，省、部、寺、監官，參
> 注進士，吏員又使由郡轉部，由部轉臺省，不三五年，皆得要職。
> 士大夫反畏，避其鋒，而宣宗亦喜此曹刻深，故時全由小吏侍東宮，
> 至今僉樞密院事、南征帥，又有蒲察合住、王阿裏之徒居左右司，
> 李渙輩在外行尚書六部，陷士夫數十人，亦亡國之政也。〔註172〕

---

〔註170〕見（元）脫脫等撰、楊家駱主編，《新校本金史並附編七種（1）》卷十〈本紀
　　　　第十・章宗二〉，頁241。

〔註171〕見（元）脫脫等撰、楊家駱主編，《新校本金史並附編七種（2）》卷五十五〈志
　　　　第三十六・百官一〉，頁1231～1233、1244～1245。

〔註172〕語出《歸潛志》卷七。見（金）劉祁撰、崔文印點校，《歸潛志》，頁71。

宣宗任用术虎高琪爲宰相，起初拔擢儒士文官反被彈劾恣橫後，後轉用胥吏
使其地位高於儒士，甚至升遷還比士大夫要還要迅速，無異是大大打擊士大
夫升遷報效國家的士氣。無怪乎元好問在〈內翰馮公神道碑銘〉感嘆萬分，
而任內鄉令早就寫〈南陽縣令題名記〉以古觀今闡述對當今朝政的想法：

> 自功利之說行，王伯之辨興，墮窳者得以容其姦，而振屬者無以盡
> 其力。……然唐虞之際，司空則平水土，后稷教民稼穡，司徒則敬
> 敷五教在寬，士明於五刑，虞則若予上下草木鳥獸，伯典禮，夔典
> 樂，龍納言：三載考績，三考黜陟幽明，君臣相敕，率作興事，必
> 于成而後已。〔註173〕

感嘆國君治理天下的方針、官員處理民生的方式，懈怠無力的官員互相包庇
彼此的巧詐，想要奮勉振作的人卻無任何管道去盡一份心力。所以他對照唐
虞以來，百官各司其職，君臣互相警醒彼此，爲人民表率興建政事，並能使
國家往後有所成果。如此觀念可說是與蘇軾希望上下一心、善用人才是幾近
雷同的，無奈的是元好問身處金末君主濫放胥吏權利，挽回不了家國頹勢，
不禁痛心疾首，在晚年五十二歲受任亨甫所託爲其先父所寫〈忠武任君墓碣
銘〉，仍疾言厲色痛批胥吏文士朋黨爲奸之事：

> 嗚呼！朋黨之禍，何其易起而屢作也？宣政之季，蔡京、呂惠卿輩
> 至指司馬丞相爲元祐奸黨魁，列其姓名，著之金石，自謂彰善癉惡、
> 可爲萬世臣子不忠不孝者之戒。碑石甫立，隨爲雷火所擊。惠卿等
> 懼大禍將及，乃赦黨人，死者復官，流徙者復還。自今觀之，元祐
> 黨禁，不過追削竄逐，禁其子弟不得至京師而已，曾不若皇統之禍
> 之慘也！余嘗深求讒夫之心，而後知讒之所以爲病者。蓋心魄既喪，
> 瘁爲讒疾所乘：嘗糞爲甘，嗅足爲香，口、鼻、耳、目，皆失所守
> 而不自知。……自有天地以來，未有食人而不爲人所食者。凡爲讒
> 夫者，其才智類出於人遠甚，甯不知事有必至，理有固然？乃今至
> 於殺身、滅親、亡人之國而莫之恤焉者，獨何歟？殆受病既深，至
> 于中風狂走，雖和扁操萬金良劑，亦無如之何耳！……奸人敗類，
> 交亂四國，作於其心，害于其事，不有人禍，必有天刑！生爲天下
> 所咀嚼，死爲海內所痛快，唯遺臭無窮，是所得耳！蔡、呂諸人，
> 欲以黨議誣天下士，而天下反以不豫溫公黨爲恥；又欲以黨禍絕士

---

大夫之世，而後之名卿、才大夫、賢宰相皆出於黨人之門。〔註174〕
此篇文章若蘇軾在世見到也會覺得大快人心，這當中指的皇統之禍，是金熙
宗皇統七年因尚書省令史許霖告田穀之事，田穀因此連帶八人被誅殺〔註
175〕，到了金章宗復詔無罪，當年被誅殺者皆為中正之士，其後世子孫追復官
職。〔註176〕當時任氏祖先也牽連其中，元好問便借題發揮，更引北宋司馬光、
蘇軾等被立元祐黨碑之事，十分憤慨悲慟認為這些朋黨之人皆有「讒夫之
心」，是一種因心蒙蔽使五官都喪失作用，即使良好的大夫也都無法根治，有
「讒夫之心」的朋黨必會遭到處罰，活著是被天下有德之士唾棄，死了大家
額手稱慶認為痛快，朋黨欲趕盡殺絕賢能的士大夫，必然有後世名士，且一
定有沉冤昭雪的一天，如司馬光、蘇軾的為國真心盡忠，也是受到金代以來
多少文人的激賞。這篇銘文可說是元好問在金末已亡數年後，所發出深沉悲
哀的痛罵，誠見他為國憤慨、為民擔憂之心從未因亡國而終止。

## （三）疴瘝在抱，蒼生為念

　　最後第三個共同點便是叮囑君臣以民為貴，百姓乃是國家根基。蘇軾與
元好問皆有任地方官的實績都大獲好評，親身為百姓分憂解勞，足以和他們
本身政治理念相符合，在民間基層仍盡心盡力。蘇軾認為君主剛健不息確立
目標，整飭吏治上下一心，廣開言路而知人善用後，便是要善待天下人，在
〈策略五〉：

---

〔註174〕見（金）元好問著、狄寶心校注，《元好問文編年校注（中冊）》，頁683～684。
〔註175〕《金史・熙宗本紀》：「七年六月丁酉，殺橫海軍節度使田穀、左司郎中奚毅、
　　　　翰林待制邢具瞻及王植、高鳳廷、王傚、趙益興、龔夷鑒等。」這些人被殺
　　　　害的原因在《金史・蔡松年傳》：「皇統七年，尚書省令史許霖告田穀黨事，
　　　　松年素與穀不相能。是時宗弼當國，穀性剛正好評論人物，其黨皆君子，韓
　　　　企先為相愛重之。而松年、許霖、曹望之欲與穀相結，穀拒之，由是構怨。
　　　　故松年、許霖構成穀等罪狀，勸宗弼誅之，君子之黨熄焉。是歲，松年遷左
　　　　司員外郎。」起因是文士朋黨相爭。見（元）脫脫等撰、楊家駱主編，《新校
　　　　本金史並附編七種（1）》卷四〈本紀第四・熙宗〉，頁831；《新校本金史並
　　　　附編七種（4）》卷一百二十五〈列傳第六十三・文藝上〉，頁2716。
〔註176〕二十九年，章宗詔尚書省曰：「故吏部侍郎田穀等皆中正之士，小人以朋黨陷
　　　　之，由是得罪。世宗用孟浩為右丞，當時在者俱已用之，亡者未加追復，其
　　　　議以聞。」章宗復詔尚書省曰：「蓋自田穀黨事之後，有官者以為戒，惟務苟
　　　　且，習以成風。先帝知穀等無罪，錄用生存之人，有擢至宰執者，其次有為
　　　　節度、防禦、刺史者。見（元）脫脫等撰、楊家駱主編，《新校本金史並附編
　　　　七種（3）》卷八十九〈列傳第二十七・田穀〉，頁1981。

莫若深結天下之心。……何則？其所居者，天下之至危也。天子恃
公卿以有其天下。公卿大夫士以至於民，轉相屬也，以有其富貴。
苟不得其心，而欲羈之以區區之名，控之以不足恃之勢者，其平居
無事，猶有以相制。一旦有急，是皆行道之人，掉臂而去，尚安得
而用之。……使天下習知天子樂善親賢卹民之心孜孜不倦如此，翕
然皆有所感發，知愛於君而不可與為不善。亦將賢人眾多，而姦吏
衰少，刑法之外，有以大慰天下之心焉耳。〔註177〕

蘇軾提到一個「天子──公卿士大夫──民」層層相依的關係，倘若上位者、
當官者只追求名利富貴，在國家稍微安穩之際，還能彼此牽制住；然而一旦
國家急難之時，未曾收攬人心而又有何人願意效力，蘇軾特別指出天子要有
「樂善親賢卹民之心」，因為文武百官的人才、國家財庫的累積都是從人民而
來，深結天下之心才是鞏固國家根基，所以蘇軾在〈策別〉先強調「課百官」
後便是六篇「安萬民」，希冀人主教化百姓，使平時和睦相處、戰時勇武對陣；
關注賦稅，緩和貧富差距、充實國家倉廩與百姓衣食。〔註178〕

因此，蘇軾在任職杭州通判、密州知州、徐州知州等地方官，真切關心
民生，無論長久經濟的規劃或面臨立即性災難，蘇軾都展現親力親為、為民
服務的熱切與真誠。例如：蘇軾曾在熙寧四年（西元 1071 年）任杭州通判，
元祐四年又以龍圖閣學士除知杭州，兩次都傾聽民間疾苦並整治西湖，元祐
五年（西元 1089 年）五月上〈申三省起請開湖六條狀〉陳請：

元祐五年五月初五日，龍圖閣學士左朝奉郎知杭州蘇軾狀申。軾於熙
寧中通判杭州，訪問民間疾苦。……軾於是時，雖知此利害，而講求
其方，未得要便。今者蒙恩出典此州，自去年七月到任，首見運河乾
淺，使客出入艱苦萬狀，穀米薪芻，亦緣此暴貴……謹以四月二十日
興功開導及作堰閘，且以餘力修完六井，（杭州城中多鹵地，無甘井。
唐刺史李泌始作六井，皆引湖水注其中，歲久不治。熙寧中，知州陳
襄與軾同擘畫修完，而功不堅緻，今復廢壞。軾今改作瓦筒，又以埤
石培甃固護，可以堅久。）皆不過數月，可以成就。〔註179〕

〔註177〕見（宋）蘇軾撰、（明）茅維編、孔凡禮點校，《蘇軾文集（第一冊）》，頁 237
　　　　〜240。
〔註178〕見（宋）蘇軾撰、（明）茅維編、孔凡禮點校，《蘇軾文集（第一冊）》，頁 253
　　　　〜267。
〔註179〕見（宋）蘇軾撰、（明）茅維編、孔凡禮點校，《蘇軾文集（第三冊）》，頁 237
　　　　〜240。

蘇軾訪查民間，知道西湖疏浚對農業生產有迫切的需要，先在熙寧年間曾和杭州知州陳襄籌劃疏浚錢塘六井，元祐年間再來杭州，原是竹管引水都已損壞改用可以耐久的瓦筒；再者西湖淤塞已然嚴重，上狀希望朝廷答允疏通，解決百姓交通與民生問題。元祐五年（西元 1090 年）四月已先上〈杭州乞度牒開西湖狀〉強調整治的重要：

> 陂潮河渠之類，久廢復開，事關興運。雖天道難知，而民心所欲，天必從之。杭州之有西湖，如人之有眉目，蓋不可廢也。……使臣得盡力畢志，半年之間，目見西湖復唐之舊，環三十里，際山爲岸，則農民父老，與羽毛鱗介，同泳聖澤，無有窮已。〔註180〕

各地河渠的整治都與國家運勢有關，因爲是民心所歸，能見到仰賴西湖生存的百姓與自然萬物和諧優遊，自然能感受皇上恩澤，杭州西湖的重要如同人的眉目，蘇軾必當盡心盡力來完成，後來杭州人將蘇軾利用西湖淤泥所做的長堤命名爲「蘇公堤」，就可知整體工程深得民心。

除了治理杭州、整治西湖之外，還有熙寧七年（西元 1074 年）由杭州到密州所遇到的蝗災，蘇軾也曾寫下〈捕蝗至浮雲嶺，山行疲苶，有懷子由弟〉、〈梅聖俞詩集中有毛長官者，今於潛令國華也。聖俞沒十五年，而君猶爲令，捕蝗至其邑，作詩戲之〉也代表爲百姓深陷蝗災操心勞累〔註181〕，同時也寫〈上韓丞相論災傷手實書〉上奏朝廷請求賑災，當中便提到蝗災的影響有多廣，「自入境，見民以蒿蔓裹蝗蟲而瘞之道左，纍纍相望者，二百餘里，捕殺之數，聞於官者幾三萬斛。」〔註182〕熙寧十年（西元 1077 年）改知徐州時，又遇到黃河潰堤，蘇軾率役伕、禁卒趕緊築堤，發公廩賑濟全城百姓，神宗皇帝還獎敕有功，〈獎諭敕記〉便是將此年事情寫實記錄。〔註183〕誠見蘇軾在各州面對各項民生問題，無不一一與民諮詢，並上奏朝廷力求資援，積極解決當下問題，並尋求長久改善之法。

---

〔註180〕見（宋）蘇軾撰、（明）茅維編、孔凡禮點校，《蘇軾文集（第三冊）》，頁 237 ～240。

〔註181〕見（宋）蘇軾、（清）王文誥、孔凡禮點校，《蘇軾詩集（第二冊）》，頁 579 ～580、582～583。

〔註182〕見（宋）蘇軾撰、（明）茅維編、孔凡禮點校，《蘇軾文集（第四冊）》，頁 1395 ～1396。

〔註183〕見（宋）蘇軾撰、（明）茅維編、孔凡禮點校，《蘇軾文集（第二冊）》，頁 380 ～381。

元好問也十分重視民生問題，任職史館編修官撰擬的另一篇公文〈擬除司農卿制〉，仍保有他一貫直言不諱的文筆：

> 田政維天下之大綱，古有播百穀之命；農臣分戶曹之外務，今爲治六府之官。……朕惟西北用兵以來，朝廷多事之際，斂散之術既廢，罪功之辨不明，官必仰給于創罷之民，民或重困于侵漁之吏。蓋基本急于愛養，而綱紀貴乎設張。朕方以一道之事而責成，爾得以三載之功而自效。於戲！生之有道，則財恆足；率之以正，則令必行。劉晏之輕重相權，算不忘于馬上；范滂之澄清自任，志已見于車中。〔註184〕

在爲君主撰擬任命文書，明確呈現當今現況，金哀宗時面對蒙古南侵，已是年年征戰，導致對糧食物資的買進和賣出泰半荒廢，懲辦與獎勵也模糊不清，這幾年以來，官員還是仰賴受創的農民供給資源，然人民有的卻深陷侵吞謀利的官吏中，在急於愛護撫養、綱紀伸張之下任命於有志之士。元好問透過這擬制文傳達農政的重要與當今政策的缺失，便是希望君主能有所察覺，導致金國「國用易匱，民心易離」的莫過於「括田制」〔註185〕，所造成的國家根基之動搖，在元好問〈平章政事壽國張文貞公神道碑〉便又看見再次評論：

> 故嘗論：公平生所言者不勝載，而繫於廢興存亡者，有二事焉：一立后，二括田。立后難於從，而章宗從之；括田不難於從，而竟不聽。其後，武夫悍卒倚國威以爲重，山東、河朔上腴之田，民有耕之數世者，亦以冒占奪之。兵日益驕，民日益困，養成癰疽，計日而潰。貞祐之亂，盜賊滿野，向之倚國威以爲重者，人視之以爲血仇骨怨，必報而後已。一顧盼之頃，皆狼狽于鏑鋒之下，雖赤子不能免。〔註186〕

---

〔註184〕見（金）元好問著、狄寶心校注，《元好問詩編年校注（第一冊)》，頁384～385。

〔註185〕《金史・食貨志》記載：「金之爲政，常有卹民之志，而不能已苛征之令，徒有聚斂之名，而不能致富國之實。及其它也，括粟、閣糶，一切掊克之政靡不爲之。……訖金之世，國用易匱，民心易離，豈不由是歟。作法不慎厥初，變法以捄其弊，祇益甚焉耳。」括粟就是括田制造成國家匱乏、民心離異的開始。見（元）脫脫等撰、楊家駱主編，《新校本金史並附編七種（2)》卷四十六〈志第二十七・食貨一〉，頁1030。

〔註186〕見（金）元好問著、狄寶心校注，《元好問文編年校注（上冊)》，頁477。

「括田」之始於金章宗明昌年間（西元 1190 年～1196 年），主要是因連年對蒙古征戰，金朝主戰派大臣認為女真猛安、謀克等將領田戶土地太少，無以贍養失去鬥志，希望金章宗下令占用民田供給軍隊生活費用，當時御史中丞張萬公便提出五種不可行來勸諫，但金章宗仍然聽從主戰派之言而實行。〔註187〕因此，元好問在為張萬公寫神道碑時，再次評斷歷史，「括田」制度到金末不曾停止，惡性循環的結果，讓軍隊更加驕縱，而百姓日益窮苦，本該一致對外禦敵，軍民卻互相視為血海深仇。

深知整個大環境政治策略而無計無力阻撓，所以在他擔任內鄉令、南陽令時，也如蘇軾一樣視民如己、痌瘝在抱，如正大四年（西元 1227 年）在內鄉令時所寫〈長慶泉新廟記〉：

> 正大丁亥，予承乏是邑。夏五月，赤旱近百日。凡縣境之名湫，無慮數十所，奔走禱祠，卒無感通。道路嗷嗷，無望來秋。有以此泉為言者，予率父老詣焉。幣祝甫登，雲氣四合，車轍未旋而澍雨決。明年，里之民作新廟于泉之西南，且以紀其事為請。……聞之：天即神，神即人，人即天，名三而誠則一。〔註188〕

這一年到了五月已大旱數日，元好問到處在縣內數十座水潭奔走祈禱，上天無任何回應，所經沿途幾乎為嗷嗷待哺的鄉民，又有人提議長慶泉，元好問率父老拜訪祝禱，馬上天降暴雨，隔年里民變重建新廟於此泉西南邊，他認為這是一種天、神、人因為真誠相通才有此良好結果，從他如此為民來回奔走祈禱就已知在任內勤政愛民的一片熱誠。又在面對朝廷因戰爭而橫徵暴虐的括田政策，他無力扭轉時局，寫下〈宿菊潭〉再再溫情喊話叮囑百姓：

> 我雖禁吏出，將無夜叩扉。教汝子若孫，努力逃寒飢。
> 軍租星火急，期會切莫違！期會不可違，鞭朴傷汝肌。
> 傷肌尚云可，天闕令人悲。〔註189〕

---

〔註187〕《金史・張萬公傳》：「初，明昌間，有司建議，自西南、西北路，沿臨潢達泰州，開築壕塹以備大兵，役者三萬人，連年未就。……主兵者又言：『比歲征伐，軍多敗衄，蓋屯田地寡，無以養贍，至有不免飢寒者，故無鬥志。願括民田之冒稅者分給之，則戰士氣自倍矣。』朝臣議已定，萬公獨上書，言其不可者五。」張萬公當時力阻括甜法，並提出五種弊病。見（元）脫脫等撰、楊家駱主編，《新校本金史並附編七種（3）》卷九十五〈列傳第三十三・張萬公〉，頁 2104。

〔註188〕見（金）元好問著、狄寶心校注，《元好問文編年校注（上冊）》，頁 177。

〔註189〕見（金）元好問著、狄寶心校注，《元好問詩編年校注（第二冊）》，頁 447。

元好問任內鄉令除了為民解旱，也禁止吏員夜晚叩門擾民，由「我雖禁吏出，將無夜叩扉」二句就知金末地方吏員頗如杜甫詩中「石壕吏」帶給百姓恐慌，再加上繳軍租的期限將至，希望不要誤了期限免受責罰，元好問也願勤奮教導百姓逃離飢寒交迫的困境，後《內鄉縣志》卷之六〈職官志‧知縣〉記載元好問「勞撫流亡，邊境寧謐。尋以艱去，吏民懷之」〔註190〕就足以證明深得百姓愛戴。

　　元好問正大八年（西元1231年）又出任南陽縣令，一貫重視「田政維天下之大綱」的理念，當時在應鄧州武勝軍觀察判官曹德甫之請做了〈鄧州新倉記〉：

> 某以為：天下之謀食者莫勞于農，而莫不害于農。農之力，至于今極矣！嘘牛而耕，曝背而耘，十人之勞不能給一人之食，水旱霜雹，螟蝗蟊賊，凡害於稼者不論也。用兵以來，調度百出。常賦所輸，皆創痍之民終歲勤動，不得以養其父母妻子，而以之佐軍興者。……百家之所斂，不足以給雀鼠之所耗；一邑之所入，不足以補風雨之所敗。四方承平，粒米狼戾時然且不可，況道殣相望之後乎？然則有能為國家重民食而謹軍賦者，業文之士宜喜聞而樂道之也。〔註191〕

遺山十分了解農民的辛勞，除了農作時的曝曬，遇到水災、旱災、霜害、冰雹甚至蝗蟲災害的天災之外，如今朝廷用兵更增百姓的負擔，即使各州府徵斂都無法去補足一國之需，所以何況四方無事時，米粒更不能散亂堆積，使餓死於道路者又該如何？如今鄧州武勝軍節度使願意蓋一糧倉，為國家注重百姓之糧食，再謹慎處理軍事需要徵發的賦役，這是值得可喜可賀的。元好問在南陽縣令時也曾挖掘溝渠、長堤來使水田豐收，在五十五歲應州倅定襄李侯之請寫〈創開滹水渠堰記〉：

> 雲余官西南鄧之屬邑，多水田，業戶餘三萬家。長溝大堰，率因故跡而增築之，而其用力有不可勝言者。試一二考之：夫水在天壤閒為至平，且善利萬物而不爭；有餘者損之，不足者補之，時乃天之道。〔註192〕

---

〔註190〕見（清）寶鼎望纂修，《河南省‧內鄉縣志（二）》（臺北：成文出版有限公司，1976年臺一版），頁379。

〔註191〕見（金）元好問著、狄寶心校注，《元好問文編年校注（上冊）》，頁201～202。

〔註192〕見（金）元好問著、狄寶心校注，《元好問文編年校注（中冊）》，頁793。

鄧州轄管三縣六鎮，南陽便是其中一縣〔註 193〕，元好問所說的便是當年南陽令之事，知道南陽多田，他率領軍民沿舊有溝渠、河堤而增建，能幫助農田豐收之效用無法細數，也同蘇軾一般重視水利建設，後來《南陽縣志》也稱讚元好問：「南陽大縣，兵民十餘萬，帥府令鎮撫，甚存威惠。」〔註 194〕如在內鄉令任內名留青史。

　　蘇軾與元好問在出處之間的徘徊，無非都是同樣的政治理念亟待實現，東坡寫下「泥芹有宿根，一寸嗟獨在」是用來譬喻自己心態處境如泥土裡留有一寸多長芹菜的根，能不受汙染也不改變自己的志向報復，面對國家變革劇烈，直書自己策略，希冀君主與大臣能自我涵養、強健不息，並以百姓之心為心，所以外放各州，也事必躬親為民解憂；同樣遺山說到「置錐良有餘，終身志懲創」即使在狹小安身立命之地，終身都警惕自己為百姓付出，《南冠錄引》便說自己「從仕十年，出死以為民」〔註 195〕，面對國勢日益衰敗，盡為一縣之令並無任何懈怠，元好問在國破家亡深陷圍城時，金哀宗突破重圍逃出城，城內百姓糧食已盡，到了人食人的地步，當下汴京西面元帥崔立起兵叛變以汴京城降蒙古，威逼文士為他撰功德碑，元好問是否撰文備受爭議〔註196〕。又蒙古軍隊進佔汴京後，身陷困境的元好問上書蒙古國中書令耶律楚材，推薦五十四名秀民才士，請求予以保護，成為「氣節」問題的另一焦點〔註

〔註193〕《金史》記載：「鄧州，武勝軍節度使。宋南陽郡，嘗置榷場。戶二萬四千九百八十九。縣三、鎮六：……南陽有豫山、百重山、豐山、梅溪水、白水、清冷水。鎮一張村。」就知鄧州下轄南陽縣。見（元）脫脫等撰、楊家駱主編，《新校本金史並附編七種（1）》卷二十五〈志第六・地理中〉，頁 592。

〔註194〕見（清）潘守廉修、張嘉謀纂，《南陽縣志（一）》，頁 301～302。

〔註195〕見（金）元好問著、狄寶心校注，《元好問文編年校注（上冊）》，頁 347。

〔註196〕崔立碑事件中，碑文的撰寫，初以王若虛作文，但遭到理拒，而之後到底是元好問還是劉祁負責，學者多有不同看法，清代學者翁方綱、凌廷堪均認為應是劉祁，而施國祁、李慈銘、全祖望等則認為元好問應負責，但兩種意見皆有所偏，當時立碑的背後用意在於「立國柄入手，生殺在一言。省庭每日流血，上下震悚！」可見崔立的飛揚跋扈，若立碑之舉遭人拒絕，後果恐不堪設想。因此站在「名節」來看，易引起後世爭議，然站在「保全名士」而言，若有人挺身承擔，能保全人才，令人讚賞，因此學者也多以此來論述之。見方滿錦著，《元好問之名節研究》（臺北：天工書局，1997 年 10 月出版），頁 19～57、劉知漸、鮮述文，〈關於元好問的名節問題〉收於《紀念元好問800 誕辰文集》，頁 289～290。

〔註197〕關於上書耶律楚材之事，主要被批評為「薦人自薦」、「境外之交」，清代趙翼、全祖望、近人方滿錦等多有貶責，而近人吳天仁、姚從吾等卻認為此為保全中原人士，姚從吾一一考察元好問上書的五十四人日後的表現，認為皆與元

197）。面對蒙古圍城的慘況，元好問曾說：「死不難，誠能安社稷、救生靈，死而可也。如其不然，徒欲一身飽五十紅衲軍，亦謂之死耶？」〔註198〕誠見他一貫「出死以為民」的慨然責任。更可證明元好問在出處抉擇深似蘇軾之外，在政治主張以天下蒼生為念，更是兩人為官擇善固執的共同點。

## 三、鍾情創作志業

　　蘇軾與元好問一生起落變動很大，出處進退為國為民至死方休，在兩人六十多年的人生，都透過豐厚的創作來緩解生命困頓的苦難、悲歡離合的惆悵或是宣洩慷慨激昂的期許、順應時局的閒適。東坡現存兩千七百多首詩、三百多闋詞、四千兩百多篇策論表狀、尺牘題跋、隨筆雜記散文〔註199〕，而遺山現存一千四百多首詩、三百七十多闋詞、兩百多篇碑銘表誌碣、雜體序引、銘贊書疏等散文，另編選《中州集》並撰寫二百五十多人小傳、《續夷堅志》有兩百多則奇聞異事、物產名勝、釋道故事，可惜其他著作《金源君臣言行錄》、《南冠錄》、《壬辰雜編》都已亡佚。〔註200〕元好問與蘇軾同樣寄身於翰墨，除了生命際遇的激發，更與自身閱讀涵養、家風薰染、生活趣味以及眾多詩人僧人道士等朋友有關，因他們多姿多采的生活，為自身創作增添靈感，為審美觀點開拓視野。

### （一）家風薰染，厚實學識

　　從蘇轍〈亡兄子瞻端明墓誌銘〉足知蘇軾自小耳濡目染，父親蘇洵、母親程氏皆培育豐厚的學識基礎：

---

好問的推薦有關，而方滿錦則考證當中有些名士是自我求取功名，元好問的上書並無功效。無論上書是否有功效，元好問「金亡不仕」是事實，此上書事件對元好問自身並無直接得利，不少學者便較傾向於保全中原人士之說，論者也如此認為。見方滿錦著，《元好問之名節研究》，頁 64〜108、姚從吾，〈金元之際元好問對於保全中原傳統文化的貢獻〉，《大陸雜誌》第 26 卷第 6 期（1963），頁 69〜80。

〔註198〕此文出自《金史・完顏奴申列傳》，見（元）脫脫等撰、楊家駱主編，《新校本金史並附編七種（4）》卷一百十五〈列傳第五十三・完顏奴申〉，頁 2525。

〔註199〕見（宋）蘇軾、（清）王文誥、孔凡禮點校，《蘇軾詩集》、鄒同慶、王宗堂著，《蘇軾詞編年校註》、（宋）蘇軾撰、（明）茅維編、孔凡禮點校，《蘇軾文集》。

〔註200〕見（金）元好問著、狄寶心校注，《元好問詩編年校注》、（金）元好問撰、趙永源校注，《遺山樂府校注》、（金）元好問著、狄寶心校注，《元好問文編年校注》、姚奠中主編、李正民增訂，《元好問全集（增訂本）》。

先君宦學四方，太夫人親授以書，聞古今成敗輒能語其要。太夫人
嘗讀東漢史，至范滂傳，慨然太息，……太夫人曰：「汝能為滂，吾
顧不能為滂母耶？」公亦奮屬有當世志。太夫人喜曰：「吾有子矣！」
比冠，學通經史，屬文日數千言……少與轍皆師先君，初好賈誼、
陸贄書，論古今治亂，不為空言。……後讀釋氏書，深悟實相，參
之孔老，博辯無礙，浩然不見其涯也。先君晚歲讀易，玩其爻象，
得其剛柔遠近喜怒逆順之情，以觀其詞，皆迎刃而解，作易傳，未
完，疾革，命公述其志，公泣受命，卒以成書，然後千載之微言煥
然可知也。復作論語說，時發孔氏之祕。最後居海南，作書傳推明
上古之絕學，多先儒所未達，既成三書。〔註201〕

這段文字便可看見蘇軾一生積累紮實，母親讚許期待能如東漢澄清吏治而死
的范滂，使蘇軾年少便有奮勵為當世之志，二十歲後已通經史，並研讀西漢
賈誼、唐代陸贄等書疏論能觀古今政事，後也精研儒釋道三家典籍，這些都
是厚實蘇軾著述的深度、辯論的廣度，這種自信在〈上韓太尉書〉便已表露：
「自七八歲知讀書，及壯大，不能曉習時事，獨好觀前世盛衰之跡，與其一
時風俗之變。自三代以來，頗能論著。」〔註202〕雖謙虛說不能曉習時事，實
自小熟讀經史，對歷代興亡盛衰已有深入心得。

　　從元好問大量的詩詞文史籍編纂，包括整理評點蘇軾、杜甫的作品，
採集金代名士文人詩詞並立傳，還有摘錄前輩詩詞的隻字片語等等，能知
閱讀涵養也是深廣厚實的，從《金史》及其他自身文字敘述啟蒙甚早、學
習廣博：

七歲能詩。年十有四，從陵川郝晉卿學，不事舉業，淹貫經傳百家，
六年而業成。(《金史》)

予自四歲讀書，八歲學作詩，作詩今四十年矣。(〈南冠錄引〉)

自餘雜書及先人手寫《春秋》三史、《莊子》、《文選》之等，尚千餘
冊，並畫百軸，載二鹿車自隨。(〈故物譜〉)

我昔入小學，首讀仲尼居。百讀百不曉，但有唾成珠。少長授魯論，
稍與義理俱。(〈曲阜紀行十首〉)

---

〔註201〕見（宋）蘇轍著、陳宏天、高秀芳點校，《蘇轍集（第3冊）》（北京：中華書
　　　　局，1990年8月第1版），頁1119～1120。
〔註202〕見（宋）蘇軾撰、（明）茅維編、孔凡禮點校，《蘇軾文集（第四冊）》，頁1381。

　　七歲入小學，十五學時文。二十學業成，隨計入咸秦。

　　（〈古意二首其一〉）〔註203〕

幼年便開始讀書、學習作詩，後跟從老師郝天挺（字晉卿，西元 1247 年～1313 年）〔註204〕學習貫通經傳百家，對《孝經》、《論語》內容皆能談論，所藏書籍也有先人所手抄《春秋》三傳、《莊子》、《文選》等，他在晚年曾寫〈病中感寓贈徐威卿兼簡曹益甫高聖舉〉：「讀書略破五千卷，下筆須論二百年」〔註205〕如此自詡也不無道理。元好問的生父元德明、嗣父元同樣重視養成教育，各自澆灌元好問不同啓蒙知識，嗜好讀書、飲酒賦詩的元德明曾與元好問談論杜詩，並有讀書十法傳與遺山〔註206〕，做過縣令的元格則是「教之民政」，日後遺山爲民服務的熱忱可說由此而來的。〔註207〕

　　自小家庭培育致使元好問鍾情讀書，在父執輩的教誨領引下，對著述評論、民政關懷頗多用心，如蘇軾一樣廣泛瀏覽、深入精研而實有所得。無論爲官隱居一樣熱愛生活並熱與同好友人分享，如愛喝酒懂酒法也會自己釀

---

〔註203〕見（元）脫脫等撰、楊家駱主編，《新校本金史並附編七種（4）》卷一百二十六〈列傳第六十四・文藝下〉，頁 2742；（金）元好問著、狄寶心校注，《元好問文編年校注（上冊）》，頁 347、392～393；（金）元好問著、狄寶心校注，《元好問詩編年校注（第一冊）》，頁 84、《元好問詩編年校注（第三冊）》，頁 1224。

〔註204〕見（元）脫脫等撰、楊家駱主編，《新校本金史並附編七種（4）》卷一百二十七〈列傳第六十五・隱逸・郝天挺〉，頁 2750。

〔註205〕見（金）元好問著、狄寶心校注，《元好問詩編年校注（第三冊）》，頁 1477。

〔註206〕《金史》記載「元德明……自幼嗜讀書，口不言世俗鄙事，……累舉不第，放浪山水間，飲酒賦詩以自適。……有東巖集三卷。」元好問在提到生父，都會以先東巖君稱之，在〈杜詩學引〉：「先東巖君有言：近世唯山谷最知子美。」和〈詩文自警〉第一則便有記錄先東巖讀書十法。見（元）脫脫等撰、楊家駱主編，《新校本金史並附編七種（4）》卷一百二十六〈列傳第六十四・文藝下・元德明〉，頁 2742；（金）元好問著、狄寶心校注，《元好問文編年校注（上冊）》，頁 91；姚奠中主編、李正民增訂，《元好問全集（增訂本）上、下》，頁 1239。

〔註207〕〈大德碑本遺山先生墓銘〉：「父格，顯武將軍，鳳翔府路第九處正將，兼行隴城縣令，騎都尉」所以元好問都稱嗣父元格爲隴城府君，在〈濟南行記〉提到：「予兒時從先隴城府君官披縣，嘗過濟南。」又〈南冠錄引〉：「十八，先府君教之民政，從仕十年，出死以爲民。」爲民進心的觀念可說從元格而來的。見姚奠中主編、李正民增訂，《元好問全集（增訂本）下》，頁 262；（金）元好問著、狄寶心校注，《元好問文編年校注（上冊）》，頁 354、347。

酒，在〈蒲桃酒賦並序〉記載劉光甫無意間得知蒲桃酒的釀法，元好問認為「物無大小，顯晦自有時，決非偶然者。夫得之數百年之後，而證數萬里之遠，是可賦也」、「安得純白之士，而與之同此味哉」〔註208〕能夠有機緣得知此釀法，必當記錄以留同樣純白無瑕好酒之士一起共享同樂。在〈十月四日往關南二首〉其一自注「予方釀松醪，當以今日熟，故及之」〔註209〕品嘗自己釀好松花酒所寫的詩。也愛品評書畫、頗好茗飲嚐鮮，元好問在〈故物譜〉就有記錄收藏字畫，也有不少題跋詩文，所評對象包括金代及以前的書畫名家，如〈跋國朝名公書〉稱許金代任詢、黨懷英、王庭筠、趙渢、趙秉文等書法特色；〈跋蘇氏父子墨帖〉、〈米帖跋尾〉讚嘆北宋蘇軾、蘇洵、米芾的筆墨妙處〔註210〕；〈張彥遠江行八詠圖〉一詩描述所見唐代張彥遠江南圖畫，而〈李重華湍流高樹圖〉一詩評判金代李重華小幅山水風景畫的優劣〔註211〕，諸如此類的詩詞題跋在元好問作品中經常可見。

### （二）馳騁文筆，喜愛撰述

兩人在詩詞的成績上幾近等量齊觀，自然與他們璀璨豐富的一生際遇有關，更是自覺熱衷創作所致的成就。蘇軾多次牽累於詩文而遭到毀謗、貶官，例如元豐二年（西元1079年）因烏臺詩案貶謫至黃州時就感嘆「平生文字為吾累，此去聲名不厭低」〔註212〕，在與友人書信往返時也常提到「但得罪以來，不復作文文字」、「軾自得罪以來，不敢復與人事，雖骨肉至親，未肯有一字往來」〔註213〕，然實際上蘇軾在黃州創作詩詞文質量都達到高峰，也借論歷史人物抒發己懷，如元豐三年（西元1080年）讀《戰國策》書就寫了一篇〈商君功罪〉評國家足食兵強和百姓見德知義的重要〔註214〕，這時間點離烏臺詩案不過一年時間，後來在黃州也頗為自負的說：「近者新闋甚多，篇篇

〔註208〕見（金）元好問著、狄寶心校注，《元好問文編年校注（上冊）》，頁123～124。
〔註209〕見（金）元好問著、狄寶心校注，《元好問詩編年校注（第四冊）》，頁1542。
〔註210〕見（金）元好問著、狄寶心校注，《元好問文編年校注》，頁324、1377、1436。
〔註211〕見（金）元好問著、狄寶心校注，《元好問詩編年校注（第一冊）》，頁174、《元好問詩編年校注（第二冊）》，頁629。
〔註212〕語出〈十二月二十八日蒙恩責授檢校水部員外郎黃州團練副使復用韻，二首之二〉，見（宋）蘇軾、（清）王文誥、孔凡禮點校，《蘇軾詩集（第三冊）》，頁1006。
〔註213〕語出〈答秦太虛七首之四〉、〈與章子厚參政書二首之一〉，見（宋）蘇軾、（清）王文誥、孔凡禮點校，《蘇軾詩集（第四冊）》，頁1534、1411。
〔註214〕見（宋）蘇軾撰、（明）茅維編、孔凡禮點校，《蘇軾文集（第五冊）》，頁2004。

皆奇。遲公來此，口以傳授。餘惟萬萬自愛。」〔註215〕所以生命對宇宙天地、時局轉變的關注，與生俱來的創作熱情從未消失，回顧一生自知離不開創作，並珍視詩文爲傳後世之寶，晚年在校正劉沔爲他所集結的詩文，所回覆的書信如此自我審視：

> 軾平生以言語文字見知於世，亦以此取疾於人，得失相補，不如不作之安也。以此常欲焚棄筆硯，爲暗默人，而習氣宿業，未能盡去，亦謂隨手雲散鳥沒矣。不知足下默隨其後，掇拾編綴，略無遺者，覽之慚汗，可爲多言之戒。然世之蓄軾詩文者多矣，率眞僞相半，又多爲俗子所改竄，讀之使人不平。……今足下示二十卷，無一篇僞者，又少謬誤。……軾窮困，本坐文字，蓋願刳形去智而不可得者。然幼子過文益奇，在海外孤寂無聊，過時出一篇見娛，則爲數日喜，寢食有味。以此知文章如金玉珠貝，未易鄙棄也。〔註216〕

首先，蘇軾明瞭一生的困阨來自自己詩文，明知棄筆不寫就能求得心安身安，但創作早是習氣宿業甚難根除；其次，得見劉沔爲自己所編撰的詩文集，雖說是一生的警惕，卻也對自身創作不被謬誤竄改，既深深佩服劉沔的編錄，實也爲作品得以正確流傳而欣慰；最後稱許自己兒子蘇過的文章，也深知詩文對自己如金玉珠貝是不容易丟棄。蘇軾自創作起就有編錄或出版的自覺，如嘉祐四年（西元 1059 年）二十四歲時從四川出三峽抵江陵，父子三人彙集沿江所作詩文爲《南行前集》，蘇軾並做一篇敘文〔註217〕，又熙寧十年（西元1077 年）《眉山集》問世〔註218〕，這便是明知爲文字所累，卻仍以言語文字見知於世。

元好問一生同樣熱愛創作，正大八年（西元 1231 年）四十二歲任南陽縣令時寫道「乃公行坐文書裏，面皺鬢生華。兒郎又待，吟詩寫字，甚是生涯」〔註219〕雖然自嘆忙於縣令公文而滿面皺紋與兩鬢泛白，然而剛出生兩年的小兒伴在左右，吟著詩歌寫著文字也是一生所選。然也明瞭所留文字易使人指

---

〔註215〕語出〈與陳季常十六首之九〉，見（宋）蘇軾撰、（明）茅維編、孔凡禮點校，《蘇軾文集（第四冊）》，頁 1565～1566。

〔註216〕見（宋）蘇軾撰、（明）茅維編、孔凡禮點校，《蘇軾文集（第三冊）》，頁 1429～1430。

〔註217〕見（宋）蘇軾撰、（明）茅維編、孔凡禮點校，《蘇軾文集（第一冊）》，頁 323。

〔註218〕見孔凡禮撰，《蘇軾年譜（上）》，頁 383。

〔註219〕語出〈眼兒媚〉「阿儀醜筆學雷家」，見（金）元好問撰、趙永源校註，《遺山樂府校註》，頁 455。

摘或毀謗，在亡國後感嘆「六年河朔州，動輒得謗訕」、「無錢正坐詩作祟，識字重爲時所讎」〔註220〕，便指的是圍城時崔立碑、上書耶律楚材事件，現今的困窘與時局的壓力都來自於過往文字所遺留的痕跡。

即使如此元好問一生之中，對於自身創作以及爲他人生平著述等始終懷有熱忱與使命感，如〈繼愚軒和黨承旨雪詩四首〉其一：

南來何所如？孤根轉風蓬。以彼萬里途，寄此一畝宮。

明窗一繩床，稍覺紛華空。唯餘作詩癖，尚與當年同。

人言詩窮人，無詩吾自窮。此世等夢耳，誰窮復誰通？

茹噎當快吐，聊此寬吾胸。〔註221〕

這是追和已逝的黨懷英詩，抒發金宣宗南渡以後，舉家隨著避禍南遷，心生何去何從的惆悵，時空的瞬息萬變而唯一不變是自己創作的癖好，人說詩歌使人困窮，元好問覺得沒有詩歌才是眞正的窮苦，因爲透過創作能痛快吐露心中或生活的哽塞與苦澀。所以寫作對元好問是一種心靈的舒解，更是一份職責所在，是爲自己或他人保存在宇宙天地間所曾遺留的足跡，在受人所託寫碑銘表誌碣時，元好問回答「此吾之志也，奚以請爲」〔註222〕，也正因如此他往往在撰寫他人碑誌散文，除了誠摯刻畫墓主的神態品格外，還不時摻入所處時空的悲憤、個人觀點的評論等等〔註223〕，但並非漫無邊際的脫離墓主生平梗概或人格特性，是在借題發揮之後又能回應到人物的時空背景或獨特精神，既保有碑誌散文眞誠寫實的體例，又變化出元好問匠心獨運的史傳記錄方式，如此爲他人撰寫之志代表對寫作的自我執著與肩負的史學責任。

既然對著述有所熱愛，必然重視書卷文集的保存，元好問在四十七歲曾

<hr>

〔註220〕語出〈別李周卿三首〉之一、〈雨夜〉，見（金）元好問著、狄寶心校注，《元好問詩編年校注（第二冊）》，頁841、856。

〔註221〕見（金）元好問著、狄寶心校注，《元好問詩編年校注（第一冊）》，頁185。

〔註222〕語出〈眞定府學教授常君墓銘〉，見（金）元好問著、狄寶心校注，《元好問文編年校注（下冊）》，頁1168。

〔註223〕金元時空的悲憤如在〈遽然子墓碣銘〉提到三知己因戰亂亡身、〈忠武任君墓碣銘〉痛批金末胥吏文士朋黨爲奸之事等、〈輔國上將軍京兆府推官康公神道碑銘〉提到金代以來選官制度到後期官員廉恥道喪；個人觀點的評論如在〈龍虎衛上將軍術虎公神道碑〉一開頭論辯先天之「性」與後天應用之「材」、〈內翰馮公神道碑銘〉將君子品評分爲三層次、〈資善大夫武寧軍節度使夾谷公神道碑銘〉提到君臣之義。見（金）元好問著、狄寶心校注，《元好問文編年校注》，頁548～554、679～687、773～786、716～721、554～580、644～660。

寫〈故物譜〉記錄金宣宗貞祐年間（西元 1213 年～1217 年）因蒙古入侵而遷都，舉家也隨著避禍南遷所保存的文物古籍：

> 予家所藏，書，宋元祐以前物也；書則唐人筆跡及五代寫本爲多；
> 畫有李、范、許、郭諸人高品。……「風」字大硯，先東巖君教授
> 鄉里時物也。銅雀研，背有大錢一，天祿一，堅重緻密，與石無異，
> 先隴城府君官翼州時物也。貞祐丙子之兵，藏書壁間，得存。兵退，
> 予將奉先夫人南渡河，舉而付之太原親舊家。自餘雜書及先人手寫
> 《春秋》三史、《莊子》、《文選》之等，尚千餘冊，並畫百軸，載二
> 鹿車自隨。〔註224〕

在兵馬倥傯之際，尙且記得將前代文人、先父等詩書、字畫、史冊，還有自己的著述藏至壁間，等待兵禍稍弭立即載車取回，就足知元好問不儘珍惜自己的隻字片語，更肩負留存前輩大家遺留的風範。因此《金史》記載：

> 晚年尤以著作自任，以金源氏有天下，典章法度幾及漢、唐，國亡
> 史作，己所當任。時金國實錄在順天張萬戶家，乃言於張，願爲撰
> 述，旣而爲樂夔所沮而止。好問曰：「不可令一代之迹泯而不傳。」
> 乃搆亭於家，著述其上，因名曰「野史」。凡金源君臣遺言往行，采
> 摭所聞，有所得輒以寸紙細字爲記錄，至百餘萬言。今所傳者有中
> 州集及壬辰雜編若干卷。年六十八卒。纂修金史，多本其所著云。
> 〔註225〕

自金哀宗天興元年（西元 1232 年），歲次壬辰，蒙古包圍汴京時，元好問面對家國動亂存在強烈史家意識，早早開始採錄金代朝臣史實、名士風流等言行事跡、詩文創作準備編爲《金源君臣言行錄》、《壬辰雜編》等書，以及廣收金朝文人詩詞的《中州集》。在《中州集》編選的原因與目的在序文中表達很明白：

> 商右司平叔衡嘗手鈔《國朝百家詩略》，云是魏邢州元道道明所集，
> 平叔爲附益之者。然獨其家有之，而世未之知也。歲壬辰，予搉東
> 曹。馮內翰子駿延登、劉鄧州光甫祖謙約予爲此集。時京師方受圍，
> 危急存亡之際，不暇及也。明年滯留聊城，杜門深居，頗以翰墨爲

〔註224〕見（金）元好問著、狄寶心校注，《元好問文編年校注（上冊)》，頁392～393。
〔註225〕見（元）脫脫等撰、楊家駱主編，《新校本金史並附編七種（4）》卷一百二十六〈列傳第六十四・文藝下〉，頁2742～2743。

事。馮劉之言，日往來於心。念百餘年以來，詩人爲多。苦心之士，積日力之久，故其詩往往可傳。兵火散亡，計所存者才什一耳，不總萃之，則將遂湮滅而無聞，爲可惜也。〔註226〕

開始編選時間是金哀宗天興二年（西元 1233 年），四十四歲羈管山東聊城始編，選集材料先依據魏道明和商衡的《國朝百家詩略》，再憑記憶和蒐羅不斷充實，一直到蒙古海迷失後元年，元好問已六十歲時才由趙振玉資助付梓〔註227〕，此選集爲詩人立傳，保留詩詞之外還評選佳句，是一部金朝斷代的詩歌總集。至於《金源君臣言行錄》、《壬辰雜編》等書雖已亡佚，但在天興三年（西元 1234 年），元好問四十五歲時所作〈南冠錄引〉略提及當時的編錄：

予年已四十有五，殘息奄奄，朝夕待盡。使一日顛仆于道路，則世豈復知有河南元氏哉？……乃手寫《千秋錄》一篇，付女嚴，以備遺忘，又自爲講說之。……吾先人形質顏貌、言語動作，乃不欲知之，豈人之情也哉？故以先世雜事附焉。予自四歲讀書，……人生一世閒，業已不爲世所知，又將不爲吾子孫所知，何負于天地鬼神而至然邪？故以行年雜事附焉。……崔子之變，歷朝《實錄》，皆滿城帥所取。百年以來，明君賢相可傳後世之事甚多，不三二十年，則世人不復知之矣！予所不知者固可奈何；其所知者、忍棄之而不記邪？故以先朝雜事附焉。合而一之，名曰《南冠錄》。〔註228〕

《南冠錄》也已亡佚，當初編纂的目地有三：其一爲先世雜事，保留元氏族譜以及列祖列宗的行爲，供後代後世子孫知曉與景仰；其二爲行年雜事，關於自己的生平記錄；其三爲先朝雜事，所擔憂金亡之後百年朝代賢君名臣事跡，在二三十年內不再有人知曉，更遑論流芳百世，便應該是《金源君臣言行錄》、《壬辰雜編》等開始編撰，後來《金史》纂修也多賴此兩本保存的資料，正是元好問徵文蒐羅、高瞻遠矚之功。

除了這些金代史籍、詩歌總集的存錄外，元好更注重個人著述與景仰對象的作品評點整理，據《金史》記載「其所著文章詩若干卷，杜詩學一卷、

---

〔註226〕見（金）元好問編、（明）毛晉刊，《中州集》，頁 5～6。
〔註227〕張德輝〈中州集後序〉：「己酉秋，得眞定提學趙國寶，資擊始鋟木以傳。」見（金）元好問編、（明）毛晉刊，《中州集（卷十）》，頁 79。
〔註228〕見（金）元好問著、狄寶心校注，《元好問文編年校注（上冊）》，頁 347。

東坡詩雅三卷、錦機一卷、詩文自警十卷」〔註229〕，遺山一生所有著述還不只如此，二十八歲開始編錄前人詩詞的評點《錦機》〔註230〕、三十六歲閒居嵩山完成的《杜詩學》〔註231〕、四十歲因母喪閒居內鄉開始整理《東坡詩雅》〔註232〕、四十五歲羈管聊城自編《遺山新樂府》書成〔註233〕、四十七歲在冠氏編成《東坡樂府集選》〔註234〕，此外尚有專門論述自己詩文學習心得與創作方法的《詩文自警》〔註235〕，以及收錄北齊后主高瑋元統二年（566）到蒙古憲宗蒙哥元年（1251）間異人異事、生理醫藥、文物動植物、自然現象等筆記小說《續夷堅志》〔註236〕，這七本重要著述可惜僅存《遺山新樂府》、《續遺堅志》，其他都已亡佚無法窺得全貌，然也足以從現存序文或引文得知編撰目的，包括汲取前人的智慧結晶、創作淬煉的領悟體會或是珍奇異聞的稗官野史，元好問無不皓首窮經欲將所學所悟留於世上。

### （三）興趣廣泛，善結同好

蘇軾的創作也多從生活獲得逸趣，平時頗喜品評書畫，在〈子由幼達〉

---

〔註229〕見（元）脫脫等撰、楊家駱主編，《新校本金史並附編七種（4）》卷一百二十六〈列傳第六十四・文藝下〉，頁2742。

〔註230〕〈錦機引〉：「興定丁丑，閒居河南，始集前人議論爲一編，以便觀覽。」見（金）元好問著、狄寶心校注，《元好問文編年校注（上冊）》，頁4。

〔註231〕〈杜詩學引〉：「乙酉之夏，自京師還，閒居崧山，因錄先君子所教與聞之師友之閒者爲一書，名曰《杜詩學》，子美之《傳》、《志》、《年譜》及唐以來論子美者在焉。」見（金）元好問著、狄寶心校注，《元好問詩編年校注（第一冊）》，頁750～751。

〔註232〕〈東坡詩雅引〉：「夫詩至于子瞻，而且有不能近古之恨，後人無所望矣！乃作《東坡詩雅》目錄一篇。正大己丑，河南元某，書於內鄉劉鄧州光父之東齋。」見（金）元好問著、狄寶心校注，《元好問詩編年校注（第一冊）》，頁751。

〔註233〕〈遺山自題樂府引〉：「歲甲午，予所錄《遺山新樂府》成」見（金）元好問著、狄寶心校注，《元好問詩編年校注（第二冊）》，頁972。

〔註234〕〈東坡樂府集選引〉：「就孫集錄取七十五首，遇語句兩出者擇而從之……丙申九月朔，書於陽平寓居之東齋，元某引。」見（金）元好問著、狄寶心校注，《元好問詩編年校注（第二冊）》，頁753。

〔註235〕孔凡禮考察明唐之淳的《文斷》，有元遺山《自警》僅存十二則，裡面有收錄一則與〈錦機引〉相同內文。見（金）元好問著、狄寶心校注，《元好問詩編年校注（第一冊）》，頁1237～1238。

〔註236〕記錄內容的斷代問題見李正民，《續夷堅志評注》（太原：山西古籍出版社，1999年12月），頁3；廖羿鈞的〈元好問《續夷堅志》研究〉，國立雲林科技大學漢學資料整理研究所碩士學位論文（2011）。

說：「方先君與吾篤好書畫，每有所獲，真以為樂。」〔註237〕從書畫獲得欣賞領會的趣味，也和王詵、文同、米芾、李公麟等書畫好友常有尺牘、題跋往來分享〔註238〕；生活飲食愛食鮮蔬果如「平生嗜羊炙，識味肯輕飽。烹蛇啖蛙蛤，頗訝能稍稍」、「先生洗盞酌桂醑，冰盤薦此檳蚯珠。似開江鰩斫玉柱，更洗河豚烹腹腴」〔註239〕羊肉、荔枝、河豚、魚鮮等都是蘇軾盤中佳餚，再從〈東坡酒經〉言造酒之法、〈濁醪有妙理賦〉讚濁酒之醇、〈行香子‧茶詞〉品嘗君賜「密雲龍」等知東坡更愛品茗飲酒〔註240〕，即使面對政局的苦悶、貶謫的顛沛都能覺得「醉飽高眠真事業，此生有味在三餘」。〔註241〕平時閒居也會栽花植松〔註242〕，自年少始讀醫學藥理書籍並重視養生〔註243〕，誠見東坡可從天地山水、草木鳥獸、詩文書畫等等獲得豐美的心靈慰藉、富足的創作泉源，也正如他所說「學者觀物之極，而游於物之表，則何求而不得」〔註244〕能從萬事萬理觀察體會必能有所得。蘇軾愛好生活

〔註237〕見（宋）蘇軾撰、（明）茅維編、孔凡禮點校，《蘇軾文集（第六冊）》，頁2296。
〔註238〕與王詵如〈題筆陣圖（王晉卿所藏）〉、〈跋王晉卿所藏蓮華經（經七卷如筋龐）〉等，和文同往來如〈跋文與可草書〉、〈文與可畫篔簹谷偃竹記〉等，與米芾有〈與米元章二十八首〉等，與李公麟有〈跋李伯時卜居圖〉、〈書李伯時山莊圖後〉等。見（宋）蘇軾撰、（明）茅維編、孔凡禮點校，《蘇軾文集（第二冊）》，頁365、《蘇軾文集（第四冊）》，頁1777、《蘇軾文集（第五冊）》，頁2170、2195、2183、2216、2211。
〔註239〕語出〈正月九日，有美堂飲，醉歸徑睡，五鼓方醒，不復能眠，起閱文書，得鮮于子駿所寄〈雜興〉，作〈古意〉一首答之〉、〈四月十一日初食荔支〉。見（宋）蘇軾、（清）王文誥、孔凡禮點校，《蘇軾詩集（第二冊）》，頁423、《蘇軾詩集（第七冊）》，頁2122。
〔註240〕見（宋）蘇軾撰、（明）茅維編、孔凡禮點校，《蘇軾文集（第五冊）》，頁1987、《蘇軾文集（第一冊）》，頁21、鄒同慶、王宗堂著，《蘇軾詞編年校註（中冊）》，頁599。
〔註241〕語出〈二月十九日，攜白酒、鱸魚過詹使君，食槐葉冷淘〉，見（宋）蘇軾、（清）王文誥、孔凡禮點校，《蘇軾詩集（第二冊）》，頁2103。
〔註242〕如〈小圃五詠〉述說在惠州種人參、地黃、枸杞、甘菊、薏苡；〈戲作種松〉、〈予少年頗知種松，手植數萬株，皆中梁柱矣。都梁山中見杜輿秀才，求學其法，戲贈二首〉都言年少便知種松。見（宋）蘇軾、（清）王文誥、孔凡禮點校，《蘇軾詩集（第七冊）》，頁2156～2160、《蘇軾詩集（第二冊）》，頁1027、《蘇軾詩集（第六冊）》，頁1902。
〔註243〕〈艾人著灸法〉提到少時便讀醫藥書籍。〈墓頭回草錄〉、〈益智錄〉、〈蒼耳錄〉在儋州諸文自醫療實踐中，了解藥性。見（宋）蘇軾撰、（明）茅維編、孔凡禮點校，《蘇軾文集（第六冊）》，頁2349、2358、2359。
〔註244〕語出〈書黃道輔品茶要錄後〉。見（宋）蘇軾撰、（明）茅維編、孔凡禮點校，《蘇軾文集（第五冊）》，頁2067。

的個性，也樂於與親友分享，從唱和詩以及不少尺牘作品都可知，與自己弟弟蘇轍感情深厚〔註245〕，也頗重視與後輩蘇門四學士、六君子交流〔註246〕，此外往來對象還有方外道士、禪師僧友〔註247〕，甚至與政治理念不合的王安石也曾唱和互贈、會面論文等〔註248〕。所以從蘇軾的閱讀與家風、生活與交友等環環相扣的因素，使他面對困頓與波折時，既堅持理想卻激發出達觀與灑脫，是從天地萬物、古籍墨寶等靜觀自得，與親朋至友、僧人道士等情感交流，獲得智慧的提升。

　　元好問也是熱愛生活，曾因仰慕陶淵明、蘇軾都曾躬耕、築屋，一生多次營建新居、置田耕種，二十九歲自三鄉移居河南登封〈嵩山之南〉又在昆陽〈今河南葉縣〉置田，在〈雪後招鄰舍王贊子襄飲〉提到：「去年春旱百日強，小麥半熟雨作霜。……今年得田昆水陽，積年勞苦似欲償。鄰牆有竹山更好，下

---

〔註245〕二蘇唱和詩共 350 多首，彼此關心之情可由此而見，元豐三年蘇轍在筠州肺疾發作，在黃州的蘇軾便寄〈次韻子由病酒肺疾發〉叮囑休養之道。見徐宇春，《蘇軾唱和詩》，陝西師範大學中國古代文學博士論文（2006）頁70、（宋）蘇軾、（清）王文誥、孔凡禮點校，《蘇軾詩集（第四冊）》，頁1062～1063。

〔註246〕〈答李昭玘書〉：「獨於文人勝士，多獲所欲，如黃庭堅魯直、晁補之無咎、秦觀太虛、張耒文潛之流，皆世未之知，而軾獨先知之。」便說世人未知黃晁秦張四人之才，蘇軾已先察知。又〈答李方叔十七首之十六〉：「比年於稠人中，驟得張、秦、黃、晁及方叔、履常輩，意謂天不愛寶，其獲蓋未艾也。比來經涉世故，間關四方，更欲求其似，邈不可得。」指的是能有張耒、秦觀、黃庭堅、晁補之以及李薦、陳師道等後輩，上天不會隱藏寶物，能從中獲得很多，足見蘇軾對這六人的重視。「四君子」、「六學士」出自宋代洪覺範著《石門文字禪》卷第二十七〈跋三學士帖〉：「秦少游、張文潛、晁無咎，元祐間俱在館中，與黃魯直居四學士。」與清代錢謙益《蘇門六君子文粹序》：「六君子者，張耒文潛、秦觀少遊、陳師道履常、晁補之無咎、黃庭堅魯直、李薦方叔也。」見（宋）蘇軾撰、（明）茅維編、孔凡禮點校，《蘇軾文集（第四冊）》，頁 1439、1581。

〔註247〕從蘇軾尺牘便可知與道士、禪師等多有往來，如〈與參寥子二十一首〉、〈佛印十二首〉、〈與南華辯老十三首〉、〈與通長老九首〉等等。見（宋）蘇軾撰、（明）茅維編、孔凡禮點校，《蘇軾文集（第五冊）》，頁 1857～1879。

〔註248〕從〈與滕達道六十八首之三十八〉：「某到此，時見荊公，甚喜，時誦詩說佛也。」〈裕陵偏頭疼方〉：「裕陵傳王荊公偏頭疼方，云是禁中秘方，……荊公與僕言之，已愈數人矣。」可知蘇軾與王安石即使在政治觀點的不同，彼此仍有交流，並有書信往返如〈與王荊公二首〉、〈次荊公韻四絕〉。見（宋）蘇軾撰、（明）茅維編、孔凡禮點校，《蘇軾文集（第四冊）》，頁 1487、1444、《蘇軾文集（第六冊）》，頁 2345；（宋）蘇軾、（清）王文誥、孔凡禮點校，《蘇軾詩集（第四冊）》，頁 1251～1253。

田宜秫稻亦良。已開長溝掩烏芋，稍學老圃分紅薑。……」〔註249〕去年受到旱災、霜害，小麥只能半熟，今年新買昆陽田地，種了高梁、芋頭、紅薑等等，親自務農的生活寫照。後三十九歲罷任內鄉令後，在內鄉縣東南白鹿原菊水之上建築長壽新居，並有詩詞賦記述心情，在〈新齋賦並序〉：「予既罷內鄉，出居縣東南白鹿原，結茅菊水之上，聚書而讀之。……又安知溫故知新、與夫去故之新，他日不為日新又新，日日新之新乎？」〔註250〕建築新居代表新的開始，在此耕讀才是生涯所歸，此外〈長壽新居三首·同仲經賦〉：「卜築欣成趣，歸耕覺有涯。迎門顧兒女，今日是山家」〔註251〕、〈臨江仙·內鄉北山〉：「夏館秋林山水窟，家家林影湖光。三年閒為一官忙。簿書愁裏過，筍蕨夢中香。」〔註252〕都可見歸耕是心靈愉悅的寄託，自己築新居種竹筍、蕨菜等，農耕讀書的閒適生活遠離官場的繁忙，能在這湖光水色中與兒女共度時光，才是欣然成趣的。後來金朝被蒙古所滅，金哀宗自殺後，四十六歲的元好問自聊城拘管後，可移居到山東冠縣，冬天便又營建新居，因此才作〈學東坡移居八首〉，除了描述整理雜草、翻弄廢土，辛勤營造八十多天完成，隱含國破家亡的感嘆、自我存史的期許等等。〔註253〕晚年曾到陽曲營建外家別業，〔註254〕又從山東冠縣移居河北獲鹿〔註255〕，後便卒於獲鹿寓所，元好問晚年多次營建住所，除了自身熱愛躬耕田園以外，在〈外家別業上梁文〉便說到：

> 窮于途者返于家，乃人情之必至；勞以生而佚以老，亦天道之自然。……已與編戶細民而雜處，敢用失侯故將而自名？因之挫銳以解紛，且以安常而處順。老盆濁酒，便當接田父之歡；春韭晚菘，尚愧奪圃夫之利。〔註256〕

---

〔註249〕見（金）元好問著、狄寶心校注，《元好問詩編年校注（第一冊）》，頁127～131。

〔註250〕見（金）元好問著、狄寶心校注，《元好問文編年校注（上冊）》，頁170。

〔註251〕見（金）元好問著、狄寶心校注，《元好問詩編年校注（第二冊）》，頁490。

〔註252〕見（金）元好問撰、趙永源校註，《遺山樂府校註》，頁310。

〔註253〕見（金）元好問著、狄寶心校注，《元好問詩編年校注（第二冊）》，頁742～759。

〔註254〕〈外家別業上梁文〉、〈外家南寺〉等詩文可證之。見（金）元好問著、狄寶心校注，《元好問文編年校注（上冊）》，頁406～414、（金）元好問著、狄寶心校注，《元好問詩編年校注（第二冊）》，頁822。

〔註255〕從〈鹿泉新居二十四韻〉、〈丙辰九月二十六日挈家游龍泉〉已知元好問舉家搬至河北獲鹿。見（金）元好問著、狄寶心校注，《元好問詩編年校注（第三冊）》，頁1457～1458、1475。

〔註256〕見（金）元好問著、狄寶心校注，《元好問文編年校注（上冊）》，頁406～413。

認知國破家亡的身分，返回故鄉是人之常情，現今如同一介平民安常處順過生活，喝著濁酒、種著時令蔬荼，因此「家」的意義除了田園生活的實踐，更代表國亡後安身立命的所在。

元好問對於植栽、耕種等是相當有心得，也如蘇軾種松曾寫到「百錢買松羔，植之我東牆」〔註257〕，甚至撰寫自身實驗醫藥成效的書籍，在〈元氏集驗序〉提到：

> 予家舊所藏多醫書，往往出于先世手澤。喪亂以來，寶惜固護，與身存亡，故卷帙獨存。壬寅冬，閑居州里，因錄予所親驗者爲一編，目之曰《集驗方》。〔註258〕

從這段文既知元氏藏書種類甚豐，而元好問從先祖遺留的醫書，親自鑽研、嚐試並將心得集結成書，可惜此也亡佚，除此之外還有〈傷寒會要引〉、〈李氏脾胃論序〉、〈周氏衛生方序〉等文皆提及病症或投藥之法，欲留給後人正確的醫療觀念〔註259〕，在〈少林藥局記〉更是提到正確醫藥治理的研讀重要性：

> 予以爲：醫，難事也。自岐、黃、盧、扁之書而下，其說累數十萬言，皆典雅淵奧，本于大道之說，究乎死生之際。儒者不暇讀，庸人不解讀，世之學者非不藝專而業恒，至終其身有不免爲粗工者，其可爲難矣！〔註260〕

他認爲醫藥的使用正確與否是關乎人的死生大事，自前人醫藥之書傳下後，進來儒者文人、平民俗士都已不用心，正知道的確是有難度，所以親身嘗試並著述記錄留給後人。

元好問是個離亂波折中能自足自適、愛護萬民的文人儒士，豐富的著述不儘是當下所觀所感的記錄，更有傳述後世、遺愛萬人的期許。因此也愛廣交朋友，彼此談論詩文書畫、分享奇聞逸事等等，都是他著述編輯重要靈感或史料，元好問一生結交不少知交好友，包括鄉里詩社同好、金朝文臣名士、幕府友人、道士禪師，甚至元朝名臣武將等都有來往。年少在從太原避兵禍到三鄉以及隱居嵩山時，便與三知己中李汾相遊一段時間，〈水調歌頭・灘聲蕩高壁〉詞題爲「與李長源遊龍門」、〈女几山避兵，送李長源歸關中〉等詩

---

〔註257〕見（金）元好問著、狄寶心校注，《元好問詩編年校注（第三冊）》，頁1319。
〔註258〕見（金）元好問著、狄寶心校注，《元好問文編年校注（中冊）》，頁665。
〔註259〕見（金）元好問著、狄寶心校注，《元好問文編年校注》，頁424～429、1018～1020、1500～1502。
〔註260〕見（金）元好問著、狄寶心校注，《元好問文編年校注（上冊）》，頁78。

詞〔註261〕，描述遊玩山水、時醉時吟的樂趣，最後熱情款待彼此勸勉又各奔前程；也曾入崔遵、雷淵的詩社，在〈示崔雷詩社諸人〉：「一寸名場心已灰，十年長路夢初回。……遊從肯結雞豚社，便約歲時相往來。」〔註262〕多年投身科考皆未中舉，選擇新的生活道路，願意參與詩社，過飲酒賦詩的閒適生活，後來崔遵在貞宗南渡隱居嵩山，元好問持續有詩往來〔註263〕，而與雷淵在官宦生涯中兩人多有交集，此外在嵩山也結識王革，〈水調歌頭·空濛玉華曉〉詞題為「賦德新王丈玉溪，溪在嵩前費莊，兩山絕勝處也」此闋詞和王革泛舟遊河南山水，在《中州集》小傳如此寫「革字德新，……德新交游滿天下，獨許欽叔與予為莫逆云」〔註264〕後在任史館或內鄉令時元好問多次寄詩詞給這位好友。〔註265〕

　　在元好問先後多次從三鄉或嵩山赴汴京考試失利到及第不就選過程中〔註266〕，結識國朝名公、風雅文士，可說是人際關係的一大拓展。元好問三十一歲赴汴京秋試前，與雷淵、李獻能等人遊玉華谷、少姨廟、會善寺〔註267〕，

〔註261〕見（金）元好問撰、趙永源校註，《遺山樂府校註》，頁7、（金）元好問著、狄寶心校注，《元好問詩編年校注（第一冊）》，頁33～34。

〔註262〕見（金）元好問著、狄寶心校注，《元好問詩編年校注（第一冊）》，頁119。

〔註263〕《中州集》：「遵字懷祖，……南渡後不就舉選，居崧山二十年」〈追錄舊詩二首〉自註「用懷祖韻」、〈示懷祖〉等詩證明多有來往。見（金）元好問編、（明）毛晉刊，《中州集（卷七）》，頁 43～44；（金）元好問著、狄寶心校注，《元好問詩編年校注（第一冊）》，頁351、356。

〔註264〕見（金）元好問編、（明）毛晉刊，《中州集（卷七）》，頁45。

〔註265〕〈石州慢·擊築行歌〉詞題「赴召史館，與德新丈別於岳祠西新店，明日以此寄之」、〈江城子·春風花柳日相催〉詞題「寄德新丈」、〈寄王丈德新二首〉、〈和德新丈〉等詩詞，可知兩人交情匪淺。見（金）元好問撰、趙永源校註，《遺山樂府校註》，頁 167、203；（金）元好問著、狄寶心校注，《元好問詩編年校注（第一冊）》，頁123、281。

〔註266〕根據《金史·選舉志》：「凡諸進士舉人，由鄉至府，由府至省，及殿廷，凡四試皆中選，則官之。」而明昌元年罷免鄉試，「府試之期，若策論進士則以八月二十日試策，間三日試詩。詞賦進士則以二十五日試賦及詩，又間三日試策論。經義進士又間詞賦後三日試經義，又三日試策，次律科，次經童，每場皆間三日試之。」省試在第二年春正月試策，餘者同前，殿試以三月二十日試策。而原則上金朝三年一試，有時因蒙古侵略而延宕，元好問十六、十九、二十、二十三、二十六、二十八歲先後六次遭挫敗。見（元）脫脫等撰、楊家駱主編，《新校本金史並附編七種（2）》卷五十一〈志第三十二·選舉一〉，頁1134、1146～1147；狄寶心，《元好問年譜新編》，頁22、23、29、69。

〔註267〕〈水調歌頭·山家釀初熟〉詞題「少室玉華谷月夕，與希顏、欽叔飲，醉中賦此。」〈同希顏欽叔玉華谷分韻得軍華二字二首〉、〈同希顏欽叔玉華谷還

在〈答聰上人書〉曾說：「僕自貞祐甲戌南渡河時，犬馬之齒二十有五，遂登楊、趙之門。所與交如辛敬之、雷希顏、王仲澤、李欽叔、麻知幾諸人，其材量文雅皆天下之選。」〔註268〕後來雷淵、李獻能、李汾等與元好問同在史館，麻九疇時在汴京科考連中甲選後任太祝太常博士〔註269〕，元好問與同好知交們在汴京遊玩、宴飲、賦詩。〔註270〕除此之外，也拜訪結識當朝重臣、文壇名士趙秉文、楊雲翼、李純甫、王若虛等，如三十二歲才時登進士第，卻因政治氛圍與言語毀謗而不就選，當時朋友李冶的父親李平甫畫〈繫舟山圖〉期許元好問〔註271〕，元好問還為此作〈家山歸夢圖三首〉〔註272〕，同時禮部尚書趙秉文、楊雲翼皆有詩，尤其是楊雲翼給予元好問高度期許〔註273〕，

會善寺即事二首〉等詩詞可知。見（金）元好問撰、趙永源校註，《遺山樂府校註》，頁1、（金）元好問著、狄寶心校注，《元好問詩編年校注（第一冊）》，頁138、140。

〔註268〕見（金）元好問著、狄寶心校注，《元好問文編年校注（下冊）》，頁1400。

〔註269〕《中州集》卷六〈麻九疇傳〉：「興定末，府試經義第一，詞賦第二，省試亦然。……又連中甲選，天下想望風采，……正大三年右相侯蕭公、趙禮部連章薦知幾可試館職，……授太祝，權太常博士，應奉翰林文字。」見（金）元好問編、（明）毛晉刊，《中州集（卷六）》，頁18～20。

〔註270〕《中州集》卷十〈李汾傳〉提到金宣宗元光元年間趙秉文為翰林，雷淵、李獻能、李汾等皆在史館，元好問是隔年金哀宗正大元年入史館，所以這些名士在汴京多有往來，如與李汾在史館作詩唱和作〈芳華怨〉，〈滿庭芳·妝鏡韶華〉詞題「……趙禮部為雷御史希顏所請，即席同予賦之，時正大四年之十月也。」〈鷓鴣天·著意朝雲復暮雲〉「中秋雨夕，同欽叔飲樂府宋宜家」、〈青玉案·苧蘿坊裡青驄駐〉「代贈欽叔所親樂府鄆生」、〈鷓鴣天·樓上歌呼倒接䍦〉「與欽叔京甫市飲」。這些詩詞都是元好問在汴京與好友宴飲聚會時所作。見（金）元好問編、（明）毛晉刊，《中州集（卷十）》，頁9～11；（金）元好問撰、趙永源校註，《遺山樂府校註》，頁180、698、259、362；（金）元好問著、狄寶心校注，《元好問詩編年校注（第一冊）》，頁285。

〔註271〕〈寄庵先生墓碑〉：「某竊自念言：自南渡以來，登先生之門者十年。先生不鄙其愚幼不肖，與之考論文藝，商略古昔人物之流品、世務之終至。問無不言，言無不盡，開示期許，皆非愚幼不肖所當得者。」從碑誌記載李平甫常與元好問。見姚奠中主編、李正民增訂，《元好問全集（增訂本）上》，頁415。

〔註272〕見（金）元好問著、狄寶心校注，《元好問詩編年校注（第一冊）》，頁175～177。

〔註273〕楊雲翼〈李平甫為裕之畫系舟山圖閑閑公有詩某亦繼作〉：「彼美元夫子，學道如觀瀾。孔孟澤有餘，曾顏膏未殘。……揭來遊京師，士子拭目觀。禮部天下士，文盟今歐韓。……吾子忠厚姿，不受薄俗漫，晴雲意自高，淵水聲無湍。他日傳吾道，政要才行完。會使茲山名，與子俱不刊。」頗讚許元好問學習。

無疑給元好問莫大的肯定，後趙、楊推薦鼓勵其參與宏詞科考，遂入選史館修編。此外，與李純甫曾有詩唱和，元好問作〈王子端內翰山水同屛山賦二詩〉〔註274〕而李純甫〈子端山水同裕之賦〉、〈馬圖同裕之賦〉。〔註275〕然這些前輩名臣、知己好友在蒙古圍汴京城時，金朝人才多有凋零，因此元好問才編《中州集》保存親疏遠近不等的一代名士風流事蹟與僅存著作。金亡不仕的元好問，在山東冠縣、東平、眞定等地，與一些文人所依附地方勢力的幕府多有往來，主要是金末以河南爲統治中心與漠北蒙古的對抗中，山東、河北一帶形成戰場拉鋸，一群地方勢力以保境安民爲號召，如東平的嚴實、順天的張柔、眞定的史天澤等〔註276〕，元好問〈秋夕〉：「寄食且依嚴尹幕，附書誰往鄧州城？」〔註277〕說明晚年曾依附嚴實幕府，從〈約嚴侯泛舟〉、〈同嚴公子大用東園賞梅〉等詩可知交誼甚厚〔註278〕，後來元好問全集也是嚴實的兒子嚴忠傑資助出版〔註279〕，嚴氏一家頗爲欣賞遺山的人品與作品。至於元朝名臣武將也都曾邀請元好問到訪或爲之文，如應耶律楚材及兒子耶律鑄等之邀赴燕京，〈右丞文獻公著色鹿圖〉、〈丹東騎射〉等詩〔註280〕，可知作客耶律家，也爲其先父耶律履作〈故金尙書右丞耶律公神道碑〉。〔註281〕

---

〔註274〕見（金）元好問著、狄寶心校注，《元好問詩編年校注（第一冊）》，頁159。
〔註275〕見（金）元好問編、（明）毛晉刊，《中州集（卷四）》，頁81。
〔註276〕見陶然，《金元詞通論》，頁308。
〔註277〕見（金）元好問著、狄寶心校注，《元好問詩編年校注（第二冊）》，頁693。
〔註278〕見（金）元好問著、狄寶心校注，《元好問詩編年校注（第三冊）》，頁1467、《元好問詩編年校注（第四冊）》，頁1560。
〔註279〕《元史・嚴實傳》：「庚子辛，年五十九。遠近悲悼，野哭巷祭，旬月不已。中統二年，追封實爲魯國公，諡武惠。子忠貞，金紫光祿大夫；忠濟，忠嗣，忠範，忠傑，忠裕，忠祐。忠濟，一名忠翰，字紫芝，實之第二子也。……襲東平路行軍萬戶、管民長官，開府布政，一法其父。」嚴實死了之後是由嚴忠濟接任，所以〈中統本李冶序〉：「東平嚴侯弟忠傑，有文如《淇澳》，好善如《干旄》，獨能求得其全編，將鋟之梓，且西走書數百里，命余序引。」、〈徐世隆序〉：「東平嚴侯弟忠傑，喜與士人遊，雅敬遺山，求其完集，刊之以大其傳云」指的嚴侯是嚴忠濟，其弟嚴忠傑爲求得元好問全編並出版，到處奔走求序。見（明）宋濂等撰、楊家駱主編，《新校本元史並附編二種（6）》卷一百六十〈列傳第四十七・徐世隆〉，頁3768～3769、（明）宋濂等撰、楊家駱主編，《新校本元史並附編二種（5）》卷一百四十八〈列傳第三十五・嚴實〉，頁3507；姚奠中主編、李正民增訂，《元好問全集（增訂本）下》，頁1263。
〔註280〕見（金）元好問著、狄寶心校注，《元好問詩編年校注（第三冊）》，頁1098、1101。
〔註281〕見（金）元好問著、狄寶心校注，《元好問文編年校注（中冊）》，頁692～711。

　　一生除了與入世的文臣來往，與出世的禪師、道士多有往來，年少時便與英禪師結識，〈寄英禪師，師時住龍門寶應寺〉、〈寄英上人〉等詩，與禪師訴說紛雜亂世隱居山林的思索〔註282〕，後來也為英禪師的詩集寫〈木庵詩集序〉〔註283〕，此外與全真教也有往來，曾應請作〈清真觀記〉提到「所謂『全真』家者，乃能救之蕩然大壞不收之後，殺心熾然如大火聚，力為撲滅之。」〔註284〕認為全真教在亂世中能救護生靈給予讚許。

　　元好問在閱讀涵養、家風薰染、生活逸趣、交友廣闊等各方面與蘇軾有太多相似性，亦是兩人一生思想多元的原因，更是一生波折卻創作豐收的心靈沉澱與生活素材來源，此便是元好問接受蘇軾文藝觀的立足點。兩人面對出處進退的抉擇、佞人謗訕國家離亂的擇善堅持，保有對閱讀著述的熱情，並藉此獲得富足的趣味；蘇軾曾云：「學如富賈在博收，仰取俯拾無遺籌。道大如天不可求，修其可見至其幽。願子篤實慎勿浮，發憤忘食樂忘憂。」〔註285〕自身對生活、朋友、家國懷抱熱情，對偌大宇宙天地不斷自我修行，所以學問無論在哪皆俯拾即是，致使懷樂忘憂，所以東坡〈移居八首〉其二：「荒田雖浪莽，高庳各有適」〔註286〕要開墾的荒地廣大而野草叢生，好好整理無論在高地或低窪之處皆能有合適種植的所在，仔細觀察體會便可知，正是蘇軾一生或許漂泊不定，卻仍有自得之樂。而元好問也是如此，在詩文多次描述自己形象說：

　　　蓋天稟有限，不可以強而至。若夫立心于毀譽失真之後而無所恤，

　　　橫身于利害相磨之場而莫之避，以此而擬諸君，亦庶幾有措足之地。

　　　（〈寫真自贊〉）〔註287〕

---

〔註282〕見（金）元好問著、狄寶心校注，《元好問詩編年校注（第一冊）》，頁105；《元好問詩編年校注（第三冊）》，頁1335。

〔註283〕〈木庵詩集序〉：「木庵英上人弱冠作舉子，從外家遼東，與高博州仲常游，得其議論為多；且因仲常得僧服。……三鄉有辛敬之、趙宜之、劉景玄，予亦在焉。三君子皆詩人，上人與相往還，故詩道益進。」可知當時辛願、劉景玄和元好問年少在三鄉便常與英禪師作詩論道。見（金）元好問著、狄寶心校注，《元好問文編年校注（中冊）》，頁1087。

〔註284〕見（金）元好問著、狄寶心校注，《元好問文編年校注（上冊）》，頁332。

〔註285〕語出〈代書答梁先〉。見（宋）蘇軾、（清）王文誥、孔凡禮點校，《蘇軾詩集（第三冊）》，頁764。

〔註286〕見（宋）蘇軾、（清）王文誥、孔凡禮點校，《蘇軾詩集（第四冊）》，頁1080。

〔註287〕見（金）元好問著、狄寶心校注，《元好問文編年校注（上冊）》，頁119～120。

> 千首新詩百首文，藜羹不糁日欣欣。鏡中自照心語口，後世何須揚
> 子雲。(〈自題二首其二〉) 〔註288〕

也許天賦、境遇各自有命運的安排，對元好問來說在家國利害危急時刻都肩負責任，即使遭人毀譽失真皆不值得憂慮，因爲是要立下對得起天地百姓，使自身能心安理得；面對粗劣的飯菜每日也能喜悅，因自己能寫下眾多詩文，心語口皆能如一發出情感真誠。所以在〈學東坡移居八首〉其二：「我貧不全貧，尚有百本書」〔註289〕這些創作不畏強權外患、無懼國破身死，直抒胸懷或盡心編選而成，因此身窮心不窮，過往與前輩名士、親友知己的情感交流，家國頹疲、世間離亂的史料記錄，是元好問一生創作最大的豐收。

令元好問長憶眉山公的原因，便是仕宦生涯、政治動機、理想懷抱、生活逸趣、熱愛創作相似，能輕易從蘇軾作品感受到情感的傳遞、精神的享受，除了感性的心靈激盪外，也存在理性認知、評價，從他對東坡樂府、東坡詩的整理評注便可得證，元好問是一個蘇軾美學的欣賞者，同是一個具有文化素養的批評者，甚至將自己與蘇軾放置同一平臺一較高下的自覺創作者，這樣的企圖心在〈學東坡移居八首〉便明顯表達：

> 東坡謫黃州，符藥行江湖。荒田拾瓦礫，賤役分僮奴。
>
> 我讀移居篇，感極爲悲歔。九原如可作，從公把犁鋤。
>
> 我貧公亦貧，賦分無賢愚。論人雖甚媿，詩亦豈不如。 〔註290〕

此段文字就等於是元好問接受蘇軾的獨白，因生命際遇引發審美需求，以期待視野進入作品，讀了蘇軾〈移居八首〉從東坡人生歷程與文學創作引起興發感動，閱讀之後再把意象與意境重新加工創造〈學東坡移居八首〉，甚至還有一較高下的自我肯定。

此章整理分析歷代述評元好問接受蘇軾美學的辯證，「蘇軾──元好問」的連結是金元詩詞文評點至現今專書專文評論一直存在的議題，兩人在詩、詞、文各體文學的關連與異同性，樂此不疲的一再被接受探討。元好問接受蘇軾文藝的時代氛圍來看，整個金初到金末縱向接受效果是顯而易見的，從政治階層的關注思維，廣收蘇黃詩文集開啓「蘇學行於北」的風潮，至此不同的詩人群組存在對蘇軾美學不同的解讀，在一個時代的推波助瀾下，元好

---

〔註288〕見（金）元好問著、狄寶心校注，《元好問詩編年校注（第四冊）》，頁1714。

〔註289〕見（金）元好問著、狄寶心校注，《元好問詩編年校注（第二冊）》，頁743。

〔註290〕見（金）元好問著、狄寶心校注，《元好問詩編年校注（第二冊）》，頁756。

問以個人融攝觀點整理蘇軾詩詞集，並有意識存在超越前人的自信，接受蘇軾美學到再創作過程，再從心靈內在原因來析論，元好問對蘇軾作品中呈現的世界觀或人生觀，有著高度相似的生活經驗、文化視野，對東坡詩詞文能深入的理解與認識，在閱讀過程中獲得全心的情感經驗或理性發掘，並可能有較爲獨特的發現與體會，甚至影響日後醞釀構思的寫作過程，元好問既有意識與蘇軾一較高下，更值得從文藝觀點、文學創作抽絲剝繭，不僅呈現兩人異同性，而是元好問的反思與閱讀接受後的再創作。

# 第三章　元好問、蘇軾文藝觀點的同與異

　　金代文壇接受蘇學的脈絡，建構出元好問所處的氛圍，是一個從「識蘇學蘇」到逐漸從蘇學走出金朝風格的時代，透過時代審美風尚了解元好問接受蘇軾美學淺層原因。而另一個更深層的背景，是論者發覺不同時空之下元好問與蘇軾，在同樣的三段人生時間點「35～36 歲、38～39 歲、43～46 歲」仕宦為官、在野服務的抉擇，存在高度雷同的生命歷程與人生體驗，擴及二人的政治抱負、生活逸趣等等。由此推斷，蘇軾的人格美與作品美容易引起元好問主觀的聯想體悟，以求思索前輩大家藝術創造的特性。元好問接受蘇軾美學的過程中，身為接受者又是創作者的他，在〈學東坡移居八首〉其一便說過「我貧公亦貧，賦分無賢愚。論人雖甚媿，詩亦豈不如。」〔註1〕不單單把蘇軾視為一味崇拜或模倣的對象，還在感性的共鳴與交融中，流露理性思辯與評判，甚至還有一較高下的期待。

　　蘇軾與元好問都無專門的文藝理論專書，然兩人在詩詞文創作都很豐富，也存在著明確的審美觀點，只是多半從詩文、序跋引等來闡述自己的理念；相較於蘇軾，元好問尚有《詩文自警》、〈論詩絕句〉三十首較有體系的論述，也成為後世探討遺山創作觀的重要依循。藉此透過幾個蘇軾與元好問皆曾闡釋的文藝觀念，從他們兩人體會文學創作的態度、方法來析論，蘇軾的審美需求、藝術觀點或文化視野在元好問接受過程中，兩人對待藝術的精神固然存在著異同性，卻也可發現詩學觀點或思想理念在不同世代的發展、變化。

---

〔註 1〕見（金）元好問著、狄寶心校注，《元好問詩編年校注（第二冊）》，頁 756。

　　本章透過蘇軾與元好問曾共同論及學養處世、文學創作，分別從「誠」、「意」、「新」三個主題，藉此同中求異，了解二人的相通處，更知元好問在前人觀點中開展屬於自己的文藝視野。

## 第一節　人格的涵養：從處世哲學到文藝批評的「誠」

　　蘇軾與元好問都曾明確提過「誠」的觀念，皆對儒家中庸之道的「誠」提出詮釋與應用，由於兩人在仕途生涯都曾存有積極入世的念頭，並投身政局為百姓服務，實際體悟世界的同時，對儒家「誠」的命題重新省思或延伸應用。「誠」本就是《中庸》重要的思想，曾提及人應履行五倫之道以及智仁勇三達德：

> 天下之達道五，所以行之者三：曰：君臣也、父子也、夫婦也、昆弟也、朋友之交也，五者，天下之達道也；知、仁、勇三者，天下之達德也。所以行之者一也。或生而知之，或學而知之，或困而知之，及其知之，一也。或安而行之，或利而行之，或勉強而行，及其成功，一也。……誠者，天之道也。誠之者，人之道也。誠者，不勉而中，不思而得，從容中道，聖人也。誠之者，擇善而固執之者也。〔註2〕

「誠」就概括了天理與人理，而人理便是指五倫與三達德的實踐，最後歸於一個天理，便是「誠」。能夠不刻意勉強、不須過多思慮便「從容中道」而達於「誠」便是聖人。至於一般人實踐「誠」的方式，有些人或許天生聰慧知道、或許學習而知道、或許遭遇困頓而知道；更有可能是因求心安而實行、或因善行利益而追求、或因勉強心性而成功，只要能修養自己本性而達於「誠」都是一種成功。此外，在《中庸》一書提及「君子慎其獨」、「誠之者，擇善而固執之者也」、「博學之，審問之，慎思之，明辨之，篤行之」〔註3〕等功夫，就是因人心易受蒙蔽或有所偏私，因「誠」為上天所賦予人的倫理道德、善念使命，是需要由內心深處不斷修養，才能讓心性歸於「誠」。

---

〔註2〕見（宋）朱熹撰，《四書章句集注》，收於（清）永瑢、紀昀等纂修，《景印文淵閣四庫全書（第197冊）‧經部四書類》，頁207～209。

〔註3〕見（宋）朱熹撰，《四書章句集注》，收於（清）永瑢、紀昀等纂修，《景印文淵閣四庫全書（第197冊）‧經部四書類》，頁201、209。

　　而蘇軾與元好問依然在「誠」對人情與人性的涵養上有所拓展，並有更多意涵延伸，可從兩方面來探討，一窺兩人在此一命題的異同性。

## 一、兩人皆重人格涵養的理想世界

　　「誠」字在《中庸》一書為重要的概念，上溯至先秦儒家孔、孟、荀雖並未直接論「誠」，然都多有提及人性修養與人倫秩序的觀點，如《論語》一書提到「約我以禮」〔註4〕、「君君、臣臣、父父、子子」〔註5〕、「人而不仁，如禮何？人而不仁，如樂何？」〔註6〕等，《孟子》當中的「四端」〔註7〕、「人倫」〔註8〕，孔、孟都認為人性本有良善真誠，透過仁義禮智等修養充實達成，政治社會秩序也會完善運行；而《荀子》提及「禮者正身」〔註9〕、「化性起偽」〔註10〕，荀子認為情性會因後天人為環境失去良善本質，更加強調禮義教化的重要性。儒家將人在體驗世界後的「喜怒哀樂」轉化為具備「仁義禮智」的道德修養，是在建構一個至善的和諧秩序為前提，也是個人提升為君子聖人的追求方向。

〔註4〕《論語‧子罕》記載顏淵喟然歎曰：「仰之彌高，鑽之彌堅；瞻之在前，忽焉在後。夫子循循然善誘人，博我以文，約我以禮。欲罷不能，既竭吾才，如有所立卓爾。雖欲從之，末由也已。」見（宋）朱熹撰，《四書章句集注》，收於（清）永瑢、紀昀等纂修，《景印文淵閣四庫全書（第197冊）‧經部四書類》，頁46～47。

〔註5〕語見《論語‧顏淵》。見（宋）朱熹撰，《四書章句集注》，收於（清）永瑢、紀昀等纂修，《景印文淵閣四庫全書（第197冊）‧經部四書類》，頁60。

〔註6〕語見《論語‧八佾》。見（宋）朱熹撰，《四書章句集注》，收於（清）永瑢、紀昀等纂修，《景印文淵閣四庫全書（第197冊）‧經部四書類》，頁21。

〔註7〕《孟子‧公孫丑上》：「惻隱之心，仁之端也；羞惡之心，義之端也；辭讓之心，禮之端也；是非之心，智之端也。人之有是四端也，猶其有四體也。」見（宋）朱熹撰，《四書章句集注》，收於（清）永瑢、紀昀等纂修，《景印文淵閣四庫全書（第197冊）‧經部四書類》，頁115。

〔註8〕《孟子‧滕文公上》：「人之有道也，飽食、煖衣、逸居而無教，則近於禽獸。聖人有憂之，使契為司徒，教以人倫：父子有親，君臣有義，夫婦有別，長幼有序，朋友有信。」見（宋）朱熹撰，《四書章句集注》，收於（清）永瑢、紀昀等纂修，《景印文淵閣四庫全書（第197冊）‧經部四書類》，頁128。

〔註9〕《荀子‧脩身》：「禮者、所以正身也，師者、所以正禮也。……情安禮，知若師，則是聖人也。」見（戰國）荀況原著、蔣南華、羅書勤、楊寒清譯注，《荀子》（臺北：臺灣古籍出版社，1996年10月初版），頁31。

〔註10〕《荀子‧性惡》：「故聖人化性而起偽，偽起而生禮義，禮義生而制法度；然則禮義法度者，是聖人之所生也。」見（戰國）荀況原著、蔣南華、羅書勤、楊寒清譯注，《荀子》，頁611。

　　孔、孟、荀的要點不出於禮義的眞諦與心性的眞摯，與《中庸》的「誠」相去不遠，在此引用姜飛的《中國文學的眞實觀念》一書作一總結：

> 孔論本乎仁義、情信辭巧；孟論反身而誠、充實爲美；荀論化性起偽、以道制欲。相形之下，孔孟誠論更重內心的眞誠，荀子誠論則更重外在的禮義。三者相通之處，即是儒家「實用理論」的邏輯必然；以誠論的「善」駕馭誠論的「眞」。「善」屬於人倫的眞理性，「眞」則指稱個體的經驗性。「喜怒哀樂」是經驗性的，「仁義禮智」是眞理性的，這是先秦儒家誠論就是在這兩者之間尋求表達的「中道」，這是先秦儒家誠論的根本追求和主要特徵。〔註11〕

從儒家孔、孟、荀到《中庸》的誠論，圍繞著建構人間秩序，在心智與情性表達上，更強調「仁義禮智」主導著人性本質與人際關係，儒家「誠論」兼重眞與善。《中庸》一書特別提及「君臣、父子、夫婦、昆弟、朋友」五達道與「智、仁、勇」三達德，個人達於「誠」的境界也就是建構出一個人倫與天道和諧的存在。

　　因此，「誠」在先秦儒家思想當中，雖未反對情性的眞實抒發，實則更強調「仁義禮智」等教化作用，使「誠」帶有絕對目的性或消融個體的發展性，也引起蘇軾與元好問的重新認知與反思，「誠」字所應來自人心的自然轉化。

## （一）東坡知明樂誠而安於禮樂

　　蘇軾對「誠」的理解主要展現在他所寫〈中庸論〉的上篇和中篇，闡釋實踐的層次，以及心中至誠的境界。首先，蘇軾透過「誠」對聖賢之分是有深刻的體認，一方面提供知識份子修養前進的方向，另一方面也提出人生不同超脫的思考，他在〈中庸論〉上篇先引用《中庸》的話來推論：

> 《記》曰：「自誠明謂之性，自明誠謂之教。誠則明矣，明則誠矣。」夫誠者，何也？樂之之謂也。樂之則自信，故曰誠。夫明者，何也？知之之謂也。知之則達，故曰明。夫惟聖人，知之者未至，而樂之者先入，先入者爲主，而待其餘，則是樂之者爲主也。若夫賢人，樂之者未至，而知之者先入，先入者爲主，而待其餘，則是知之者

---

〔註11〕見姜飛著，《中國文學的眞實觀念》（臺北：秀威資訊科技股份有限公司，2014年9月一版），頁82～83。

為主也。……知之者與樂之者，是賢人、聖人之辨也。好之者，是
賢人之所由以求誠者也。〔註12〕

蘇軾將孔子所說追尋學問真理的三層次「知之者」、「好之者」、「樂之者」〔註13〕與《中庸》的「明」、「誠」兩境界結合。「知之者」為通曉義理、知悉道德的人，所以能「明」，此為賢人立身處世的基礎；「樂之者」為完善守身、優遊自得的人，所以是「誠」，為聖人的境界；因此蘇軾才會指出「好之者」是賢人入聖的途徑，從認知到熱愛其中，再到生命中的一種承擔與享受的共存，那才是「誠」的境界；對此，蘇軾還舉孔子與子路為例證，論證「知之者」與「樂之者」明顯的區別，他提到：

孔子蓋長而好學，適周觀禮，問於老聃、師襄之徒，而後明於禮樂，
五十而後讀《易》。蓋亦有晚而後知者。然其所先得於聖人者，是樂
之而已。孔子厄於陳、蔡之間，問於子路、子貢，二子不悦，而子
貢又欲少貶焉。是二子者，非不知也，其所以樂之者未至也。……
夫惟憂患之至，而後誠明之辨，乃可以見。由此觀之，君子安可以
不誠哉！〔註14〕

孔子不斷充實學識雖大器晚成，然重點在於面對生命的困頓與苦難，是能為所堅持的正道善行樂在其中，並未悖離所習得擇善固執、積極用世的儒家精神，這便是與子路、子貢這些賢人最大的差別，聖人能了解所學的知識，並不與家國社會的認知與體悟脱離，也並非為一己生命苦樂生死而拘執，是能真切面對自己的智慧與因世界接觸相應而生的顛沛流離、喜怒哀樂，這便是「樂之者」的「誠」，因此在憂患之中更能淬鍊而出。

蘇軾認為「明（知）」是學識積累的功夫，透過「好」的途徑，逐步達到「誠（樂）」的境界，除了有學養基礎的知識份子能達到如此境界外，那麼常人又該如何達到如此境界，其實在蘇軾心中存在一個理想的世界觀，在〈中庸論〉中篇是如此勾勒：

君子之欲誠也，莫若以明。夫聖人之道，自本而觀之，則皆出於人
情。不循其本，而逆觀之於其末，則以為聖人有所勉強力行，而非

〔註12〕見（宋）蘇軾撰、（明）茅維編、孔凡禮點校，《蘇軾文集（第一冊）》，頁60～61。
〔註13〕見（宋）朱熹撰，《四書章句集注》，收於（清）永瑢、紀昀等纂修，《景印文淵閣四庫全書（第197冊）‧經部四書類》，頁19。
〔註14〕見（宋）蘇軾撰、（明）茅維編、孔凡禮點校，《蘇軾文集（第一冊）》，頁61。

人情之所樂者。夫如是，則雖欲誠之，其道無由。故曰「莫若以明」。使吾心曉然，知其當然，而求其樂。……盍亦反其本而思之？今吾以為磬折不如立之安也，而將惟安之求，則立不如坐，坐不如箕踞，箕踞不如偃仆，偃仆而不已，則將裸袒而不顧，苟為裸袒而不顧，則吾無乃亦將病之！夫豈獨吾病之，天下之匹夫匹婦，莫不病之也，苟為病之，則是其勢將必至於磬折而百拜。夫豈惟磬折百拜，將天下之所謂強人者，其皆必有所從生也。辨其所從生，而推之至於其所終極，是之謂明。〔註15〕

承續著上篇「明（知）」是賢人君子通往「誠（樂）」境界的起始點，然後蘇軾站在常人的觀點看聖人的「誠（樂）」，一般會以為必須勉強人的原本情性來進修，他不認同這樣的方式，應該是自身打從心底知曉明白，而順乎人情當然所行，這才是「誠（樂）」的精神。於是，蘇軾開始反推人心如果從「磬折→立安→坐→箕踞→偃仆→裸袒不顧」步步追求一種隨遇而安、任情而為的生活，終究會達到人與人之間不堪入目地步，這就是人何以需要涵養情性，人心為何要從「明（知）」通往「誠（樂）」的根本源頭。因此，蘇軾企圖從平民百姓角度來思索達到聖賢境界的觀感，倘若如《中庸》只強調最後的境界是會帶給人們莫大的難度與壓力，才會再指出：

君子之道，推其所從生而言之，則其言約，約則明。推其逆而觀之，故其言費，費則隱。君子欲其不隱，是故起於夫婦之有餘，而推之至於聖人之所不及，舉天下之至易，而通之於至難，使天下之安其至難者，與其至易，無以異也。……故凡為此說者，皆以求安其至難，而務欲誠之者也。天下之人，莫不欲誠，而不得其說，故凡此者，誠之說也。〔註16〕

君子成賢成聖之道在一開始是簡單明白的，如果從境界方向推而論之會覺得路途遙遠艱辛而難以通曉明白，所以要使天下最難的道理需如行使夫婦之道如此簡單，便無困頓窒礙，更要探詢人情之本何以必須走向至誠的原因，所以蘇軾是從內在人性真誠去求取外在的善道正行，所追求的是人情與禮治的自覺超越，他曾在〈禮論〉說過：

---

〔註15〕見（宋）蘇軾撰、（明）茅維編、孔凡禮點校，《蘇軾文集（第一冊）》，頁61～62。

〔註16〕見（宋）蘇軾撰、（明）茅維編、孔凡禮點校，《蘇軾文集（第一冊）》，頁62～63。

> 夫古之人何其知禮而行之不勞也？當此之時，天下之人，惟其習慣
> 而無疑，衣服、器皿、冠冕、佩玉，皆其所常用也，是以其人入於
> 其間，耳目聰明，而手足無所忤，其身安於禮之曲折，而其心不亂，
> 以能深思禮樂之意，故其廉恥退讓之節，睟然見於面而盎然發於其
> 躬。夫是以能使天下觀其行事，而忘其暴戾鄙野之氣。〔註17〕

這就是蘇軾心中「誠（樂）」一種是爲所堅持的正道善行而樂在其中的生活，
是人情與道德自然合一的境界；難以實現的原因在於，人類文明的前進必然
是代代積累，存在不同世代的情性差異，也會有符合時代前進的禮儀制度產
生，終究會因個人情性承受的程度不同，能喚起內心省思的功夫便有待商榷。

　　蘇軾想要強調的是並不是一種僵化的實踐，是一種發自內心面對自己情
性與社會制度的感悟融洽。蘇軾的「誠」便是來自人的本心願意成爲人，便
逐步自覺認知並實踐道德禮教，過程中所產生的苦難挫折，也要能自我了悟
所學所選而順心承擔，才能由賢人達到聖人的境界。蘇軾不同於《中庸》強
調順乎自然能實踐「誠」是聖人，是以「明（知）——誠（樂）」來闡述每個
人皆因人情心安，願意認知實行。

## （二）遺山內修外育而待其自化

　　元好問對「誠」的理解與要求，是有更深刻的理念、堅持的原則，同時
也從《中庸》與蘇軾身上汲取觀點，五十三歲時在〈資善大夫武寧軍節度使
夾谷公神道碑銘〉讚許已故的武寧軍節度使夾谷土剌，便解釋「誠」存在的
意義：

> 蓋嘗論公：君臣之義，於名教爲尤重。名教者，天地之大經，而古
> 今之恆典，惟天下之至誠爲能守。故人臣之於君者，有天道焉，有
> 父道焉。大分一正，義均同體。吉凶禍福，不以回其慮；廢興存亡，
> 不以奪其節。任重道遠，死而後已，猶之父有罔極之慕，而天無可
> 逃之理。……是故，誠之所在，即名教之所在，有不期合而合焉者。
> 《語》有之：「善人，吾不得而見之矣；得見有恆者，斯可矣。」居
> 今之時，行古之道若公者，吾不知其去古人爲遠近。然則不以名教
> 處之，其可乎？〔註18〕

---

〔註17〕見（宋）蘇軾撰、（明）茅維編、孔凡禮點校，《蘇軾文集（第一冊）》，頁57。
〔註18〕見（金）元好問著、狄寶心校注，《元好問文編年校注（中冊）》，頁645。

元好問以政治教化來理解「誠」的境界，人臣與君主的關係既存天理與人倫，二者並行不悖，如同《中庸》所說致力於五倫與三達德的涵養，達於至誠的境界，天下的每一份子都須持之以恆實涵養，名教才能深植人心，與「誠」才能自然相合。因此，元好問相當重視教化的功能，如二十九歲所寫的〈張君墓志銘〉：

> 嘗謂士之有立于世，必藉國家教育、父兄淵源、師友講習，三者備然後可。……承安、泰和間，文治焜然勃興，士生於其時，蒙被其父兄之業，由子弟之學而爲名卿材大夫者，嘗十分天下寒士之九。
> 要不必盡爲公卿大夫，而公卿大夫之具故在也。〔註19〕

士人爲國家人才的基礎，欲展現一己之抱負與貢獻，非靠世家大族的血緣相承，是從整體文化由上至下的教育培養，方能成就文風粲然、名教紮實的理想世界，因此元好問多次提及個人人格知識的積蓄厚實，必須是透過國家、父兄、師友三方面的層層促使養成發展，同樣的觀念在〈內相文獻楊公神道碑銘〉「父兄之淵源，師友之講習，義理益明，利祿益輕，一變五代、遼季衰陋之俗」、〈癸巳歲寄中書耶律公書〉「從古以來，士之有立于世，必藉學校教育、父兄淵源、師交之講習，三者備而後可」等文句〔註20〕，都足見元好問不斷在強調變革社會的風氣、培育家國的文士，藉由世世代代道德善道的教化積累，便能使全國從前一世代自然而然承襲，以金朝金章宗承安、泰和年間爲例，爲金朝文教禮樂粲然大備、蓬勃興起的時期，必定是從父兄之教、家國之治步步奠基的。

所以，元好問透過禮樂教化來論述「誠」的重要性，重視人倫天理對個人情性的涵養，政治教化是一種循循善誘的引導模式，能使天下歸於至善便是「誠」的所在。因此在元好問心中也是存在著一個理想世界，他在兩篇爲教育而寫的學記裡一再提到：

> 先王之時治國治天下，以風俗爲元氣，庠序黨塾無非教，太子至于庶人無不學。天下之人，幼而壯，壯而老，耳目之所接見，思慮之所安習，優柔於弦誦之域，而饜飫於禮文之地；一語之過差，一跬步之失容，即赧然自以爲小人之歸。(〈博州重修學記〉) 〔註21〕

---

〔註19〕見（金）元好問著、狄寶心校注，《元好問文編年校注（上冊）》，頁10～11。
〔註20〕見（金）元好問著、狄寶心校注，《元好問文編年校注（上冊）》，頁141、307。
〔註21〕見（金）元好問著、狄寶心校注，《元好問文編年校注（上冊）》，頁419。

> 民生于其時，出入有教，動靜有養，優柔饜飫于聖賢之化，日益加
> 而不自知，所謂人人有士君子之行者，非過論也。或者以爲井田自
> 戰國以來掃地矣，學之制不可得而見之矣。天下之民既無以教之，
> 將待其自化歟？竊謂不然。(〈令旨重修眞定廟學記〉)〔註22〕

元好問在〈資善大夫武寧軍節度使夾谷公神道碑銘〉強調天道與父道，重視
統治階層的身分職責與家國社會的人倫秩序，於是〈博州重修學記〉提及從
天子到百姓皆要汲取知識，使耳目與思慮都能從容寬舒的徜徉在吟誦閱讀之
中，更能博覽滿足於禮樂教化，自身言行舉止稍有閃失便覺得羞愧。同樣在
〈令旨重修眞定廟學記〉也說百姓生於出入動靜皆有教化涵養的時代，自己
受到聖賢教育恩澤是不感受到壓力而不自覺，使人人皆可成爲士與君子。

　　蘇軾強調「誠」要由人心內在自覺，「知之、好之、樂之」逐步熟習禮樂
教化，此一過程內心是安定不覺勉強。又認爲從每個人內心本有道德存在作
爲起始點，會比標誌最終境界來鼓舞人心前進要來得容易，故從內在人性眞
誠去求取外在的善道正行，所追求的是人情與禮治的自覺超越。而〈學論〉
提到人心自然熟習禮樂的用意，存在廉恥退讓的節操，仁義禮智植根於心，
清和潤澤地表現於神色，如同人習慣於衣服器皿的使用。因此「知之、好之、
樂之」而達於「誠」，仍得仰賴學養的積累才能達到，雖蘇軾不明顯提及教化
作用，卻也間接說明自覺醒悟來自於教育導引人心層層遞進；正如元好問認
同的至善世界，天下之民必須教之並待其自化，並多次提及教化方式的周全
完善，乃是奠定家國社會的文治基礎。

　　兩人對「誠」的理解都來自《中庸》對道德涵養教化的重視，雖各自有
不同擴充的方式，卻對「誠」都存有人性教化的理想境界，因此蘇軾的「其
身安於禮之曲折，而其心不亂」與元好問的「出入有教，動靜有養，優柔饜
飫，于聖賢之化日益加而不自知」，都希冀天下之民都如沐春風一般，潛移默
化到至誠的心境。

## 二、元好問獨尚創作與感發的情感核心

　　兩人對「誠」的命題相同，在於對政治教化與人心涵養的重視，不同的
在元好問還將觀念延伸爲對主客觀創作與欣賞的情感要求，此來自他對人心
與知識涵養的一貫理念，他在六十四歲所寫〈鳩水集引〉：

---

〔註22〕見（金）元好問著、狄寶心校注，《元好問文編年校注（中冊）》，頁 1052。

> 某不敏，不足以知詩文正脈，嘗試妄論之。文章雖出于真積之力，
> 然非父兄淵源、師友講習、國家教養，能卓然自立者鮮矣！自隋、
> 唐以來，以科舉取士，學校養賢，俊逸所聚，名卿材大夫為之宗匠。
> 琢磨淬礪，日就作新之功。以德言之，則士君子之所為也；以文言
> 之，則鴻儒碩生之所出也；以人物言之，則公卿大臣之所由選也。
> 不必皆鴻儒、碩生、公卿、大臣，而其材具故在是矣。〔註23〕

元好問在二十九歲所寫的〈張君墓志銘〉到六十四歲的〈鳩水集引〉，足證具有一貫系統性的思維，在〈張君墓志銘〉提到士人透過「國家教育、父兄淵源、師友講習」厚實人格與情性的培養，而能以至誠之心立於天地之間；同樣在〈鳩水集引〉就提到創作除了個人天賦，也需透過外在層次的培養，從德行、文才、治世等三種人才來看，未必一定本身要鴻儒碩生、公卿大臣等資質，是整體家國社會乃至世族家庭願意盡心力培養後生晚輩，營造養賢取士的環境，自然促使人人由本心的向善與向上。

元好問的「誠」必然是由文治教化到創作內涵都是一致性的要求與培養，因為面對外在的人際關係與內在的情感，都是需要真實心靈去面對，仰賴豐厚知識來提升與抒解，「誠」存在於內在的要求與外在的培育是並行不悖，「誠」可貫串德行、文才、治世等各方面人情與智慧的淬鍊，而創作與欣賞都是一種情感與理智的呈現，在元好問的系統思維中，自然也是用「誠」的理念來貫通。

## （一）主觀創作的「由心而誠，由誠而言」

元好問針對創作者與欣賞者都存有「誠」的要求，尤其在主觀寫作的情感要求有著更完整的論述，在〈楊叔能小亨集引〉曾說：

> 詩與文，特言語之別稱耳。有所記述之謂文，吟詠情性之謂詩，其
> 為言語則一也。唐詩所以絕出於《三百篇》之後者，知本焉爾矣！
> 何謂本？誠是也。古聖賢道德言語，布在方冊者多矣，……故由心
> 而誠，由誠而言，由言而詩也，三者相為一。情動于中而形于言，
> 言發乎邇而見乎遠。同聲相應，同氣相求。雖小夫賤婦、孤臣孽子
> 之感諷，皆可以厚人倫、美教化，無它道也。故曰：不誠無物。夫
> 惟不誠，故言無所主，心口別為二物，物我邈其千里。漠然而往，

---

〔註23〕見（金）元好問著、狄寶心校注，《元好問文編年校注（下冊）》，頁1326。

悠然而來，人之聽之，若春風之過馬耳。其欲動天地、感神鬼，難
矣！其是之謂本。〔註24〕

此段文字歷來頗受討論，既有學者以「眞」來解釋「誠」，包括創作主體、外
在景物或情事實際存在以及作者內心實際感受之眞〔註25〕，也有認爲「誠」
包括「情性之眞」與「思想道德之正」、「文字風格之正」，且「眞」是從屬「正」
〔註26〕，這些都是值得參考但仍需探討的觀點。不應該順著文中唐詩絕出於
《詩經》，又追求厚人倫、美教化、動天地、感神鬼，就片面認爲元好問特別
強調作品需發揮政治、道德教化，建立出創作情感須結合禮教的理智。

　　首先，元好問強調創作面對內心的自覺表現、或遇外物的興發感動，都
需透過「誠」的態度展現而爲詩歌，他以「誠」結合言志抒情，並未特重於
哪一方面。其次，在作品能透過「誠」來傳達創作精神，是如同前面論及「國
家教育、父兄淵源、師友講習」厚實人格與情性的培養，所以小夫賤婦、孤
臣孽子皆能以文字來表達自己眞切情感，無論尊卑貴賤身分的作品都是值得
欣賞。

　　最後，何謂透過「誠」來表達作者的情感，一定非得是道德思想之正嗎？
元好問在〈新軒樂府引〉序文後半部，故意透過與虛設人物屋樑子的對答，
便做了一個完善的解釋：

屋樑子不悅曰：「《麟角》、《蘭畹》、《尊前》、《花間》等集，傳播里
巷，子婦母女交口教授，淫言媟語深入骨髓，牢不可去，久而與之
俱化。浮屠家謂筆墨勸淫，當下犁舌之獄。自知是巧，不知是業。
陳後山追悔少作，至以《語業》命題，吾子不知耶？《離騷》之《悲
回風》、《惜往日》，評者且以『露才揚己，怨懟沉江』少之。若《孤
憤》、《四愁》、《七哀》、《九悼》絕命之辭，窮愁志，自憐賦，使樂
天知命者見之，又當置之何地耶？治亂，時也；遇不遇，命也。衡
門之下，自有成樂。而長歌之哀甚於痛哭。安知憤而吐之者非呼天
稱屈耶？世方以此病吾子，子又以及新軒，其何以自解？」予謂屋
樑子言：「子頗記謝東山對右軍哀樂語乎？『年在桑榆，正賴絲竹陶

〔註24〕見（金）元好問著、狄寶心校注，《元好問文編年校注（中冊）》，頁1020。
〔註25〕見鍾屏蘭，《元好問及其學術研究》，頁425～426。
〔註26〕見顧易生、蔣凡、劉明今著，《中國文學批評通史——宋金元卷》（上海：上
　　　　海古籍出版社，2007年4月第1版），頁888。

寫：但恐兒輩覺，損此歡樂趣耳！』東山似不應道此語。果使兒輩
覺，老子樂趣遂少減耶？君且道，如詩仙王南雲所說，大美年，賣
珠樓前風物，彼打硬頭陀，與長三者三禮，何嘗夢見？」〔註27〕

屋樑子是一個虛設人物，他所批評的《離騷》、《花間》或陳師道的《後山語
業》等，就是站在道德教化一面來論述，這類作品淫亂人心或一味窮愁自憐，
看似憤恨積鬱不吐不快的情緒，難道不是一種怨天尤人的委屈發洩，或是展
露文筆來抒發個人思緒。然而元好問的回答，代表著他對創作的「誠」不是
僅遵詩教的厚人倫、美教化，元好問藉由謝安與王羲之的問答來回覆，又同
時批判當時謝安的寫作心態，其實「年在桑榆，正賴絲竹陶寫；但恐兒輩覺，
損此歡樂趣耳！」是王羲之對謝安的回答〔註28〕，元好問認同王羲之前半部
的說法，人在某些時間點容易有所感觸，需透過管弦音樂或文字創作來抒發
情感，但所要反駁即使被後生晚輩察覺，也應無礙於欣然快樂的情趣，元好
問舉王予可的〈小重山〉「賣珠樓外串離腸。春殘夢，今夜擬高唐」〔註29〕，
就歌妓生活來看的確是要訴說離情閨怨，無須以佛儒來規箴或勸誡，這便是
「誠」的展現，一種創作者無愧於所寫所感的道德理想或生命意識。

因此，元好問對張勝予的《新軒樂府》如此感受深刻而寫了此序文，透
過與一位虛設人物屋樑子的對話，論證創作只要來自真誠皆可受後世肯定。
元好問盛讚張勝予便是認為他的作品因真誠而起人妙思：

坡以來，山谷、晁無咎、陳去非、辛幼安諸公，俱以歌詞取稱。吟
詠情性，留連光景，清壯頓挫，能起人妙思。亦有語意拙直，不自
緣飾，因病成妍者，皆自坡發之。近歲，新軒張勝予亦東坡發之者
與？……時南狩已久，日薄西山，民風國勢，有可為太息而流涕者，
故又多憤而吐之之辭。予與新軒臭味既同，而相得甚歡。或別之久
而去之遠，取其歌詞讀之，未嘗不灑然而笑、慨焉以嘆，沉思而遠
望，鬱搖而行歌。〔註30〕

元好問認為在蘇軾之後的黃庭堅、晁補之、陳與義和辛棄疾等人雖以歌詞文
采取勝，皆能從內心歌詠自己的真情至性，在作品呈現的世界既有清麗高壯、

---

〔註27〕見（金）元好問著、狄寶心校注，《元好問文編年校注（下冊）》，頁1386～1387。
〔註28〕見余嘉錫編撰，《世說新語箋疏》（臺北：華正書局有限公司，1993年10月出
　　　　版），頁121。
〔註29〕見唐圭璋編，《全金元詞（上）》，頁54。
〔註30〕見（金）元好問著、狄寶心校注，《元好問文編年校注（下冊）》，頁1384。

抑揚頓挫的心境風格，也有樸實直白、不假修飾的意涵表露。即使抒發個人內心憂愁並不失去能引起不同世代的興發感動，「因病成妍」此句是引自范成大說愚溪原名冉溪，唐代柳宗元將其改名爲愚溪後，南宋范成大仍然稱許柳宗元遭貶謫卻能藉山水使身心獲得抒發，並因個人的作品與心境使溪水美名遠揚。〔註31〕故「語意拙直」、「因病成妍」皆爲蘇軾表現於詞作不同風貌並影響後世作者。

元好問將張勝予與蘇軾、黃庭堅、辛棄疾等南北宋各大家並論之，足以說明對他作品的器重，除此之外，更是認爲在國家頹圮之時，張勝予能爲整個社會與個人境遇慨然嘆息；即使久別未能重逢，還是能從張勝予作品獲得共同情感的悲嘆與振奮。就元好問而言，只要主觀創作者能眞摯面對所欲書寫的環境、人物，無論是個人傷春悲秋或是國仇家恨離亂，都是能在不同時間與空間引起不同角色的共鳴，這更是因創作者心中有「誠」的展現。

元好問認爲創作者心中的「誠」，既包括「厚人倫、美教化」對家國社會的倫理道德、政治使命，是志士文人對盛世的感動、和平的期許、理想的落實，帶有入世服務的積極修養；也包括「情動于中而形于言，言發乎邇而見乎遠」對顛沛流離的嗚咽悲鳴、慷慨當歌，是遷客騷人面臨政治的沉淪、痛苦的根源，思考亂世中個人的價值定位、腐敗中仕途的去留問題、社會的責任背負。

這些都是因創作者勇於面對內心世界的波瀾起伏，來自於「誠」的「有所記敘」、「吟詠情性」，若從屋梁子角度以政教目的來探討文學爲社會家國服務，便失去與抹煞創作者內心面對自我而主動寫作的積極意義。所以帶有「誠」的「有所記敘」、「吟詠情性」是文人與現實取得平衡點的機制，是心靈深處的補償或轉移，不論詩詞文賦或敘事或抒情的文體本質，都應該體現作者性情面對大千世界，願意並勇敢呈現於世人讀者面前的作品。

## （二）主客相融的「同聲相應，同氣相求」

元好問認爲主觀創作者既能坦然面對所歌所感，同樣的欣賞者也需要一

定的學養氣度來欣賞，所以〈楊叔能小亨集引〉提到作品要能「同聲相應，同氣相求」〔註 32〕，同樣的聲音、氣息，相近的境遇、情感就能引發共鳴，然帶有「誠」的「有所記敘」、「吟詠情性」的詩詞文賦，固然是創作者主觀寫出的作品，在真實勇敢地呈現後，也必須要有能閱讀、欣賞的客觀讀者。

而讀者有可能與原作者表達的情感是不同步調，最好的便是能同步理解、客觀欣賞的人。在〈新軒樂府引〉一文當中，元好問便舉了兩組對照當例子，第一，讀者與作者的感受未必是同步，並非主觀誤解創作者，而是體悟出豐富的情感，他以盧仝的品茗與韓愈的〈聽穎師彈琴〉為例：

> 以為玉川子嘗孟諫議貢餘新茶，至四碗發輕汗時，平生不平事，盡向毛孔散，真有此理！退之〈聽穎師彈琴〉云：「昵昵兒女語，恩怨相爾汝。忽然變軒昂，勇士赴敵場。」吾恐穎師不足以當之。〔註 33〕

盧仝（自號玉川子，西元 795 年～835 年）〔註 34〕在品嚐友人諫議大夫孟簡所贈新茶之後，寫詩卻暗合人生苦悶的消散與對百姓的悲嘆〔註 35〕，而此詩中第四碗茶的詩句，引起元好問在閱讀張勝予佳作有同等的酣暢淋漓之感，這便是一種跨時代的共鳴。至於韓愈這首欣賞穎師彈琴的詩歷來頗受好評與爭議〔註 36〕，焦點在於韓愈聽聞禪僧穎師彈出的曲調，聲音有時細柔親熱，好像小兒小女耳鬢廝磨、竊竊私語，有時卻昂揚激越，就像勇猛的戰士揮戈躍馬、衝鋒陷陣，可是元好問卻認為禪僧穎師琴中未必有如此意涵，如此複雜的心境起伏乃是觸發韓愈身世感受才產生豐富的變化，寫下詩歌的韓愈主觀將禪僧穎師的琴意再做一次創造，這便是身為閱讀者元好問的客觀認知。

〈新軒樂府引〉另一組對照組在最後幾句，焦點在於元好問與自己虛設的人物屋樑子，針對張勝予作品抒發個人情感產生精彩的辯證：

---

〔註 32〕見（金）元好問著、狄寶心校注，《元好問文編年校注（中冊）》，頁 1020。

〔註 33〕見（金）元好問著、狄寶心校注，《元好問文編年校注（下冊）》，頁 1384。

〔註 34〕《唐書》記載「盧仝居東都，愈為河南令，愛其詩，厚禮之。仝自號玉川子，嘗為月蝕詩以譏切元和逆黨，愈稱其工。」見（宋）宋祁、歐陽脩等撰、楊家駱主編，《新校本新唐書附索引（7）》卷一百七十六〈列傳第一百一‧盧仝〉，頁 5268。

〔註 35〕語出盧仝〈走筆謝孟諫議寄新茶〉：「四碗發輕汗，平生不平事，盡向毛孔散。」見《盧仝集》卷二，收錄於《叢書集成初編》（北京：中華書局，1985 年新一版），頁 17。

〔註 36〕參考高慎濤、翟敏，〈論韓愈〈聽穎師彈琴〉引發的「聽琴」與「聽琵琶」之爭及其內涵〉，《逢甲人文社會學報》第 13 期（2006），頁 95～106。

> 予謂屋檪子言：「子頗記謝東山對右軍哀樂語乎？『年在桑榆，正賴
> 絲竹陶寫；但恐兒輩覺，損此歡樂趣耳！』東山似不應道此語。果
> 使兒輩覺，老子樂趣遂少減耶？君且道，如詩仙王南雲所說，大美
> 年，賣珠樓前風物，彼打硬頭陀，與長三者三禮，何嘗夢見？」
> 〔註37〕

元好問舉王予可的〈小重山〉〔註38〕，此闋詞描寫歌妓女子生活思緒，元好
問認爲禮教又何須硬入〈高唐賦〉的男女雲遊之夢，欣賞者必須能理解在創
作當下的人物風情，接受者或批評者也必須站在創作者角度生命背景，才不
至於曲解或耽溺，而元好問設定屋檪子的角色代表一味由社會教化來看待創
作，而失去欣賞創作的客觀精神。

　　從這兩組對照可知，元好問相當重視讀者欣賞的能力與視野，「同聲相
應，同氣相求」的「誠」是需要讀者能有豐富的內涵、廣闊的視野，來明瞭
創作者所處時代氛圍或是作品當中營造的環境，甚至還能從原創作者作品中
體會再次創作的新意。如同《文心雕龍・知音》所說：

> 夫綴文者情動而辭發，觀文者披文以入情，沿波討源，雖幽必顯。
> 世遠莫見其面，覘文輒見其心。豈成篇之足深？患識照之自淺耳。
> 夫志在山水，琴表其情，況形之筆端，理將焉匿？故心之照理，譬
> 目之照形；目瞭則形無不分，心敏則理無不達。〔註39〕

文學的創作是作者思想情感的表現，若按照元好問思想脈絡便是一種「誠」
的「有所記敘」、「吟詠情性」；讀者也必須具有「誠」的視野看待作品語言
文字，只要沿著作品意涵或作者身世的脈絡，再幽微的線索都可能探究明
白。即使跨越時空侷限，因爲作者願意以「誠」來寫，自然能感受到充沛
動人的力量。無論作品深奧隱晦，所該擔憂的是讀者沒有同等的涵養與見
解來辨析。音樂家透過琴聲來傳達情感，而寫詩作文的士人所留下的文字，
定能有明確清晰的理路可循，就如元好問也許沒有機會和韓愈同步聽到穎
師的琴聲，但是他只須透過韓愈文字了解韓愈心路歷程，這也是一種閱讀
接受的方式。

---

〔註37〕見（金）元好問著、狄寶心校注，《元好問文編年校注（下冊）》，頁 1387。
〔註38〕此闋詞下闋寫道「螺髻戛浮觴。鳳奩塵瑩恨，浥罿霜。賣珠樓外串離腸。春
　　　　殘夢，今夜擬高唐。」見唐圭璋編，《全金元詞（上）》，頁 54。
〔註39〕見（梁）劉勰撰、林其錟、陳鳳金集校，《增訂文心雕龍集校合編》，頁 778。

　　雖然〈楊叔能亨小集引〉、〈新軒樂府引〉是在元好問六十、六十五歲時寫，但元好問重視客觀讀者的知識涵養，早年在〈跋松庵馮丈書〉便說道：

　　士大夫有天下重名，然其詩筆字畫大有不能稱副者。閑閑公有言：「以人品取字畫，其失自歐公始。」如吾松庵丈，詩筆字畫皆不減古人，以人品取之，歐公之言亦不爲過。必有能辯之者。〔註40〕

這是針對馮璧（字叔獻，西元 1162 年～1240 年）〔註41〕的字帖進行評斷，在辨別人品與字畫之間，元好問認爲關鍵在於「能辯之者」。元好問在〈內翰馮公神道碑銘〉大致勾勒出馮璧爲官的行事風格，是個能「責以大義，辭直氣壯，將士慚服」，也能「事定理問」使「朝貴側目」，也曾向君主上六事、提四條自治之策以及論賢與不肖混淆，後來辭官致世，歸隱崧山，以「松庵」爲號，在碑銘當中馮璧的字畫被元好問評爲「字畫楚楚有魏、晉間風氣」，而「詩筆清峻，似其爲人」、「制詔典麗，尺牘風流蘊藉」。〔註42〕因此，趙秉文認爲歐陽脩所提以人品視字畫的一致性，會有所偏頗的，正如馮璧的行事風範與字畫的風格不同；而元好問是站在一個更高的點來審視，認爲歐陽脩與趙秉文的說法並無出入，重點是在於人品與作品的確未必相稱，也認同以人品取作品之優劣，評判的關鍵都在於欣賞者是否能有一個鑑賞的能力。

　　正如錢鍾書針對元好問〈論詩絕句〉三十首其六：「心畫心聲總失眞，文章寧復見爲人」一則提出的看法：

　　夫其言虛，而知言之果爲虛，則已察實情矣；其人僞，而辨人之確爲僞，即已識眞相矣；能道「文章」之「總失」作者「爲人」之眞，已於「文章」與「爲人」之各有其「眞」，思過半矣。……立意行文與立身行世，通而不同，向背倚伏，乍即乍離，作者人人殊；一人所作，復隨時地而殊；一時一地之篇章，復因體制而殊；一體之制復以稱題當務而殊。若夫齊萬殊爲一切，就文章而武斷，概以自出心裁爲自陳身世，傳奇、傳紀，權實不分，睹紙上談兵、空中現閣，亦如癡人聞夢、死句參禪，固學士所樂道優爲，然而慎思明辯者勿敢附和也。鑿空坐實（fanciful literal-mindedness），不乏其徒，見「文

<hr>

〔註40〕見（金）元好問著、狄寶心校注，《元好問文編年校注（上冊）》，頁 23～24。
〔註41〕《金史》記載「馮璧，字叔獻，眞定縣人。幼馮悟不凡，弱冠補太學生。」見（元）脫脫等撰、楊家駱主編，《新校本金史並附編七種（4）》卷一百一十〈列傳第四十八・馮璧〉，頁 2430。
〔註42〕見（金）元好問著、狄寶心校注，《元好問文編年校注（中冊）》，頁 554～577。

章」之「放蕩」，遂斷言「立身」之不「謹重」；作者有憂之，預爲
之詞而闢焉。〔註43〕

錢鍾書強調的是識「文章」和「爲人」的觀察力，因爲一人面目千變萬化，
情緒也是感慨萬殊，再者不同時空環境背景，所追求的審美風格又各異其趣，
蓋以文章的一面來武斷人品優劣便是權實不分，甚至是誤識作品的別出心
裁，任意解讀，都是愼思明辨的欣賞者所不敢附和的，因此，錢鍾書才讚許
元好問已領悟大半，能辨明「文章」與「爲人」之眞。也正好爲元好問的主
張做一個完善的解讀，「誠」的展現除了創作者無愧於所寫所感之外，也代表
一個欣賞者是能有智慧涵養來認知作者與作品之間的表達關係，在〈繼愚軒
和黨承旨雪詩四首〉其四也稱許好友趙元「愚軒具詩眼，論文貴天然。」〔註
44〕、《詩文自警》中也說「文字有一片生成之別，唯眞眼人乃能識之」〔註45〕
對詩歌的鑑賞能力與創作能力視爲同等重要，也如此期許自己。

　　由此可知，元好問的「誠」是有更多層次的意涵，〈楊叔能亨小集引〉、〈新
軒樂府引〉雖在晚年所寫，然而綜觀元好問一生創作題材豐富，詩詞文賦在
家國離亂、友朋愛情、田園隱逸、生活情趣等題材多有發揮，從未侷限於政
教禮樂的歌功頌德。因此把「誠」認定爲元好問追求思想、風格之「正」做
一肯定的連結是有所偏頗的，而把「誠」僅視爲一種創作者在作品呈現內情
情感與外在事物之「眞」也是有所缺失，元好問所關注的是創作者與接受者
都有一定學養與智慧，來面對人事物給予的任何興發感動。

　　曾昭旭曾提到「決定作品的價值完全不是任何理論，而僅是批評者所具
有的那個與創作者同體的最高心靈」，乃至「只要人人能通過一番修養以各循
其本，畢竟所有人都可能在人性的最根本處相悅以解」。〔註46〕元好問認爲的
最高心靈便是「誠」，那不是一種標誌道德的規範、政教的宣揚，是一種人人
透過家國、社會或長輩的滋養，使心靈能健全成長，「優柔於弦誦、饜飫於禮
文」，致使創作者能眞實對待創作傳達的理念或情感，同樣的接受者也有相同
涵養能包容理解。

---

〔註43〕見錢鍾書，《管錐編（四）》，頁 2158～2159。
〔註44〕見（金）元好問著、狄寶心校注，《元好問詩編年校注（第一冊）》，頁 189。
〔註45〕見姚奠中編、李正民增訂，《元好問全集（增訂本）下》，頁 1244。
〔註46〕見曾昭旭，《文學的哲思》（臺北：漢光文化事業股份有限公司，1986 年 10
　　　　月四版），頁 40～41。

　　總結此一節，蘇軾的「誠」與元好問的「誠」相同點在於對人情禮教的教化重視，並希冀是一種自然而然、如沐春風的理想境界。不同之處是，元好問還將「誠」延伸至創作與批評的情感核心，因為「誠」是環繞在個人之外涵蓋著家國社會、父執兄長、師友同好，使個人道德品行與文藝才氣等人情與智慧的磨練提升。在元好問整個體系的理念，自然用「誠」的理念來貫通創作者與欣賞者，創作者是可以坦然面對任何可歌可寫的對象以及所完成的作品，而欣賞者是有智慧去辨別作品可感可泣背後的創作者真情。

## 第二節　創作的靈感：從有為而作到過人工夫的「意」

　　蘇軾、元好問透過「誠」傳達出對世界至善的理念，落實於生活的各層面，是人對自我與社會、甚至宇宙萬物都保有淳美的對待與觀察，這份對外在事物的情感觸動，必然透過任何寫作方式、素材媒介來呈現，也同時代表創作者內心意念與人格特質的傳達，蘇軾、元好問「誠」的修養功夫，都代表著一種心靈由內與外雙管道的提升，自然延伸到對創作意念的要求。

　　蘇軾在〈墨君堂記〉曾經讚許文與可：

> 與可之為人也，端靜而文，明哲而忠，士之修潔博習，朝夕磨治洗濯，以求交於與可者，非一人也。而獨厚君如此。君又疏簡抗勁，無聲色臭味，可以娛悅人之耳目鼻口，則與可之厚君也，其必有以賢君矣。〔註47〕

文與可愛竹、與竹朝夕相處，作息起居無不與竹相關，又性格雅靜斯文、信實忠厚，時時刻刻提高學養，淬礪自己，獨愛竹子便是因為竹子的特性、姿態疏放剛勁，與自己生命的修練相合，因此文與可非常深刻的觀察竹在晝夜、陰晴、四時不同的變化，是一種創作的生命投射，正如蘇軾「誠」的修養存在「知之」、「好之」、「樂之」三種進程，在文與可對待竹的美感認知、情感熱愛相互輝映。同樣，元好問在〈張仲經詩集序〉也說：

> 仲經之所成就，又非洛西時比矣……積十餘年，得致力文史，以詩為專門之學。……內相文獻楊公有言：文章天地中和之氣，太過為荒唐，不及為滅裂。仲經所得，雍容和緩，道所欲言者而止，其亦

---

〔註47〕見（宋）蘇軾撰、（明）茅維編、孔凡禮點校，《蘇軾文集（第二冊）》，頁355。

得中和之氣者歟？爲人資稟樂易，恬於進取，進退容止，皆有蘊藉可觀。〔註48〕

元好問讚許好友張澄（字子純，一字仲經，西元 1196 年～？）〔註49〕的成就，是來自由內至外的才能資質與知識學習兼備，「誠」的涵養功夫要求創作者透過累積的閱讀，所習得的精神涵養定會充分展現於創作之中，「誠」也代表坦然專注面對自己所做的一切文章，將生活、情感、道理能理出思緒、通達表現，使人品與文品皆容止可觀、進退可度，既是作者眞誠意念的傳達，也是讀者願意思索作者耐人尋味的未盡之處。

因此，蘇軾、元好問都注重品性道德——「誠」的理念，受涵養教化、修身養性的環節中，創作也是一種心靈的調解與抒發，因此二人也存在深刻觀點論述主觀創作——「意」的思緒。

## 一、兩人皆有意在筆先的構思實踐

《文心雕龍・事類》曾說：「屬意立文，心與筆謀，才爲盟主，學爲輔佐；主佐合德，文采必霸，才學褊狹，雖美少功。」〔註50〕文章的完成，透過作者的心謀與立意，仰賴天生的才力、後天的學識來相輔相成，倘若才力學識的淺薄，雖然詞藻優美卻也無法深刻寫出眞實情感。所以在創作者面對客觀外在的人事物，便開始在主觀內在的心理世界活動，個性的表露與心靈的動念，這正是意念的所在，如何完整或完美的表達，拾取任何靈感的片段整理呈現出作品中的世界，端賴作者的深厚寫作基礎。創作一開始的「意」代表著最後作品要呈現的方向，並聯動著文字敘述的傳達方式，所以，蘇軾與元好問都創作的起始與目的是很重視的。

### （一）東坡「有爲而作」且文辭通達

「有爲而作」是蘇軾寫作的重要關鍵，他曾在〈題柳子厚詩二首〉之一：「詩須要有爲而作，用事當以俗爲雅。好新務奇，乃詩之病。柳子厚晚年詩，極似陶淵明，知詩病者也」〔註51〕，蘇軾認爲柳宗元晚年創作偏向陶淵明的

---

〔註48〕見（金）元好問著、狄寶心校注，《元好問文編年校注（下冊）》，頁 1389～1393。
〔註49〕見〈張君墓誌銘〉，（金）元好問著、狄寶心校注，《元好問文編年校注（上冊）》，頁 9～11。
〔註50〕見（梁）劉勰撰、林其錟、陳鳳金集校，《增訂文心雕龍集校合編》，頁 735。
〔註51〕見（宋）蘇軾撰、（明）茅維編、孔凡禮點校，《蘇軾文集（第五冊）》，頁 2109。

恬淡自然，是了解詩歌非一味追求形式，須有主要的意念、明確的目的性，再化用俗事典故使詩歌情感凝煉、含蓄深刻，所以追求新奇的字句或形式無法傳達真切情感，那就是詩歌的弊病。「有爲而作」是蘇軾主張要有明確目的性，且詩文的創作態度是一致的，他在〈鳧繹先生詩集敘〉便把父親蘇洵的話視爲圭臬：

> 昔吾先君適京師，與卿士大夫游，歸以語軾曰：「自今以往，文章其日工，而道將散矣。士慕遠而忽近，貴華而賤實，吾已見其兆矣。」以魯人鳧繹先生之詩文十余篇示軾曰：「小子識之。後數十年，天下無復爲斯文者也。」先生之詩文，皆有爲而作，精悍確苦，言必中當世之過，鑿鑿乎如五穀必可以療饑，斷斷乎如藥石必可以伐病。其游談以爲高，枝詞以爲觀美者，先生無一言焉。……軾是以悲于孔子之言，而懷先君之遺訓，益求先生之文，而得之于其子復，乃錄而藏之。〔註52〕

蘇洵是在讚許顏太初（字醇之，西元？～1034 年）〔註53〕的詩文，有別於當時追求技巧之工，貴詞辭藻華美而輕視實質內容，所以蘇洵特地將顏太初的詩文讓蘇軾仔細閱讀，也奠定蘇軾對自我創作的要求，「有爲而作」的其中一點便是「言必中當世之過」，在蘇軾眾多策論當中無一不針砭當時朝政，在應制科試寫二十五篇〈進策〉，直指北宋冗官冗兵與內政外患的弊病，爲官後也與王安石、司馬光多有激烈辯論，實是堅持一貫的創作理念。

　　「有爲而作」既然是創作的重要目的，也代表創作者在過程中是認真、誠實的對待，但並非刻意矯揉的創作，更不能將「有爲而作」直接與追求詩文教化的社會目的畫上等號。這可從蘇軾二十四歲時與父親、弟弟三人第二次入京，由四川沿著長江欣賞沿途景色而寫下不少詩文，爲此還編成一本《南行集》，蘇軾所寫的序文代表父親傳承的「有爲而作」精神的貫徹，以及自年輕創作以來對創作講求自然抒發的要求：

> 夫昔之爲文者，非能爲之爲工，乃不能不爲之爲工也。山川之有雲霧，草木之有華實，充滿勃鬱，而見於外，夫雖欲無有，其可得耶！

---

〔註52〕見（宋）蘇軾撰、（明）茅維編、孔凡禮點校，《蘇軾文集（第二冊）》，頁 313。
〔註53〕《宋史》記載「顏太初字醇之，徐州彭城人，顏子四十七世孫。少博學，有雋才，慷慨好義。喜爲詩，多譏切時事。」見（元）脫脫等撰、楊家駱主編，《新校本宋史並附編三種（16）》卷四百四十二〈列傳第二百一・文苑第四・顏太初〉，頁 13086。

> 自少聞家君之論文，以爲古之聖人有所不能自已而作者。故軾與弟
> 轍爲文至多，而未嘗敢有作文之意。己亥之歲，侍行適楚，舟中無
> 事，博弈飲酒，非所以爲閨門之歡，而山川之秀美，風俗之朴陋，
> 賢人君子之遺跡，與凡耳目之所接者，雜然有觸於中，而發於詠歎。
> 〔註54〕

蘇軾一開頭便明言，古人寫出好文章，並不是刻意寫出，而是情感滿溢的受
自然美景所感召而寫，這樣觀點也是承襲與父親蘇洵討論古人詩文創作的心
得，也因此他與弟弟蘇轍雖創作不少，但並非爲文造意，是一種耳目所及秀
麗山川、純樸風俗、前輩遺跡，所激發的吟詠歌嘆，因此蘇軾的「有爲而作」
絕對不是爲政治教化服務，更不是強說情愁的哀怨悲嘆，是內心積蓄快樂、
失意、悲傷、愉悅等感情後，或許接觸外在客觀人物事物而發，或是自然而
然的道出深刻飽滿的思緒。

　　蘇軾強調自然地抒發，而非爲求技巧表達之工，代表便是「意」與「辭」
流暢的搭配，在〈與謝民師推官書〉中有巧妙的比喻：

> 所示書教及詩賦雜文，觀之熟矣。大略如行雲流水，初無定質，但
> 常行於所當行，常止於不可不止，文理自然，姿態橫生。孔子曰：「言
> 之不文，行而不遠。」又曰：「辭達而已矣。」夫言止於達意，即疑
> 若不文，是大不然。求物之妙，如繫風捕影，能使是物了然於心者，
> 蓋千萬人而不一遇也。而況能使了然於口與手者乎？是之謂辭達。
> 辭至於能達，則文不可勝用矣。〔註55〕

蘇軾將創作的過程，「意」與「辭」的搭配如同水的流動，當創作意念產生時，
是還沒有清晰的輪廓，需要透過思考、掌握靈感，開始於作品字句的產生，
停止於意念表達完善的時候；作品最終呈現「辭達」是很重要的，要能把握
事物的微妙、靈感的瞬間，如同捕風捉影一般，而在心理清晰明瞭所要表達
的意念，又能夠口說手寫的表達給客觀欣賞者知道，這就是創作者「辭達」
功力。蘇軾所追求的文采不是一種炫技，而是一種創作者在自然表達意念，
使用文辭能流暢完整表達，並使欣賞者明確了解事物的千姿百態，這便是蘇
軾「有而爲作」需要「辭達」，從創作的目的到過程，講求眞誠自然的對待、
完整明確的呈現。

---

〔註54〕見（明）茅維編、孔凡禮點校，《蘇軾文集（第一冊）》，頁 323。
〔註55〕見（明）茅維編、孔凡禮點校，《蘇軾文集（第四冊）》，頁 1418。

## （二）遺山「以意為主」而辭意俱盡

　　元好問在創作的要求也有與蘇軾同等的觀念，首先《詩文自警》當中就擷取不少前人詩文字句或是自己在閱讀過程中的心得，而「自警」代表是一種自我提醒，即使摘記的是前人警語、評論心得，代表元好問對前人觀點的認同，更等同他部分的創作觀點，在現存的文獻資料《詩文自警》十五則當中〔註56〕，四分之一都在強調創作之「意」：

> 常山周德卿言：文章工於外而拙于內者，可以驚四筵而不可以適獨坐，可以取口稱而不可以得首肯。
>
> 又言：文章以意為主，以字語為役。主強而役弱，則無令不從。今人往往驕其所役，至跋扈難制，甚者反役其主。雖極辭語之工，而豈文之正哉！文字千變萬化，須要主意在。山谷所謂救首救尾者。
>
> 若人自戰，則有連難不俱捷之敗。〔註57〕

周昂（字德卿，西元？～1162 年）〔註58〕的作品曾被趙秉文選入《明昌辭人雅製》，創作所講求便是同趙秉文追求內容的風雅大過於形式的華麗。因此，元好問以周昂的話警醒自己，也認同詩文的「意」遠比「辭」要來的重要，存在主附關係、強弱對應，當創作者在心物交感、情景交融的思緒產生後，並不是去思考要用華麗的字句或特出形式表達，而是以「意」為主導讓情感轉化為語言符號或可知可見的形式；因此，周昂認為用力在文章形式，只能驚奇四座或口頭稱許，但無法讓欣賞者發自內心感覺無可匹敵與點頭讚嘆，因此也抨擊金代以來追求字句的驕傲新奇與囂張跋扈，是一種反客為主的創作方式。元好問自己也理出心得，文字使用上能有豐富變化，但都仍需以「意」為主，若一味如江西詩派追求整體結構的前後呼應，等於是自己陷入在詩意與章法的糾結。

---

〔註56〕《詩文自警》一書雖已亡佚，但孔凡禮從明代唐之淳編輯的《文斷》和瞿佑的《歸田詩話》中，輯出《詩文自警》佚文十五則，因為《文斷》索引書目有元遺山《自警》標目，又當中字句與元好問本身篇章所論述的文句有明確的相似度，所以是值得可信的珍貴文獻。見姚奠中編、李正民增訂，《元好問全集（增訂本）下》，頁 1237～1246。

〔註57〕見姚奠中編、李正民增訂，《元好問全集（增訂本）下》，頁 1240、1242。

〔註58〕《金史》記載「周昂字德卿，真定人。父伯祿字天錫，大定進士，仕至同知沁南軍節度使。」見（元）脫脫等撰、楊家駱主編，《新校本金史並附編七種（4）》卷一百二十六〈列傳第六十四‧文藝下‧周昂〉，頁 2730。

　　因此在元好問早年所寫〈論詩三十首〉，在評論具代表性的作者作品或時代風格時，多半稱許的是創作內在情感的自然流瀉，而非字句推砌的華美，例如：

> 一語天然萬古新，豪華落盡見眞淳。
>
> 南窗白日羲皇上，未害淵明是晉人。
>
> 慷慨歌謠絕不傳，穹廬一曲本天然。
>
> 中州萬古英雄氣，也到陰山敕勒川。
>
> 鬪靡誇多費覽觀，陸文猶恨冗于潘。
>
> 心聲只要傳心曉，布穀瀾翻可是難。〔註59〕

第一首是稱許陶淵明的人品與詩品，「天然」二字在〈繼愚軒和黨承旨雪詩四首〉其四也曾出現，當中稱許「愚軒具詩眼，論文貴天然。頗怪今時人，雕鐫窮歲年。君看陶集中，飲酒與歸田。此翁豈作詩，眞寫胸中天。」〔註60〕剛好可做一個應證，「天然」二字一方面責怪金代以來窮雕鐫鏤的惡習，另一面便讚許陶淵明能「直寫胸中天」足證「天然」代表是作者意念傳達的直接自然，也因此「眞淳」代表創作者情感的眞摯、性格的率眞與意境的淳厚。因此，第二首同樣用「天然」推崇慷慨豪放的〈敕勒歌〉，希冀金代中州地區繼承北方豪放的英雄氣概，元好問重視的是作者的思想才氣貫徹作品，而追求形式使情感窒礙難行。第三首，元好問還自注「陸蕪而潘淨，語見《世說》」〔註61〕，這裡並不是要一分陸潘二人高下，透過陸機、潘岳兩人文風特質，「蕪」與「淨」的對立，便是這首詩所抨擊比鬪辭藻、誇耀才學，句末化用蘇軾〈戲用晁補之韻〉「知君忍飢空誦詩，口頰瀾翻如布穀」〔註62〕，元好問認爲即使逞口才如波瀾翻騰，還不如由內心眞誠傳達。

　　元好問「以意爲主」與蘇軾「有爲而作」同樣都在強調構思立意的情感或理智爲優先考量，蘇軾的「有爲而作」包括面對現實世界能「言必中當世之過」、面對自己內心能「雜然有觸於中，而發於詠歎」。元好問也是如此，在〈郝先生墓銘〉提及老師郝天挺的教誨：「讀書不爲文藝，選官不爲利養，

---

〔註59〕見（金）元好問著、狄寶心校注，《元好問詩編年校注（第一冊）》，頁48、52、53。

〔註60〕見（金）元好問著、狄寶心校注，《元好問詩編年校注（第一冊）》，頁189。

〔註61〕見（金）元好問著、狄寶心校注，《元好問詩編年校注（第一冊）》，頁53。

〔註62〕見（宋）蘇軾撰、（清）王文誥輯注、孔凡禮點校，《蘇軾詩集（第五冊）》，頁1524。

唯知義者能之。」〔註63〕書籍知識、官位職責不是爲功利來服務，是爲知「義」行「義」能寫，所以元好問也多次在遊記、碑誌批判朝政，如在〈嘉議大夫陝西東路轉運使剛敏王公神道碑銘〉紀錄當時朝政四弊病，更痛論爲國盡材之難〔註64〕、〈東平府新學記〉則言明教化對百姓之要，並說明政府須有張弛之道，促使人情一動一靜的涵養。〔註65〕元好問透過各類敘事文體借題發揮，或從撰文主角生平旁及史事，或從單一事件原委論述理念，傳達對當時政風文教的深切關懷、針砭建議，時時顯露對家國大義的剴切陳述。

　　而元好問對於作品呈現家國社會的關懷與個人的心靈抒發是同等重要的，在爲完顏璹（本名壽孫，字仲實，一字子瑜，西元 1172 年～1232 年）〔註66〕所寫的〈如庵詩文序〉：

> 予竊謂古今愛作詩者，特晉人之自放於酒耳。吟詠情性，留連光景，自當爲緩憂之一物。在公，則又以之遁世無悶，獨立而不懼者也。
> 〔註67〕

創作過程便是自己瀏覽欣賞客觀世界的人事物，或因滿目蕭然感極而悲，又或因心曠神怡而把酒臨風，將自己的思緒情感尋宣洩抒發的管道，正如「人稟七情，應物斯感；感物吟志，莫非自然。」〔註68〕無論情志都是創作者同相呼應外在世界，進而自然傳達主觀情緒。元好問認爲創作的歌詠如同魏晉名士享受於美酒，自己便能在這世上不因遁世隱逸有所煩悶，也不因獨特自立有所畏懼，創作便是一種心靈可舒緩憂愁的創作。所以元好問在〈繼愚軒和黨承旨雪詩四首〉其一也說自己：「唯餘作詩癖，尙與當年同。人言詩窮人，無詩吾自窮。此世等夢耳，誰窮復誰通？茹嗌當快吐，聊此寬吾胸。」〔註69〕訴說自己以寫詩當作癖好，心中的哽咽與忍苦最終藉創作一吐爲快，一般人以爲寫詩使人生活與心境窮苦，在元好問心中沒有創作靈感可寫才是眞正的苦悶。

〔註63〕見（金）元好問著、狄寶心校注，《元好問文編年校注（中冊）》，頁 610。
〔註64〕見（金）元好問著、狄寶心校注，《元好問文編年校注（中冊）》，頁 1080。
〔註65〕見（金）元好問著、狄寶心校注，《元好問文編年校注（下冊）》，頁 1429。
〔註66〕《金史》記載「璹本名壽孫，世宗賜名，字仲實，一字子瑜。資質簡重，博學有俊才，喜爲詩，工眞草書。」見（元）脫脫等撰、楊家駱主編，《新校本金史並附編七種（3）》卷八十五〈列傳第二十三・世宗諸子・完顏璹〉，頁 1902。
〔註67〕見（金）元好問著、狄寶心校注，《元好問文編年校注（下冊）》，頁 1487～1488。
〔註68〕語出《文心雕龍・明詩》。見（梁）劉勰撰、林其錟、陳鳳金集校，《增訂文心雕龍集校合編》，頁 778。
〔註69〕見（金）元好問著、狄寶心校注，《元好問詩編年校注（第一冊）》，頁 185。

同樣，元好問強調創作的「以意為主」，既不是一味宣揚道德禮教，也非個人私情無限制的表露，在不得不曉明家國大義與表達自我情感為優先考量後，再更進一步思索謀篇布局的方式，「以意為主」並非不重視形式，元好問在《詩文自警》當中是如此要求：

> 文章要有曲折，不可作直頭布袋，然曲折太多，則語意繁碎，都整
> 理不下，反不若直布袋之為愈也。

> 文字至于辭意俱盡，復能于意外得新意者，妙。須做過人工夫，便
> 做過人文字。收結文字，須要精神，不要閒語。〔註70〕

從這兩段話可知，首先，元好問認為「直頭布袋」與「語意繁碎」皆是創作的缺失，雖強調「以意為主」但過分的平鋪直敘，或「曲折語意」而刻意的剪裁包裝，都是元好問所不讚許的。其次，若犯了上述二者錯誤，「語意繁碎」還不比上「直頭布袋」，也就是強調「以意為主」的情況下，並不重視文字刻意的修飾。最後，仍然強調「意」與「辭」搭配適宜，訴說情志的文字在意念落盡時恰巧表達完整，才能使人體會出作者蘊含的情感，最後收尾強調的是「精神」代表是飽含意念完整並蘊藏感受力量。

由此可知，蘇軾與元好問對創作者主觀情智的重視，創作的意涵包括個人對家國社會的現實批判，也包括個人對心靈世界的感悟紓解，「有為而作」與「以意為主」各自代表蘇軾與元好問都認同先掌握好主客體的情感或思緒表達，再透過文字完善的傳達，蘇軾的「辭達」與元好問的「辭意俱盡」都強調文字是必須自然完整的傳達情感或理念，並非透過文字技巧的追求來主導意念的流動。

## 二、元好問文體觀念的突破

蘇軾、元好問皆在創作過程強調，對客觀世界的體認與感悟，先有情感的醞釀與理智的思考，對自己內心思緒與觀察有所把握，再透過文字與章法深刻與完善的表達；所以在創作時已把審美對象與審美心理結合起來，並勾勒想表達的文辭與意象，同時在寫作過程更會思考呈現的方向與整體境界的要求，因此蘇軾與元好問兩人並未捨棄文學形式的鍛鍊，皆有企圖心欲在各類文體與文學表現上有所創獲。

---

〔註70〕見姚奠中主編、李正民增訂，《元好問全集（增訂本）下》，頁1241、1242。

　　蘇軾、元好問在詩詞創作皆有等量收穫，兩人對詩詞的創作態度皆有自成一格的，最大的差別在於兩人對詩詞的歷史定位有認知的不同。蘇軾對詩詞體裁的態度，從幾則與朋友之間的書信或祭文可見清晰的輪廓：

> 清詩絕俗，甚典而麗，搜物研情，刮發幽翳，微詞婉轉，蓋詩之裔。
> 〈祭張子野文〉〔註71〕

> 頒示新詞，此古人長短句詩也，得之驚喜，試勉繼之，晚即面呈。
> 〈與蔡景繁書〉〔註72〕

> 又惠新詞，句句警拔，此詩人之雄，非小詞也，但豪放太過，恐造物者不容人如此快活。〈與陳季常書〉〔註73〕

> 近卻頗作小詞，雖無柳七郎風味，亦自是一家。呵呵。數日前，獵於郊外，所獲頗多。作得一闋，令東州壯士抵掌頓足而歌之，吹笛擊鼓以爲節，頗壯觀也。寫呈取笑。〈與鮮于子駿書〉〔註74〕

根據上述，大致可歸結幾點：第一，「蓋詩之裔」可說是蘇軾將詩詞視爲同源，未必貶低詞的地位，因爲此段話主要針對張先的詩詞創作特性，認爲張先的詞與詩相接近。第二，蘇軾寫詞仍重書寫當時所感並符合歌唱音節，樂意分享給好友，並有創新的精神，欲與他人不同風格一較高下，同樣蘇軾在〈答張嘉文書〉：「凡人爲文，至老多有所悔。僕嘗悔其少作矣。然著成一家之言，則不容有所悔。」〔註75〕、〈評草書〉：「吾書雖不甚佳，然自出新意，不踐古人」〔註76〕針對詩詞文書畫各類文體創新意識是清晰的，期許從古人途徑中脫穎而出，方能成爲一家。第三，因詞體文學自唐宋以來本爲新興文學，蘇軾用「小詞」、「新詞」、「微詞」、「長短句詩」來稱呼詞，警醒自己在詩詞呈現的精神風貌有所不同。因此在蘇軾心中，詩與詞仍是兩種不同體裁，原本詞爲娛賓遣興的豔科之作，當時蘇軾有意自成一格，自然而然以做詩的方式帶進寫詞的抒情模式，「以詩爲詞」固然並未將詩詞有優劣之分，可肯定的是蘇軾透過抒懷言志、用典議論等方式，來打開詞原有狹隘的局面。

---

〔註71〕見（宋）蘇軾撰、（明）茅維編、孔凡禮點校，《蘇軾文集（第五冊）》，頁 1943。
〔註72〕見（宋）蘇軾撰、（明）茅維編、孔凡禮點校，《蘇軾文集（第四冊）》，頁 1662。
〔註73〕見（宋）蘇軾撰、（明）茅維編、孔凡禮點校，《蘇軾文集（第四冊）》，頁 1569。
〔註74〕見（宋）蘇軾撰、（明）茅維編、孔凡禮點校，《蘇軾文集（第四冊）》，頁 1560。
〔註75〕見（宋）蘇軾撰、（明）茅維編、孔凡禮點校，《蘇軾文集（第四冊）》，頁 1564。
〔註76〕見（宋）蘇軾撰、（明）茅維編、孔凡禮點校，《蘇軾文集（第五冊）》，頁 2183。

　　同樣元好問在〈論詩絕句〉三十首之一：「窘步相仍死不前，唱醻無復見前賢。縱橫正有凌雲筆，俯仰隨人亦可憐。」〔註77〕原意是批評當時熱中和韻風氣，無法灑脫發揮詩歌的意涵，面對詩壇前輩應該感到慚愧。他認為寫詩能縱橫馳騁，如果隨人俯仰，一味侷限未免可嘆。雖然元好問針對和韻風氣感到不滿，但「縱橫正有凌雲筆，俯仰隨人亦可憐」也代表與蘇軾「自出新意，不踐古人」的「自是一家」觀點相近。然元好問與蘇軾在「自成一格」的觀點上最大不同有兩點，一為對待詩詞兩類文學在歷史定位是自然同等重要的，二為在蘇軾所少寫的碑誌文上有著豐富且獨特內涵上的突破，所以元好問獨樹一幟的創作目的可從兩方面來看。

## （一）尊從詩詞一理

　　元好問在面對詩詞的態度承繼金末文壇重要人物王若虛「詩詞一理」而來，自然有別於蘇軾「以詩為詞」的認定價值，而他本身對創作自成一格的要求，自然不是僅僅吸收前人觀點。首先，認定詞體文學為文人文化資產的保存，《中州集》中包括《中州樂府》一卷，共收詞人三十六位，詞作一百二十四首〔註78〕，元好問在金末戰火之際、國家危急存亡關頭，自己身陷危城卻不忘保存文化遺產，他在序文道出「苦心之士，積日力之久，故其詩往往可傳。兵火散亡，計所存者才什一耳。不總萃之，則將遂湮滅而無聞，為可惜也。」〔註79〕這裡的詩便包括詞，意義在於有別唐五代的《花間集》、北宋的《尊前集》、《金奩集》僅為宴會上倚絲竹而歌之，多為宴席娛興作品，《中州樂府》雖存詞數量有限，又三十六位詞人中，有三十二位兼具詩人的身分，便以《中州集》前幾卷的詩人小傳為主，然透過詞人與詞作的緊密聯繫，更強調對詞體文學嚴肅的重視。家鉉翁（自號則堂，西元1213年～？）〔註80〕在《題中州詩集後》曾說：「故壤地有南北，而人物無南北，道統文脈無南北，雖在萬里外，皆中州也。」〔註81〕「中州」一詞廣義而言，指的是中原地區，家鉉翁認為元好問編選《中州集》，是以中國文學的大背景上來審視金代文

〔註77〕見（金）元好問著、狄寶心校注，《元好問詩編年校注（第一冊）》，頁64。
〔註78〕見（金）元好問編、（明）毛晉刊，《中州樂府》。
〔註79〕見（金）元好問著、狄寶心校注，《元好問文編年校注（上冊）》，頁318。
〔註80〕《宋史》記載「家鉉翁，眉州人。以廕補官。累官知常州，政譽斐然。……其學邃於春秋，自號則堂。」見（元）脫脫等撰、楊家駱主編，《新校本宋史並附編三種（16）》卷四百二十一〈列傳第一百八十・家鉉翁〉，頁12598。
〔註81〕見姚奠中主編、李正民增訂，《元好問全集（增訂本）下》，頁1284。

學，將遼、宋舊臣以及契丹、女眞等中州人物也一併收羅，不全然由地域性角度來編輯，更誠見元好問心胸開闊、高瞻遠矚的文藝視野。

其次，將詩與詞完全置於敘事抒情同一平臺，最明顯的便是「體」的提出與應用，「體」的概念原爲詩學批評其中一面向，如劉勰《文心雕龍》〈體性〉篇提出文章有八體，即八種風格，但風格是由作者內在的「情性」，天生的「才」、「氣」和後天的「學」、「習」不同而形成〔註82〕；鍾嶸的《詩品》評論詩人，常追溯風格源流，如：「魏侍中王粲，其源出於李陵。發愀愴之詞，文秀而質羸。」〔註83〕所以「體」後便指稱特殊作品或作者風格，或指單一文學體裁。而元好問將「體」的概念帶進詞體文學，又可分成兩種形式，一種是融入詩歌原有的「體」，在詞作有八首標爲「宮體」，還有其他如「俳體」、「獨木橋體」、「離合體」、「花間體」、「朱希眞體」〔註84〕，這樣的概念便與蘇軾「以詩爲詞」是相通；但另一種是爲前輩學者立「體」，兩首標「東坡體」，「閑閑公體」、「楊吏部體」等〔註85〕，還有在《中州集》提出的「吳蔡體」〔註86〕，這是眞正對詞體文學一種歷史上標誌的開始，也認定詞作可以成熟發展出一個脈絡。

在第一種形式當中，元好問將詩歌原有的「體」概念放入詞作，然不單單是仿效而存在著不同生命表現，況周頤最激賞元好問〈鷓鴣天〉在詞序標明「宮體八首」，稱讚這組詞「蕃豔其外，醇至其內，極往復低徊、掩抑零亂之致。」〔註87〕認爲元好問的「宮體詞」與傳統「宮體詩」明顯界線。「宮體」一詞最早要溯源到南北朝，在《梁書·簡文帝紀》記載：「太宗（簡文帝）幼而敏睿，識悟過人。六歲便屬文。……好題詩，其序云：余七歲有詩癖，長而大倦。然傷於輕豔，當時號曰宮體。」〔註88〕又同書《徐摛傳》云：「屬文

---

〔註82〕 參考（梁）劉勰撰、林其錟、陳鳳金集校，《增訂文心雕龍集校合編》，頁 700 ～701。

〔註83〕 見王叔岷撰，《鍾嶸詩品箋證稿》（臺北：中研院中國文哲研究所，1992 年 3 月初版），頁 160。

〔註84〕 見（金）元好問撰、趙永源校註，《遺山樂府校註》，頁 374～387、467、474、511、195、367。

〔註85〕 見（金）元好問撰、趙永源校註，《遺山樂府校註》，頁 369、609、249、598。

〔註86〕 見（金）元好問編、（明）毛晉刊，《中州集（卷一）》，頁 43。

〔註87〕 見（清）況周頤著、王幼安校訂，《蕙風詞話》，頁 65。

〔註88〕 見（隋）姚察、（唐）魏徵、（唐）姚思廉同撰、楊家駱主編，《新校本梁書附索引（1）》卷四〈本紀第四·簡文帝〉（臺北：鼎文書局，1986 年 10 月五版），頁 109。

好爲新變，不拘舊體。……摛文體既別，春坊盡學之，宮體之號自斯而起。」
〔註89〕所謂的「宮體」是一種「新變」的文體，具有「輕艷」風格，「新變」
文體是因上承「永明體」的聲律理論，對形式藝術的追求；「輕艷」風格是以
指梁簡文帝及其仕臣徐摛等人以貴族生活中的艷事、艷物、艷情爲主要的表
現內容，詩中充滿艷麗的辭藻；因此，「宮體」就內容而言，宮廷貴族、男女
私情等爲主要題材；就寫作技巧而言，追求審美對象的型態美，講究文字輕
巧俗艷、靡麗柔軟的風格。〔註90〕元好問〈鷓鴣天〉這八首推測爲晚年非一
時所作，整體善藉華麗美景訴說哀愁，意涵從男女相思時延伸至親死別與國
仇家恨之慟，底下列舉兩首證之：

> 憔悴鴛鴦不自由，鏡中鸞舞只堪愁。
> 庭前花是同心樹，山下泉分兩玉流。
> 金絡馬，木蘭舟，誰家紅袖水西樓。
> 春風殢殺官橋柳，吹盡香綿不放休。
>
> 八繭吳蠶賸欲眠，東西荷葉兩相憐。
> 一江春水何年盡，萬古清光此夜圓。
> 花爛錦，柳烘煙，韶華滿意與歡緣。
> 不應寂寞求凰意，長對秋風泣斷絃。〔註91〕

先從字句表層來看，保有軟媚風靡的詞組形式，然此時元好問面對國破家亡
後，眼前的景致給予的不是歡愉，而是時光交錯的悲苦，因此第一闋描寫鴛
鴦是不自由，只因獨留一人憔悴面對，根結同心的樹底下流過的泉水卻是分
離的，華麗的馬車與方舟停在誰家等待女子，只見春風不斷困住柳樹，直欲
吹盡棉絮終不停止。第二闋從蠶繭製成的棉被與枕頭，上頭織著荷葉兩朵對
望令人生憐，春水源源不絕流逝，圓月在此夜高掛，花團錦簇而柳密似霧，
良辰美景應有好緣相聚，可惜終須寂寞面對孤獨，年年秋天斷絃而泣。這組
詞與傳統「宮體」比較，相同在於表面上敘述男女相思苦情，空間展現一樣
較爲狹隘，而不同在於留有更多的不確定性，「鏡中鸞舞」、「求凰」可確知從
男性角度去寫濃烈情感，就元好問身世而言，金末圍城前後經歷元配張氏、

---

〔註89〕見（隋）姚察、（唐）魏徵、（唐）姚思廉同撰、楊家駱主編，《新校本梁書附
　　　　索引（3）》卷三十〈列傳第二十四・徐摛〉，頁447。
〔註90〕參考王力堅著，《由山水到宮體──南朝的唯美詩風》（臺北：臺灣商務印書
　　　　館，1997年12月初版），頁165～240。
〔註91〕見（金）元好問撰、趙永源校註，《遺山樂府校註》，頁377、385。

三女阿秀以及好友趙秉文、李汾、李獻能等相繼離世,由這些「柳樹」、「春水」、「月夜」、「鴛鴦」、「同心樹」、「兩玉流」等傳統意象來看,這份看似男女的離情別恨早提升至對家國社會、至親至愛、知己至交的年年相思與痛恨惋惜,在柔媚哀婉、清新鮮麗的詞作,存在作者情思的真誠坦率與巧智的謀篇布局。

而第二種為前輩學者立「體」,為詞體文學在文學發展標誌出一個尊體概念的開始。在元好問詞作中有兩首標「東坡體」,曾在〈新軒樂府引〉、〈遺山自題樂府引〉多次稱許蘇軾,甚至編輯《東坡樂府集選》,足見對東坡的推崇,其詞作中兩次標明將蘇軾視為創作學習的對象,代表詞體文學也存在可依循經典對象,足以提供後人再創造的脈絡。再此列舉元好問所效法的蘇軾的詞作來作一比對說明:

> 林斷山明竹隱牆,亂蟬衰草小池塘。
> 翻空白鳥時時見,照水紅蕖細細香。
> 村舍外,古城傍,杖藜徐步轉斜陽。
> 殷勤昨夜三更雨,又得浮生一日涼。(蘇軾〈鷓鴣天〉)〔註92〕

> 煮酒青梅入坐新,姚家池館宋家鄰。
> 樓中燕子能留客,陌上楊花也笑人。
> 梁苑月,洛陽塵,少年難得是閒身。
> 殷勤昨夜三更雨,膁醉東城一日春。
> (元好問〈鷓鴣天〉「效東坡體」)〔註93〕

第一闋是蘇軾寫於貶謫黃州後而作,此闋詞心境已轉為灑脫面對,前四句從視聽嗅各感官描寫漫步池塘邊,安於悠閒的拄著藜杖散步在村舍外、古城旁,多謝昨日的雨能讓蘇軾涼爽賞景,也代表心境一種洗滌而沉靜。而第二闋是元好問寫於入史館為編修官,在京城與好友飲酒的開朗,上半闋多為擬人勾勒出一派景致為元好問與好友們同樂,而下半闋最後化用蘇詞,所要感謝的是昨夜的春雨來得恰到好處,使一城春色更增活潑。這兩闋由此可見元好問的仿效並非簡單模擬,兩闋詞即使結尾用相近字句,兩種心情依然顯而易見,蘇軾的詞恬淡和諧,呈現是物我兩分而自然各存,「浮生一日涼」代表是苦悶後的清靜;遺山詞符合心境的喜悅,傳達物我相融而情景相生,「東城一日春」

〔註92〕見鄒同慶、王宗堂著,《蘇軾詞編年箋注(中冊)》,頁474。
〔註93〕見(金)元好問撰、趙永源校註,《遺山樂府校註》,頁369。

象徵是個人與朋友相聚歡欣情緒的外放。除了標誌前代大家作爲詞體文學的
代表，元好問並不貴古賤今，在赴科考結識監考官趙秉文，日後元好問爲史
館編修官，兩人在宴會酒席間先後賦詞，元好問標誌「閑閑公體」，兩人的詞
作如下：

> 風雨替花愁，風雨罷、花也應休。勸君莫惜花前醉，今年花謝，明
> 年花謝，白了人頭。乘興兩三甌，揀溪山、好處追游。但教有酒身
> 無事，有花也好，無花也好，選甚春秋。（趙秉文〈促拍醜奴兒〉）
> 〔註94〕

> 朝鏡惜蹉跎，一年年、來日無多。無情六合乾坤裏，顚鸞倒鳳，撐
> 霆裂月，直被消磨。世事飽經過，算都輸、暢飲高歌。天公不禁人
> 間酒，良辰美景，賞心樂事，不醉如何。

> （〈促拍醜奴兒〉「學閑閑公體」）〔註95〕

此二闋詞是即席而作，更展現兩人的才力，趙秉文也是稱許東坡詞的豪放，
本身此寫來有清疏爽朗之感，上闋與下闋結尾處近乎口語的直白，眼前美景
年年遞嬗更迭，表達把握時光一飲高歌；而元好問的詞在豪爽之餘多了一份
清麗哀婉，上闋表達正因時光無多，宇宙天地間世事顚倒，欲有一鳴驚人之
舉皆被耗盡，一個「飽」字暗合任史館職看盡爭名鬥利之嘆，也代表寧可飽
嚐美酒與美景，不顧人世間紛紛擾擾。元好問既呼應趙秉文的詞意，又能展
現出與閑閑公體迥異的詞境，存在人生階段歷練的擺脫世事。從這兩種形式
來看，元好問既然標舉「宮體」、「東坡體」或「閑閑公體」等，更代表一種
超越前人的自信，更是勇於面對後世讀者的對照評判。

　　從詞史保存、詞體標誌兩點來看，元好問與蘇軾面對詩詞的態度最大的
不同，蘇軾「以詩爲詞」是用詩學觀念改造或擴充詞體文學，而元好問將原
本娛賓遣興的詞，視爲與詩歌同樣具有歷史延續性與獨特創造性的文學，「體」
的提出便是對前代作者的崇敬，並標誌詞體文學中足以成爲代表的大家風
範，以供後人依循創作。

　　元好問不受限於原有體裁，能自走出一路，也是在創作過程中便有如此
自覺，他在爲耶律楚材的次子耶律鑄（字成仲，西元 1221 年～1285 年）〔註

---

〔註94〕見（金）元好問編、（明）毛晉刊，《中州集（卷十）》，頁 220。
〔註95〕見（金）元好問撰、趙永源校註，《遺山樂府校註》，頁 249。
〔註96〕見（明）宋濂等撰、楊家駱主編，《新校本元史並附編二種（5）》卷一百四十
　　　　六〈列傳第三十三・耶律鑄〉，頁 3464。

96）《雙溪集》所寫的序文，就表達創作之困難，而一一突破後實又另有難關：

> 詩與文同源而別派。文固難，詩為尤難。李長吉母以賀苦於詩，謂
> 嘔出肝肺乃已耳。又有論詩者云：「乾坤有清氣，散入詩人脾。」「千
> 人萬人中，一人兩人知。」其可謂尤難矣！前世詩人凡有所作，遇
> 事輒變化，例不一其體裁，乃欲與造物者爭柄，囚鎖怪異、破碎陣
> 敵、陵轢波濤、穿穴險固者，尤未盡也。〔註97〕

元好問受王若虛「詩詞一理」影響，又認為詩文僅是同源別派，因此元好問對
詩詞文創作態度是一致的，以「誠」為創作要求，以「意」為創作源頭，這三
者當中，認為詩詞創作是更加困難，他舉用李賀的故事並引用貫休的詩句、陸
龜蒙所寫的自傳文句〔註98〕，認為詩詞都須嘔心瀝血得以完成，當天地萬物、
人際關係給予的靈感，在千萬人之中也大概只有一兩人能體悟而有所創作，然
而創作還不單單只是一種過程，一個自覺創新的文人構思寫作就好像在與天地
造物者爭主導權，似乎得從禁錮的形式找尋奇特的表達，從破碎的意象中理出
佈陣，越過一層又一層的思緒，靈感的體會必須穿過細微又幽深艱險的物我情
景當中，這還不是整體創作的完成，因為必須完整呈現最終的任一形式作品，
能坦然面對自己內心與勇於呈現給外在讀者欣賞。元好問認為創作不該受到任
何體裁的限制，而是靈活運用於各體文學，詞史保存、詞體標誌的觀念就代表
元好問靈活運用前人智慧並為自己與時代營造出一條路徑。

　　不限定體裁來表現另一最明顯的例子，元好問常化用蘇軾詩詞，或詩化
蘇詞或詞用蘇詩，如此交叉使用的方式既能呼應援引蘇軾詩詞的原有情境，
更不破壞自己作品的整體意境，先簡單舉二人四首作品做一對照為例：

> 卻對酒杯疑是夢，試拈詩筆已如神。
>
> 此災何必深追咎，竊祿從來豈有因。
>
> （蘇軾〈十二月二十八日蒙恩責授檢校水部員外郎黃州團練副使復
> 用韻，二首之一〉）〔註99〕

---

〔註97〕 見（金）元好問著、狄寶心校注，《元好問文編年校注（中冊）》，頁815～816。
〔註98〕 貫休〈古意〉：「乾坤有清氣，散入詩人脾。……千人萬人中，一人兩人知。」
　　　　陸龜蒙〈甫里先生傳〉：「少攻歌詩，欲與造物者爭柄，遇事輒變化，不一其
　　　　體裁。始則凌轢波濤、穿穴險固，囚鎖怪異、破碎陣敵，卒造平澹而後已。」
　　　　見（五代）釋貫休，《禪月集》（臺北：臺灣學生書局，1975年5月景印初版），
　　　　頁101；宋景昌、王立群點校，《甫里先生文集》（河南：河南大學出版社，1996
　　　　年9月第1版），頁235。
〔註99〕 見（宋）蘇軾撰、（清）王文誥輯注、孔凡禮點校，《蘇軾詩集（第三冊）》，
　　　　頁1005。

何人炮鳳烹龍，且莫笑、先生飯甑空。便看來朝鏡，都無勳業，拈
將詩筆，猶有神通。（元好問〈沁園春（再見新正）〉）〔註100〕

玉童西迓浮丘伯，洞天冷落秋蕭瑟。不用許飛瓊，瑤臺空月明。
（蘇軾〈菩薩蠻〉）〔註101〕

千劫情緣萬古期，樓中蕭史姓名非。
洞天花落秋雲冷，腸斷青鸞獨自飛。
（元好問〈題省掾劉德潤家驂鸞圖，並爲同舍郎劉長卿記異。劉在
方城，先有碧簫之遇，如芙蓉城事云〉）〔註102〕

第一組當中的蘇詩寫於因烏臺詩案出獄，剛宣判貶謫黃州團練副使時，身心
突然獲得安定，過往的遭遇如夢一般因而詩興大發，也用正面態度了解自己
因聲名與文章定然獲罪，何須怨尤他人。元好問的詞是因罷鎮平令而寫，別
人的榮餚豐盛，自己的飯碗皆空，如此對比是灑脫面對遠離官場的枷鎖，過
往並未立下任何功業，此時卻激起無數的心神震盪欲一寫而快，所以蘇軾詩
句「試拈詩筆已如神」化爲元好問的詞句「拈將詩筆，猶有神通」，兩人用不
同體裁同時表達人生際遇的困頓轉折成爲創作的動力，元好問的化用恰到好
處。至於第二組當中，蘇詞的上闋刻意用虛無縹緲的世界，訴說身邊官妓去
迎接新任太守的孤寂；而元好問拿相同的句子一方面正好題圖畫之景，一面
也是記述好友巧遇仙人卻失去良緣，詩題當中的「芙蓉城事」也引自蘇軾〈芙
蓉城〉一詩並敘好友與仙人同遊的故事〔註103〕，代表元好問對蘇軾詩詞之熟
悉，而信手拈來又呈現不同的風貌。

　　由這些觀點可知，元好問「以意爲主」並非不重形式的字句堆砌安排，
而是寫作過程既要能眞摯坦然面對自己因外界任何的感動，又要能結合情意
存在巧妙的構思。元好問把詩與詞視爲在文學史發展上擁有同等地位，既可
「以詩入詞」也能「化詞爲詩」，依然保有個人獨特的創造風格，並將詞與詩
都視爲當代文人重要表情達意的文學載體。

---

〔註100〕見（金）元好問撰、趙永源校註，《遺山樂府校註》，頁113。
〔註101〕見鄒同慶、王宗堂著，《蘇軾詞編年箋注（上冊）》，頁72。
〔註102〕見（金）元好問著、狄寶心校注，《元好問詩編年校注（第二冊）》，頁602。
〔註103〕蘇軾此詩前有序文：「世傳王迥子高與仙人周瑤英遊芙蓉城。元豐元年三月，
　　　　余始識子高，問之，信然。乃作此詩，極其情而歸之正，亦變風止乎禮義之
　　　　意也。」見（宋）蘇軾撰、（清）王文誥輯注、孔凡禮點校，《蘇軾詩集（第
　　　　三冊）》，頁807。

## （二）擴充碑文敘寫

元好問了解並熟悉各種文體寫作方式與特色，先掌握自己欲表達的情感，透過純熟的思慮與技巧做出變化，因此才會說「文字至于辭意俱盡，復能于意外得新意者，妙。須做過人工夫，便做過人文字」〔註104〕元好問時時自覺要達到獨樹一幟的創作風範，要能做超越常人甚至是過往文人所原有的摹寫範式，所以能在詩詞兩體裁展現遇事變化融合的技巧，同樣面對單一文體在過往前輩學者經營之下，元好問仍有書寫成篇的絕妙好辭，自成一格的大家風采，可從對碑志銘詩的因襲革新與辭賦雜體的警醒譬喻兩方面來看。

對爲人撰寫墓誌銘中碑志銘詩，蘇軾與元好問兩人態度是大不相同，蘇軾相當少做墓誌銘，在〈辭免撰趙瞻神道碑狀〉便曾向皇帝上奏明言：「右臣平生不爲人撰行狀、埋銘、墓碑，士大夫所共知。」〔註105〕只不過仍有替親人、至交好友或道士僧人，以及幫人代作的墓誌銘約十多篇〔註106〕，大致是因蘇軾認爲「平生交契至深，不可不撰。」〔註107〕而元好問則將近有百篇撰寫墓誌銘的文章，他之所以會替親友或他人寫墓誌銘，在二十九歲時爲好友張澄的父親所寫的〈張君墓誌銘〉中，提到「嘗謂：士之有立於世，必藉國家教育、父兄淵源、師友講習，三者備，然後可。」〔註108〕這是他一在強調士人的涵養教育來自國家、家庭與師友一個脈絡根深蒂固的觀念，因此碑誌詩文載在元好問的理念中並非是一種死板無生氣的文學，是一種確立前人生活素行所供人景仰的典範、建立前人所處時代風氣而保有的人格特質，會從一個家庭的涵養從一人身上擴及而至天下，具有傳播影響力的文體。

關於碑銘詩文早在《文心雕龍·誄碑》便提及：「夫屬碑之體，資乎史才，其序則傳，其文則銘。標序盛德，必見清風之華；昭紀鴻懿，必見峻偉之烈：此碑之制也。」〔註109〕寫作碑文重點在於具備史傳文筆，敘述碑主的品德良善與彰顯功業，碑文多半極力歌功頌德、盛讚美言，才容易在文學地位上因失去創作者的情感而頗不受重視，在姚鼐的《古文辭類纂·序目》也論道：「碑

---

〔註104〕見姚奠中主編、李正民增訂，《元好問全集（增訂本）下》，頁1244。
〔註105〕見（宋）蘇軾撰、（明）茅維編、孔凡禮點校，《蘇軾文集（第三冊）》，頁929。
〔註106〕見（宋）蘇軾撰、（明）茅維編、孔凡禮點校，《蘇軾文集（第二冊）》，頁435～474。
〔註107〕見（宋）蘇軾撰、（明）茅維編、孔凡禮點校，《蘇軾文集（第三冊）》，頁929。
〔註108〕見（金）元好問著、狄寶心校注，《元好問文編年校注（上冊）》，頁10～11。
〔註109〕見（梁）劉勰撰、林其錟、陳鳳金集校，《增訂文心雕龍集校合編》，頁623。

誌類者，其體本於《詩》，歌頌功德，其用施於金石。……漢人作碑文又加以序，序之體，……爲之銘者，所以識之之辭也。然恐人觀之不詳，故又爲序。」〔註110〕碑銘文體在漢代內容更加擴充，銘詩原爲碑文的主體，也就是對碑主的認知讚嘆，後來在銘詩之前的碑序篇幅越來越長，增添敘述死者世系生平、籍貫事蹟等文章，唯恐觀者不明白碑主的生平梗概。

　　而元好問在碑誌文做「過人文字」的方式，是擴充碑文記敘議論，增強時代背景以深化碑主處世哲學，元好問爲碑主的生平故事所增添的，並非誇大讚嘆主角善行或任意天馬行空遮掩碑主風采，是具有許多他深受碑主故事感動而特意安排的表達方式，大致上可分成三種，其一是直筆史事，以明家國大義。元好問保持碑文仍需紀錄碑主生平事蹟，擴充詳實記錄碑主在當時所遭遇的家國重要事件，或是碑主爲國爲家奉獻的行爲，透過時代氛圍更襯托出碑主的眞實風采，更成爲後代世族能景仰前輩風範的具體故事，以及後人考察史實的眞切依據。例如在〈內翰王公墓表〉、〈聶孝女墓銘〉中兩段文字幾乎可以互相參看，整理出當時金末被蒙古圍城而崔立叛變的事件：

> 天興初，冬十二月，車駕東狩。明年春正月，京城西面元帥崔立劫殺宰相，送款行營。群小獻諂，請爲立建功德碑，以都堂命，召公爲文。喋血之際，翟奕輩恃勢作威，頤指如意。人或少忤，則橫遭讒構，立見屠滅。公自分必死，私謂好問言：「今召我作碑，不從則死；作之則名節埽地，貽笑將來。不若死之爲愈也。雖然，我姑以理論之。」乃謂奕輩言：「丞相功德碑，當指何事爲言？」奕輩怒曰：「丞相以京城降，城中人百萬，皆有生路，非功德乎？」公又言：「學士代王言功德碑，謂之代王言可乎？且丞相既以城降，則朝宮皆出丞相之門。自古豈有門下人爲主帥誦功德，而爲後人所信者？」問答之次，辭情閒暇，奕輩不能奪；竟脅太學生，托以京城父老意而爲之。公之執義不回者，蓋如此。（〈內翰王公墓表〉）〔註111〕
>
> 五臺轟天驥元吉，爲尚書左右司員外郎。壬辰之冬，車駕東狩，元吉留汴梁。明年正月二十有三日，崔立舉兵反，殺二相省中，元吉

---

〔註110〕見黃鈞、彭丙成、葉幼明、劉上生、饒東原注譯，《新譯古文辭類纂（六）》（臺北：三民書局股份有限公司，2006 年 4 月初版），頁 4369。
〔註111〕見（金）元好問著、狄寶心校注，《元好問文編年校注（中冊）》，頁 742～743。

被兵，創甚。女日夜悲泣謁醫者，療之百方，至刲其股，雜他肉以進，而元吉竟不可救。時京城圍久，食且盡，閭巷間有嫁妻以易一飽者。重以喋血之變，剽奪陵暴，無復人紀。女資孝弟，讀書知義理，思以大義自完，葬其父之明日，乃絕脰而死。（〈聶孝女墓銘〉）
〔註 112〕

〈內翰王公墓表〉是元好問爲王若虛（字從之，西元 1174 年～1243 年）〔註113〕而寫的，當時王若虛爲翰林直學士，面對一群手握大軍、竊取國家權柄而意氣風發的宵小，王若虛在國家崩亂之際，仍不改正氣凜然、悠閒自若的面對；而〈聶孝女墓銘〉是一個孝女聶舜英的故事，她在父親尙書左右司員外郎聶天驥（字元吉，西元？～1233 年）〔註114〕身陷危城時，仍身旁死守不願獨自離去，從她的碑文看見在圍城之際仍不忘爲孝道、爲忠義而死的女孩。〈內翰王公墓表〉是正面描寫王若虛與亂黨周旋，既添將帥崔立的厚顏無恥，卻也更添王若虛一介文士，泰山崩於前而色不改的眞誠風範；〈聶孝女墓銘〉則從圍城時民間宛如煉獄一般，從「閭巷間有嫁妻以易一飽」更襯聶孝女在滿城腥風血雨中極盡孝道於生死之間。原本單線描寫碑誌文體的碑主故事，卻因眞切紀錄碑主身處當下時空環境，存在生動對話、正反對比，更活靈活現勾勒碑主人格特質，且不分男女皆記錄，更該給予創作者元好問在史實紀錄中一個高度的肯定。此外，又如在〈嘉議大夫陝西東路轉運使剛敏王公神道碑銘〉描述陝西東路轉運使，掌管稅賦鼓錢的王擴（字充之，西元 1158 年～1219 年）〔註115〕能平定冤獄，明綱紀正風俗，又直言國家有四病〔註116〕，〈資善大夫吏部尙書張公神道碑銘並引〉敘述吏部尙書張正倫（字公理，西元 1176

〔註112〕見（金）元好問著、狄寶心校注，《元好問文編年校注（上冊）》，頁 302～303。

〔註113〕《金史》記載「王若虛字從之，槀城人也。幼王悟，若凤昔在文字間者。擢承安二年經義進士。」見（元）脫脫等撰、楊家駱主編，《新校本金史並附編七種（3）》卷八十五〈列傳第二十三‧世宗諸子‧完顏璹〉，頁 1902。

〔註114〕《金史》記載「聶天驥字元吉，五臺人。至寧元年進士，調汝陰簿，歷睢州司候、封丘令。興定初，辟爲尙書省令史。」見（元）脫脫等撰、楊家駱主編，《新校本金史並附編七種（4）》卷一百十五〈列傳第五十三‧聶天驥〉，頁 2531。

〔註115〕《金史》記載「王擴字充之，中山永平人。明昌五年進士，調鄧州錄事，潤色律令文字。」見（元）脫脫等撰、楊家駱主編，《新校本金史並附編七種（4）》卷一百四〈列傳第四十二‧王擴〉，頁 2294。

〔註116〕見（金）元好問著、狄寶心校注，《元好問文編年校注（中冊）》，頁 1071～1080。

年～1243年）〔註117〕對於營屯世襲的官兵欺壓百姓，勇於遣吏補還，使軍中無一人敢橫。〔註118〕在以記敘文為主的碑文裡，保存重要事件將信息傳遞給後世子孫，甚至並未誇大，而以場景時空、對話對比更易使人走進碑主所處的時代氛圍。

其二是事理相參，體現人生哲思。元好問在面對撰寫的主角，無一不是真誠對待，也因此往往會因其生平境遇，而有所感悟與體會，相應而出一些哲思與道理，具有闡發性的文字不時穿插於文中，例如從〈內翰馮公神道碑銘〉、〈墳雲墓銘〉、〈盧太醫墓志銘〉三種職業身分的人物，元好問都從他們生平事跡中細細思量：

> 所貴於君子者三：曰氣，曰量，曰品。有所充之謂氣，有所受之謂量。氣與量備，材行不與存焉。本乎材行氣量，而絕出乎材行氣量之上之謂品。品之所在，不風岸而峻，不表襮而著，不名位而重，不耆艾而尊，是故為天地之美器。造物者靳固之，不輕以予人，閱百千萬人之眾，歷數十百年之久，乃一二見之。……元光、正大以來，天下大夫士論公平生者，蓋如此。（〈內翰馮公神道碑銘〉）
> 〔註119〕

> 南陽靈山僧法雲，往在鄉里時，已棄家為佛子。遭歲飢，乃能為父母挽車，就食千里。母亡，廬墓旁三年，號哭無時；父歿亦然。……世之桑門以割愛為本，至視其骨肉如路人：今師孝其親者乃如此！然則學佛者亦何必皆棄父而逃之，然後為出家邪？（〈墳雲墓銘〉）
> 〔註120〕

> 方伎之外，復達治心養性之妙。如云：「人生天地中，一動一息，皆合陰陽自然之數，即非漠然無關涉者。所為善惡，宜有神明照察之。」又曰：「人為陽善，人自報之；人為陰善，鬼神報之。人為陽惡，人

---

〔註117〕〈資善大夫吏部尚書張公神道碑銘並引〉記載「公諱某，字公理。世為蕩陰陽邑里人。……公幼穎悟，六歲知讀書，十二能背誦五經，二十八登，泰和二年詞賦進士第。……癸卯正月十有九日，春秋六十有八，終於所居。」見（金）元好問著、狄寶心校注，《元好問文編年校注（中冊）》，頁 895～905。
〔註118〕見（金）元好問著、狄寶心校注，《元好問文編年校注（中冊）》，頁895～896。
〔註119〕見（金）元好問著、狄寶心校注，《元好問文編年校注（中冊）》，頁 554。
〔註120〕見（金）元好問著、狄寶心校注，《元好問文編年校注（上冊）》，頁 128。

自治之：人爲陰惡，鬼神治之。」又曰：「養氣莫若息心，養身莫若
戒愼。」又曰：「冥心一觀，勝負俱捐。」此雖前賢所已道，至於表
而出之，既以治己，又以及人，非仁者之用心乎？（〈盧太醫墓志銘〉）
〔註121〕

〈內翰馮公神道碑銘〉是爲馮璧馮璧（字叔獻，西元 1162 年～1240 年）〔註
122〕而寫，馮璧在宣宗時任大理丞，不畏強權〔註 123〕，因此元好問才特別在
碑文開頭，先道出君子分三種類型，一是是能充實內涵顯露之氣不凡，一是
能虛懷若谷蘊藏之量廣大，而材質行爲是否超群在這二者還不是重點，第三
種便是材質行爲、顯露之氣、蘊藏之量皆能本於自己品行又超乎常人便是所
謂「品」，達於「品」者不須孤傲而自能高尚、不須自炫而自有名聲、不重名
位而受人景仰、不倚老賣老而受人敬重，元好問在一開頭碑文的議論感悟，
是用埋兵伏將法帶出馮璧在當時被眾人公認的形象。〈墳雲墓銘〉敘述南陽靈
山的墳雲和尚（劉氏，西元 1163 年～1226 年）〔註 124〕，在饑荒時不忘救濟
父母，父母相繼死亡後也守墓三年，因此元好問借事發理，敘述兼議論學佛
者可通融的實際作爲。〈盧太醫墓志銘〉透過太醫院醫師盧昶（字號生卒年皆
不詳）所遺留的著述，認爲醫藥與養生之類的技術書籍，當中的一些句子也
與人生修養心性有關，因此還特別出摘取出來以示後人。由此可知，元好問
敘事並不浮誇、邏輯仍是嚴謹，所有的說理和敘述都直指故事主角，看似渲
染鋪陳實則緊密結合，同樣的方式在〈清涼禪師墓銘〉記載與禪師對話提到
「境熟」，認爲死生之事、環境的逆順進退要如翻手般容易，須從心靜達到對
任何情境能熟練平淡度過〔註 125〕；又〈恆州刺史馬君神道碑〉因碑主馬慶祥

〔註121〕見（金）元好問著、狄寶心校注，《元好問文編年校注（下冊）》，頁 1542。
〔註122〕《金史》記載「馮璧字叔獻，眞定縣人。幼馮悟不凡，弱冠補太學生。」見
　　　　（元）脫脫等撰、楊家駱主編，《新校本金史並附編七種（4）》卷一百一十〈列
　　　　傳第四十八・馮璧〉，頁 2430。
〔註123〕《金史》記載：「宣宗南遷，璧時避兵東方，由單父渡河詣汴梁，時相奏複前
　　　　職。……六月，改大理丞，與臺官行關中，劾奏姦贓之尤者商州防禦使宗室
　　　　重福等十數人，自是權貴側目。」見（元）脫脫等撰、楊家駱主編，《新校本
　　　　金史並附編七種（4）》卷一百一十〈列傳第四十八・馮璧〉，頁 2431～2432。
〔註124〕〈墳雲墓銘〉記載「師臨汾人，姓劉氏。七歲不茹葷，十一出家於洪洞之圓
　　　　明，師僧智眞。……以正大三年冬十二月十五日，壽六十四，示疾而化。」
　　　　見（金）元好問著、狄寶心校注，《元好問文編年校注（上冊）》，頁 129。
〔註125〕見（金）元好問著、狄寶心校注，《元好問文編年校注（上冊）》，頁 101～102。

（字瑞寧，西元 1179～1224 年）〔註126〕在與蒙古軍一戰而死，故元好問在碑文一開頭力陳志士仁人自守於生死之際，意氣激昂或許人人有之，然面對生命猝然一逝的關頭仍靜養剛強、超然不拔始乃君子，之後再紀錄馬慶祥的生平籍貫與故事。〔註127〕因此，元好問在這一類的碑文當中，並非漫無目的的評論或擴充說理，仍是圍繞以碑主故事或特質，而引起撰寫碑文者生命的感觸，並未奪去碑主在整篇文章的重心，更增碑文故事的啟發性。

其三是描寫風土，彰顯地靈人傑。元好問順著時空背景，延伸範疇不僅僅是碑主的事蹟順序，有時往往由所在的地理空間，似乎一塊福地能夠鸞翔鳳集，從〈楊府君墓碑銘並引〉、〈歸德府總管范陽張公先德碑〉便可知道元好問在陳述時的用心：

> 故嘗論：關中風土完厚，習俗不數易，正隆、大定間，去平世為未遠。公生於其間，世族之所遺，風化之所及，重以資稟之美，君子之言，長者之事，宜不學而能之，況志於學如此耶。今煥然學為通儒，有「關中夫子」之目。往在京師時，宰相張信甫、侯莘卿、禮部閑閑公、盧尚書子懋、呂內翰子成、李都運執剛、李右司之純，皆折位行與交。蓋自百餘年來，秦中士大夫有重望者，皆莫能出其右。觀其子可以知其父矣。（〈楊府君墓碑銘並引〉）〔註128〕

> 嘗謂全燕疆界廣闊，風土完厚，自秦滅六國而郡縣之，迄唐中葉，盧龍一軍，雄視趙、魏，鬱為大鎮。以棗栗之利、車騎之盛言之，則為用武之國。以太行、恆山挾右碣石入於海言之，則為天地之藏。海山沉雄，通貫斗極。人稟其氣而生，或客於其鄉，或仕於其國，率多魁偉敦龐宏傑之士。……公策慮慉億，氣節豪宕，其走夏寇、使大梁，特暫有所試，已足以信眉高談，無愧天下，況乎膂力方剛，委任伊始。側聞下車睢陽，首以增築學舍為事。幕府省靜，日得近見文儒，考論今古衣冠之整潔，車騎之閑雅，駸駸乎承平禮法之舊；

---

〔註126〕〈恆州刺史馬君神道碑〉記載「君諱慶祥，字瑞寧，姓馬氏，以小字習里吉斯行。……元光二年秋，……兵人欲降君，擁迫而行，言語相往複，竟不屈而死。得年四十有六，實十一月之二十二日也。」見（金）元好問著、狄寶心校注，《元好問文編年校注（中冊）》，頁 1033。

〔註127〕見（金）元好問著、狄寶心校注，《元好問文編年校注（中冊）》，頁 1033～1034。

〔註128〕見（金）元好問著、狄寶心校注，《元好問文編年校注（上冊）》，頁 374。

他日極其所至，豈特長一道將軍而已邪？故予既論次先德，並以公
出處附之，欲人知張氏所以起其宗者蓋如此。

（〈歸德府總管范陽張公先德碑〉）〔註 129〕

〈楊府君墓碑銘並引〉是為好友楊奐之父楊振（字純夫，西元 1153～1215 年）
〔註 130〕而寫，碑文記載唐代時楊氏祖先被封為酈國，並給陝西奉天之田四百
頃，因此在最後的論贊中提及關中風土民情、世家大族的遺風，楊振、楊奐
父子皆出自此地，且楊奐在朝任職時不少高位重臣願意與後生晚輩結交，便
是這關中人物最具代表性的。〈歸德府總管范陽張公先德碑〉是紀錄河北省張
子良（字漢臣，西元 1194～1271 年）〔註 131〕的功績，便敘述燕地過往歷史，
過往此地有糧食之利與車馬充沛，是作戰用武之處，在此地生長或作客於此
或在此地任職者，幾乎都是高大魁梧、宏大雄偉的人物，所以進一步稱許張
子良滿腹思策、意氣洋溢來到此地經營時，還能注重歷史教育，不能單以將
軍身分來稱許他。元好問透過歷史與地理的結合，也與他「必藉國家教育、
父兄淵源、師友講習」的教化理念相呼應，聚合天地的氣息、結合世家前輩
的風範，因鍾靈毓秀而孕育優秀人才，又如〈東平行臺嚴公祠堂碑銘有序〉
紀錄東平府嚴實（字武叔，西元 1182 年～1240 年）〔註 132〕，固守著山東重
地，過往韓信也因占有山東齊地而助劉邦取得天下，嚴實在金末戰亂之際，
藉由富庶山東之地營救百姓，因此存活者數十萬人，足見地靈人傑之代表。〔註
133〕這類的書寫文字具有歷史時間的流動，搭配真實的地理場域加上人物的紀
實描寫，人事時地的巧妙搭配，在一個具體的時空底下生動傳神的表現人物
風姿。

從《中州集》、《續夷堅志》、亡佚的《金源君臣言行錄》、《南冠錄》、《壬

---

〔註 129〕〈楊府君墓碑銘並引〉記載「公諱振，字純夫，一字德咸，姓楊氏。……以
貞祐三年三月二十五日，春秋六十有三終。」見（金）元好問著、狄寶心校
注，《元好問文編年校注（上冊）》，頁 372～373。

〔註 130〕見（金）元好問著、狄寶心校注，《元好問文編年校注（中冊）》，頁 622～623。

〔註 131〕《元史》記載「張子良字漢臣，涿州范陽人。……中統八年，卒，年七十八。」
見（明）宋濂等撰、楊家駱主編，《新校本元史並附編二種（5）》卷一百五十
二〈列傳第三十九・張子良〉，頁 3597～3598。

〔註 132〕《元史》記載「嚴實字武叔，泰安長清人。……庚子卒，年五十九。」見（明）
宋濂等撰、楊家駱主編，《新校本元史並附編二種（5）》卷一百四十八〈列傳
第三十五・嚴實〉，頁 3505～3507。

〔註 133〕見（金）元好問著、狄寶心校注，《元好問文編年校注（下冊）》，頁 1241。

辰雜編》、《杜詩學》、《東坡詩雅》、《東坡樂府集選》等書的編纂，便已知元好問的存史觀念根深蒂固，延伸至各種文體的保存或評傳；自然對於本屬紀錄敘述的碑志文體，一定能匠心獨具，過往學者僅注意元好問對碑主敘述籍貫世系或生平經歷之外，存在碑誌存史或史贊精神〔註134〕，這是顯而易見的。過往忽略的是元好問碑誌文體仍以碑主為主角，在變革碑銘原有的體制時，一面凸顯碑誌文體的敘事功能，強化敘事人物的風采姿態，一面掌握史實並帶有個性化的書寫方式，顯露撰寫者對人物的透徹了解，並非以歌功頌德或潤筆功利為寫作取向。

　　明代徐師曾在《文體明辨‧碑文》中稱「碑之體主於敘事，其後漸以議論雜之，則非矣。故今取諸大家之文，而以三品列之：其主於敘事者曰正體，主於議論者曰變體，敘事而參之以議論者曰變而不失其正。至於托物寓意之文，則又以別體列焉。」〔註135〕徐師曾的對碑體的正變之說，即敘事或兼議論或寓意，徐師曾是站在碑體仍須以事件故實為主，才認為變體或別體是有欠妥當；然無論碑文之正變，敘事過程仍以碑主故事為主線，敘事過程蘊含的政治道德、價值取向，所有敘述直指碑主人格特質的核心，那麼筆法自由豐富，這正是元好問「過人文字」其中之一的展現。

　　元好問所匠心獨具的便是對碑文主角的細膩觀察與真誠撰寫，「過人文字」在碑誌文體上表現便是直筆史事以明家國大義，事理相參體現人生哲思，描寫風土彰顯地靈人傑，或因碑體之文又要留芳後世，樹立同宗族子孫值得效法的對象，且實屬公然闡發，給予知交後輩或日後考察史實者一個客觀的典範。正如柯慶明在〈「碑」「銘」作為文學類型之美感特質（I）〉一文指出，「碑」「銘」的製作原有符合「文學」本質的屬性，傳人昭德、敘事紀功、序地弘道等等；它的特殊性可從語言傳播的角度來看，不拘於某些特殊的對象，還包括了足供後世觀覽，並預設因碑文感動的期盼。〔註136〕因此，元好問無論是增添史事、抒發議論，將「撰寫者的個性」滲透客觀為碑主「德言容功」的讚嘆，卻也流露出撰寫者視人之深切、抒己悼念之情深。

---

〔註134〕見鍾屏蘭，《元好問及其學術研究》，頁340～364、王永，《金代散文研究》，頁146～161。

〔註135〕見（明）徐師曾，《文體明辨序說》（臺北：長安出版社，1978年12月初版），頁144。

〔註136〕參考柯慶明，〈「碑」「銘」作為文學類型之美感特質（I）〉，《清華中文學報》第9期（2013年），頁47～79。

　　整合此節的論述，蘇軾、元好問皆重視「意」，「有為而作」、「以意為主」皆代表二人在創作技巧上，強調構思得宜、意象經營在心中，內容可為家國社會指陳缺失，也為個人情感真摯抒發，不以追求形式為審美要件，並非詞藻華麗、雕飾表現為優先，當文辭足以表達情意，便不追求形式刻意華美。在創作過程與最終要求時便存有自成一格的態度，蘇軾的「以詩為詞」擴大詞境，到了元好問繼承「詩詞一理」。以史存詩詞、詩詞文體風格互用，正式將詩詞置為同一歷史地位，又碑誌文體存在客觀敘述過世的至親前輩、至交晚輩或方外道士等生平歷程，更能呈現撰寫者對待碑主故事的真誠紀實、深刻傳述，與主觀謀篇布局、用心鋪陳，目的是為時代洪流樹立一個個值得歌頌的對象，也成就元好問別出心裁與高瞻遠矚。

## 第三節　自覺的追尋：從觀照古今到「自成一家」

　　從道德修身「誠」的理念到主觀創作「意」的思緒，元好問與蘇軾存在不少相同點。蘇軾為北宋成就豐碩的文學藝術家，文學批評與各類文體創作相互輝映；元好問身處金末元初，與蘇軾時代相差約百年之間而已，用嚴肅的態度對前輩大家作品皆有反思與實踐。因此，兩人將自身生命意識與獨特人格結合，體現於文學創作，闡發文藝思想，將作品的抒情敘事、創作的理念批判，都是真切重視、深入體驗，不斷的自我反省與提升審美視野與文藝理念。

　　蘇軾、元好問本身閱讀涵養相當深厚，即使一生福禍相依，始終懷抱著述的熱情，並藉此獲得富足的趣味；兩人著作相當豐富、涉獵廣泛，對於詩詞文書畫都有一番見解，兩人卻同樣的「一以貫之」，如蘇軾在〈書鄢陵王主簿所畫折枝二首〉論「詩畫本一律，天工與清新」〔註137〕、〈祭張子野文〉說「微詞婉轉，蓋詩之裔」〔註138〕、〈與蔡景繁書〉提到「頒示新詞，此古人長短句詩也」〔註139〕、而〈鳧繹先生詩集敘〉引蘇洵之言「先生之詩文，皆有為而作，精悍確苦，言必中當世之過」〔註140〕；同樣元好問也有一樣的想法

---

〔註137〕見（宋）蘇軾撰、（清）王文誥輯注、孔凡禮點校，《蘇軾詩集（第五冊）》，頁 1525～1526。
〔註138〕見（宋）蘇軾撰、（明）茅維編、孔凡禮點校，《蘇軾文集（第五冊）》，頁 1943。
〔註139〕見（宋）蘇軾撰、（明）茅維編、孔凡禮點校，《蘇軾文集（第四冊）》，頁 1662。
〔註140〕見（宋）蘇軾撰、（明）茅維編、孔凡禮點校，《蘇軾文集（第二冊）》，頁 313。

在〈許道寧溪古木圖〉說「能知畫與詩同宗，解衣盤礴非眾工。」〔註141〕、〈楊叔能小亨集引〉提到「詩與文，特言語之別稱耳。有所記述之謂文，吟詠情性之謂詩，其為言語則一也。」〔註142〕、〈雙溪集序〉也說「詩與文同源而別派。」〔註143〕由這些文藝觀點，可知兩人對於詩詞文書畫等創作都有雷同或相近看法，再結合兩人「誠」的理念、主觀創作「意」的思緒，便知二人對不同文體都採取不同方式寫作，此乃兩人皆真誠面對自我喜怒哀樂或家國的興衰盛亡，以達到自成一格的境界。

所以蘇軾在〈次韻張安道讀杜詩〉〔註144〕從歷史演進觀點論杜甫詩的地位，在〈書黃子思詩集後〉〔註145〕以書法為喻來評論歷代大家詩歌，又在〈書吳道子畫後〉論及詩文書畫從三代到唐宋以來，各有可推崇的名家典範，但蘇軾認為「知者創物，能者述焉，非一人而成也」學術文化、百工技藝都是經過長期發展才完善的，故「出新意於法度之中，寄妙理於豪放之外」〔註146〕是在讚許吳道子能了解前人各式各樣的技法後，能走出自己的路，又在揮灑自如中存在細膩的韻味。同樣，元好問在〈論詩絕句三十首〉〔註147〕深思從漢魏到唐宋諸家風格，並透過自身審美觀點評判優劣，也在〈閑閑公墓銘〉〔註148〕寫出散文由唐代到金末文壇興衰的觀察心得，並論及振起文風的重要文人。元好問在〈論詩三首〉便把累積學識使視野擴大，從實際創作而知層層深造與創新的步驟，一一點明：

> 坎井鳴蛙自一天，江山放眼更超然。
>
> 情知春草池塘句，不到柴煙糞火邊。
>
> 詩腸搜苦白頭生，故紙塵昏枉乞靈。

---

〔註141〕見（金）元好問著、狄寶心校注，《元好問詩編年校注（第四冊）》，頁1751。
〔註142〕見（金）元好問著、狄寶心校注，《元好問文編年校注（中冊）》，頁1020。
〔註143〕見（金）元好問著、狄寶心校注，《元好問文編年校注（中冊）》，頁815～816。
〔註144〕見（宋）蘇軾撰、（清）王文誥輯注、孔凡禮點校，《蘇軾詩集（第一冊）》，頁265～268。
〔註145〕見（宋）蘇軾撰、（明）茅維編、孔凡禮點校，《蘇軾文集（第五冊）》，頁2124～2125。
〔註146〕見（宋）蘇軾撰、（明）茅維編、孔凡禮點校，《蘇軾文集（第五冊）》，頁2210～2211。
〔註147〕見（金）元好問著、狄寶心校注，《元好問詩編年校注（第一冊）》，頁45～74。
〔註148〕見（金）元好問著、狄寶心校注，《元好問文編年校注（第一冊）》，頁256～257。

> 不信驪珠不難得，試看金翅擘滄溟。
>
> 暈碧裁紅點綴勻，一回拈出一回新。
>
> 鴛鴦繡了從教看，莫把金針度與人。〔註149〕

元好問認為原本如井底之蛙見識淺短的創作者，當開始欣賞萬物與累積見解，便知不同字句語境的真切差異。開始從古人書籍找尋靈感詩材，曾經閱讀過的足跡，能使自己步步深入探尋到稀世珍寶，便能如大鳥揮舞金翅般展現文辭的雄偉氣魄。如此在每一次的精心構思中，也能一次次塗抹色彩堆疊漂亮的辭藻，使作品在一次次的創作中更新穎。

　　由上可知，蘇軾、元好問皆能觀古今源流，並從前輩文士的創作藝術中，以「誠」、「意」表達對自我情感與作品認真對待態度，以求在作品中緊密結合而有「自成一家」的可能。

## 一、二人同論厚積學識並遊刃有餘

　　蘇軾、元好問兩人都深知創作靈感與構思，絕非來自靈光乍現、搜腸枯思，而是先求扎實積累，才有出人意表的可能。所以兩人在諸多文章，不斷警醒或策勵自己或親友、後生晚輩，累積學識的重要，如蘇軾在〈送人序〉、〈李氏山房藏書記〉兩篇道出：

> 士之不能自成，其患在於俗學……。夫學以明禮，文以述志，思以通其學，氣以達其文。古之人道其聰明，廣其聞見，所以學也，正志完氣，所以言也。〔註150〕

> 自孔子聖人，其學必始於觀書。……公擇既已涉其流，探其源，採剝其華實，而咀嚼其膏味，以為己有，發於文詞，見於行事，以聞名於當世矣。而書固自如也，未嘗少損。將以遺來者，供其無窮之求，而各足其才分之所當得。是以不藏於家，而藏於其所故居之僧舍，此仁者之心也。〔註151〕

第一篇蘇軾透過贈人序文，說明現今士人要提高理解與撰寫表達的能力，古

---

〔註149〕見（金）元好問著、狄寶心校注，《元好問詩編年校注（第四冊）》，頁 1868～1869。

〔註150〕見（宋）蘇軾撰、（明）茅維編、孔凡禮點校，《蘇軾文集（第一冊）》，頁 325。

〔註151〕見（宋）蘇軾撰、（明）茅維編、孔凡禮點校，《蘇軾文集（第二冊）》，頁 359～360。

代士人透過閱讀學習來增廣見聞、耳聰目明，因此端正志向、充實涵養才可能言善道。第二篇為好友李公擇的藏書所做，蘇軾認為孔子聖人學習是從閱讀開始，過往好友便是從這些書廣泛涉獵、探其源流，從中咀嚼精華而體現於文章、表現於行事；今天李公擇將書籍並未私藏自家，而是藏在故居僧舍，願意分享給後人無窮無盡的知識泉源。所以從這二則，了解蘇軾對知識積累與傳遞的見解，並且注意學思並重、真知的精神，通過實踐來檢驗或鞏固所學的知識。

　　同樣元好問在兩次為自己所構築的書房，所特地寫的兩篇賦來提醒自己：

> 無祿以為養，無田以為食，無僮僕為之負販，無子弟為之奔走，無好事者為之謀緩急而助薄少。率貲無旬日計，泰然以閉戶讀書為業，不以為失次，而以為當然；不以為怨，不以為憂，而又且以為樂也！然則不謂之無愧其名也而可乎？（〈行齋賦並序〉）〔註152〕

> 予既罷內鄉，出居縣東南白鹿原，結茅菊水之上，聚書而讀之。其久也，優柔厭飫，若有所得，以為平生未嘗學，而學於是乎始。乃名所居為新齋；且為賦以自警。（新齋賦並序）〔註153〕

此二篇寫於元好問三十九、四十歲時，原出任內鄉令後因母喪辭官，藉此勉勵自己雖俸祿俸田可支付生活所需，雖無僮僕弟子來幫忙奔走，再也無熱衷政事的謀士為輕重緩急策畫幫助，仍然可以過著安貧樂道，表達自己一直以閱讀來休養生息，為學時從容探尋、深入體會，便能獲得生活上的樂趣，也成為創作時的體悟領會。

　　由此可知，蘇軾、元好問都著重治學嚴謹，無論是人性道德涵養、文藝創作的思維都要從紮實的知識理解而來。且學習過往優秀的作品，是能逐步培養創作者的書寫能力與鑑賞視界，古人所遺留的豐厚作品就如同一條滔滔不決的大江大海，可供後人隨時汲取成為靈感泉源。所以，蘇軾與元好問對創作日益精進的方式，既非追求艱深雕琢的技巧，更不會空談虛無的境界，兩人給予後世有跡可循的脈絡，創作是根植於豐富的現實生活、觀照古今知識、體悟大千世界，才有能力呈現內在心靈精神，存在更高的藝術享受。

　　詩文創作目的除了為針砭時事、悅人耳目之餘，主要還使創作者心靈達到一種昇華的作用，更甚至有嘆為觀止的藝術呈現。這些都須經過創作者反

---

〔註152〕見（金）元好問著、狄寶心校注，《元好問文編年校注（上冊）》，頁136。
〔註153〕見（金）元好問著、狄寶心校注，《元好問文編年校注（上冊）》，頁170。

覆實踐，才能掌握事物的客觀規律，運用過往所學，使文字能密切結合情意、事理，使內在心靈抒發給讀者感知，更使自己創造的藝術在歷史上有獨特風格。便是蘇軾與元好問兩人一生貫徹始終的創作途徑與最終目的。

故必須了解兩人傳達相似創作的培養方式，與追求的最終目標，還必須特別指出元好問曾發表有關蘇軾作品的一些個人觀點，代表兩人仍有不同之處。

### （一）東坡博觀約取並道技兩進

蘇軾在年輕時寫給同年進士及第的張琥一篇〈稼說〉，文章除了提醒朋友並轉告弟弟外，也同於蘇軾對自我的警醒：

> 曷嘗觀於富人之稼乎？其田美而多，其食足而有餘。其田美而多，則可以更休，而地方得完。……古之人，其才非有以大過今之人也，其平居所以自養而不敢輕用以待其成者，閔閔焉如嬰兒之望長也。弱者養之以至於剛，虛者養之以至於充。……吾今雖欲自以為不足，而眾且妄推之矣。鳴呼！吾子其去此而務學也哉。博觀而約取，厚積而薄發，吾告子止於此矣。子歸過京師而問焉，有曰轍子由者，吾弟也，其亦以是語之。〔註154〕

整篇文章以富人莊稼與窮人莊稼做對比，莊稼富足時自然能輪耕而養活眾人，莊稼貧瘠時自然地力不足而使眾人餓肚子，重點不在於富貴貧賤之別，蘇軾乃是以莊稼比喻為學積累的心田，必須自養而等待成熟，所以說古代的人才智未必大過現今的文士，是他們不輕易顯露鋒芒而踏實累積，如同嬰兒般柔弱的調養至強壯。年輕時的蘇軾認為自己而不足承擔眾人的推舉，才希望自己與弟弟、好友深知處世的道理，必須「博觀而約取，厚積而薄發」，博覽群書而吸取精華，積累深厚而謹慎發揮。這裡的「博觀約取」所代表是倫理道德、人情世故的涵養與理解。

到了晚年在五十六歲時知杭州而被召入京師任翰林學士，與張大亨互有書簡談論文義，蘇軾回顧一生的創作，為自己下了註解也等於呼應〈稼說〉：

> 凡人為文，至老多有所悔。僕嘗悔其少作矣。然著成一家之言，則不容有所悔。當且博觀而約取，如富人之築大第，儲其材用，既足，而後成之，然後為得也。〔註155〕

---

〔註154〕見（宋）蘇軾撰、（明）茅維編、孔凡禮點校，《蘇軾文集（第一冊）》，頁1564。
〔註155〕見（宋）蘇軾撰、（明）茅維編、孔凡禮點校，《蘇軾文集（第四冊）》，頁1564。

蘇軾謙虛含蓄中帶有自詡驕傲，成一家之言自是他一生目標，而這過程中所
體會的，便是「博觀約取」，透過廣泛的閱讀與觀察，累積任何寫作的材料，
才能隨時隨地進行提煉與創作，必須累積到一定程度，方能有所成就，更能
理出屬於自身的獨特性。此時「博觀約取」代表是認眞觀察天地宇宙的物理
與事理、汲取人情世事的典籍與經驗，蘇軾強調文章能夠創新的前提，是創
作者必須親身體驗一切，在觀察認知的過程中有所領悟，以「博觀約取」作
爲創作者的基礎之後，蘇軾在寫作過程更進一步指出，取各家之長、隨物賦
形等實際的方式供後人效法。

　　蘇軾也多有承認從前輩大家汲取經驗，如在〈記潘延之評予書〉、〈跋王
荊公書〉所說：

> 潘延之謂子由曰：「尋常於石刻見子瞻書，今見眞跡，乃知爲顏魯公
> 不二。」嘗評魯公書與杜子美詩相似，一出之後，前人皆廢。若予
> 書者，乃似魯公而不廢前人者也。〔註156〕

> 荊公書得無法之法，然不可學，學之則無法。故僕書盡意作之似蔡
> 君謨，稍得意似楊風子，更放似言法華。〔註157〕

第一則是藉潘興嗣（字延之，生卒年不詳）〔註158〕對弟弟稱讚自己的書法眞
跡如同顏眞卿一般，蘇軾自己大方承認的確是學習仿效顏眞卿，但能在繼承
中創新，且蘇軾對詩詞文書畫的創作要求都是一致，認爲顏眞卿的書法與杜
甫的詩皆是值得取法的名家，也意味著蘇軾的「博觀約取」是指創作者在積
累過程一方面也要能培養慧眼，來識名家風範，透徹了解各家所長以納己用。
所以第二則在與王安石論書法時，也說提筆揮毫得意時，頗像蔡襄而更奔放
如楊凝式、言法華等人，這正是蘇軾能自我審視並坦承自傲，在創作實踐既
是廣泛吸收眾家所長，也能自出機杼。

　　所以博觀約取便是代表對前人典範的瞻仰、著述的品讀，了解前輩名家
的寫作優劣點，能體悟前人未盡之處，而能給予新的創作觀點或技巧，這便
是「自成一家」的其中一個方式。另一個方式便是隨物賦形，既然要能觀察

---

〔註156〕見（宋）蘇軾撰、（明）茅維編、孔凡禮點校，《蘇軾文集（第五冊）》，頁2189。
〔註157〕見（宋）蘇軾撰、（明）茅維編、孔凡禮點校，《蘇軾文集（第五冊）》，頁2179。
〔註158〕《同治新建縣志》卷四十九〈高士〉記載「潘興嗣字延之，慎修之孫。」見
　　　　（清）承霈修、（清）杜友棠、楊兆崧纂，《同治新建縣志（一）》收於中國地
　　　　方志集成《江西府縣志輯》（南京：江蘇古籍出版社1996年5月第1版），頁
　　　　592。

萬物萬事，更要能掌握箇中特色或道理，蘇軾在〈評詩人寫物〉、〈畫水記〉
兩文就有深刻的論述：

> 詩人有寫物之功。「桑之未落，其葉沃若。」他木殆不可以當此。林
> 逋〈梅花〉詩云：「疏影橫斜水清淺，暗香浮動月黃昏。」絕非桃、
> 李詩。皮日休〈白蓮〉詩云：「無情有恨何人見，月曉風清欲墜時。」
> 絕非紅蓮詩。此乃寫物之功，若石曼卿〈紅梅〉詩云：「認桃無綠葉，
> 辨杏有青枝。」此至陋語，蓋村學中體也。〔註159〕

> 古今畫水，多作平遠細皺，其善者不過能爲波頭起伏。使人至以手
> 捫之，謂有窪隆，以爲至妙矣。然其品格，特與印板水紙爭工拙於
> 毫釐間耳。唐廣明中，處逸士孫位始出新意，畫奔湍巨浪，與山石
> 曲折，隨物賦形，盡水之變，號稱神逸。〔註160〕

詩人要具備觀物也能寫物的功力，而且在模擬狀物的過程要眞切把握物體的
特色，所以蘇軾在〈評詩人寫物〉時稱許《詩經》寫桑葉的潤澤，林逋以疏
影、暗香抓住梅花的色香形影，而〈白蓮〉一詩實爲陸龜蒙（字魯望，西元？
～881年）〔註161〕所寫〔註162〕，雖非直接描寫蓮花樣貌，但從高潔的精神與
月曉清風的比擬，將白蓮精神恰如其分地傳達，蘇軾還特別指出這些作品所
描摹的花朵，絕不會與其他花朵混淆難辨，代表創作者無論形似或神似方面
都要掌握精髓；而他所批評的石曼卿便是空談梅花的形體，與杏桃的對比或
綠葉青枝的有無，皆無法傳達梅花的形影神。蘇軾所強調的觀察之外，還要
準確刻劃客觀的事物外形，或是傳達物體特有的精神，花朵是屬於靜態美，
而在動態的美感更需要千姿百態，所以在〈畫水記〉中稱讚唐代畫家孫位，
認爲過往畫家的功力能傳達出水面的波紋起伏，頂多只能與印版水紙上有的
波紋一爭高下而已，但是孫位能畫奔騰湍急的巨浪，隨著山石分佈曲折彎流，
及浸水的姿態變化，才是神奇超凡的表現。蘇軾深諳觀察與創作兩者之間必
然的關係，兩者要能巧妙運用，端賴作者日積月累的精進筆法，閱讀知識、
觀察萬物需要累積，描繪形神兼具或神似形似的作品，更需要時間的淬鍊，

---

〔註159〕見（宋）蘇軾撰、（明）茅維編、孔凡禮點校，《蘇軾文集（第五冊）》，頁2143。
〔註160〕見（宋）蘇軾撰、（明）茅維編、孔凡禮點校，《蘇軾文集（第二冊）》，頁408。
〔註161〕見（宋）宋祁、歐陽脩等撰、楊家駱主編，《新校本新唐書附索引（7）》卷一
百九十六〈列傳第一百二十一·隱逸·陸龜蒙〉，頁5612。
〔註162〕見宋景昌、王立群點校，《甫里先生文集》，頁152。

在〈書黃道輔品茶要錄後〉、〈自評文〉便說到觀察萬物之理與寫作技巧，如何達於至臻的境界：

> 物有畛而理無方，窮天下之辯，不足以盡一物之理。達者寓物以發其辯，則一物之變，可以盡南山之竹。學者觀物之極，而游於物之表，則何求而不得。故輪扁行年七十而老於斲輪，庖丁自技而進乎道，由此其選也。黃君道輔諱儒，建安人。博學能文，淡然精深，有道之士也。作《品茶要錄》十篇，委曲微妙，皆陸鴻漸以來論茶者所未及。〔註163〕

> 吾文如萬斛泉源，不擇地皆可出，在平地滔滔汩汩，雖一日千里無難。及其與山石曲折，隨物賦形，而不可知也。所可知者，常行於所當行，常止於不可不止，如是而已矣。其他雖吾亦不能知也。〔註164〕

第一則是有感黃道輔所寫《品茶要錄》深知茶道，蘇軾認為所有萬物所蘊藏的哲思道理，與其費盡心思窮盡天下辯析知識，還不如自己深刻體會的道理，因為從萬物的外型與本質所能闡發的事理會因人而異，延伸出不同程度面向的觀點。蘇軾並且說明任何學習者專研事物的源頭，都能優游於物體以外的智慧，如輪扁不斷專注於輪子的外形與裝置的鬆緊，庖丁從能見全牛的視野精進到目無全牛的流暢解剖，同樣黃道輔論茶味茶香之微妙，蘇軾把「輪扁、庖丁、黃道輔」這三種人都是專於一事一物，而獲得這些技能，所以創作也是需要身、心、靈三者合一、手腦並用的技能，才能達到造詣高深的地步，不是透過任何書籍知識的閱讀達成，還需要創作者日以繼夜的實踐，與運筆的功力、體物的明察、識事的智慧以及片刻的靈感等等純熟掌握有關。

　　至於〈自評文〉，蘇軾認為文章能精進到隨心所欲，靈感能源源不絕，便是來自於過往實踐的累積，而表情達意的暢所欲言，如同水遇到山石自然曲折流轉而變化多端，暢達時就滔滔不絕，意盡言止時便如水流回歸平緩地面般沉靜。

　　因此由「隨物賦形」如何道伎兩進？試觀蘇軾在〈跋秦少游書〉所言：

---

〔註163〕見（宋）蘇軾撰、（明）茅維編、孔凡禮點校，《蘇軾文集（第五冊）》，頁2067。
〔註164〕見（宋）蘇軾撰、（明）茅維編、孔凡禮點校，《蘇軾文集（第五冊）》，頁2069。

> 少游近日草書，便有東晉風味，作詩增奇麗。乃知此人不可使閑，
>
> 遂兼百技矣。技進而道不進，則不可，少游乃技道兩進也。〔註165〕

此文可結合蘇軾的「誠」與「意」以及〈書黃道輔品茶要錄後〉、〈自評文〉兩文便可知，「技」便是指瀏覽群書吸收的學習、體察萬事萬物的專注眼神、高明的藝術技巧，既蘇軾強調身心安於禮樂而心不亂，創作有爲而作，因此「道」是具有主導的地位，既代表創作者的修養以及體會悟出事物之理。

「道」與「技」需相輔相成的進展，需要時間的培養，而「博觀約取」便是精進過程與方法，從汲取眾家之長、隨物賦形皆爲實踐創新的可能。最後由「道」來統籌「技」的純熟與完善，「技」來呈現「道」的事理與感悟，這便是蘇軾能夠「自成一家」的自我要求。

文藝創作是特殊的精神活動，取決於作者的素養，以及藝術技巧，蘇軾成爲一位經典大家，並非一蹴可幾而有所成就，他留給後世便是吸收知識、刻苦磨練，才有充實的養分予以自身創造的靈感。

## （二）遺山雜見百家而學至無學

元好問本身十分重視厚實學養的工夫，爲自己前後修建的書齋寫了兩篇賦，從他兩書齋「行齋」、「新齋」的命名來看，便期許自己如天行健自強不息，其中〈新齋賦〉一文可知元好問對於品德學識日新又新的期許：

> 我卜我居，於淅之濱。方處陰以休影，思沐德而澡身。蓋嘗論之，
>
> 生而知，困而學，固等級之不躐；憤則啓，悱則發，亦愚智之所均。
>
> 齋戒沐浴，惡人可以祀上帝；潔己以進，童子可以游聖門。顧年歲
>
> 之未暮，豈終老乎凡民？已焉哉！孰糟粕之弗醇？孰土苴之弗眞？
>
> 孰昧爽之弗旦？孰悴槁之弗春？又安知溫故知新與？夫去故之新，
>
> 他日不爲日新、又新、日日新之「新」乎？（〈新齋賦並序〉）〔註166〕

此篇寫於因母喪而辭官守喪，在內鄉選擇居處環境，即使隱居身影而不爲人所知，仍要潔身自好使心境高潔。人在任何處境當中，不管是天生而知、困頓而學、心求通達而得明師開導、口欲暢言而充實文辭，只要願意持之以恆的學習，便能將才智等級拉近距離，因此元好問連用四個例子，酒籽能成爲香醇酒味、卑賤的糟粕是眞實的存在、黎明之後依然有再升起的太陽、大地憔悴枯槁再次逢春也能有生機勃發。這四個例子代表不停累積終究能變成新

---

〔註165〕見（宋）蘇軾撰、（明）茅維編、孔凡禮點校，《蘇軾文集（第五冊）》，頁2194。
〔註166〕見（金）元好問著、狄寶心校注，《元好問文編年校注（上冊）》，頁170。

的涵養與創造力，人們在過往時間新得的體悟，一陣子後便成爲舊的，然而舊有的知識又會隨著日後所學，再次翻爲新養分，元好問認爲這是一個反覆不斷的進程，「新」是一個日夜不斷，不曾停止的終點。

　　元好問藉由書齋時時刻刻督促自己，既然身懷著述存史的使命感，對於學識豐厚與深廣，是一直惦記在心中，贈詩與好友時也都不忘叮囑，在〈寄題沁州韓君錫耕讀軒〉一詩後半部：

　　　　讀書與躬耕，兀兀送殘年。淵明不可作，尚友乃爲賢。

　　　　田家豈不苦，歲功聊可觀。讀書有何味？有味不得言。

　　　　遙知一尊酒，琴在已亡弦。〔註167〕

好友韓君錫的耕讀軒，書齋名恰巧與元好問一生嚮往生活符合，才說孜孜矻矻的讀書與耕種，羨慕陶淵明的生活，可惜無法同一時代，就透過耕讀來與上古賢人交遊，讀書生活的確是頗有樂趣，箇中滋味難以用言語明白，好比活在現世要找到如陶潛般的知己是困難。元好問重視知識內涵的積累功夫，一部分便是對涵養品德、陶冶情性有很大的幫助，另一部分便是對創作功力的精進有所幫助，他在《詩文自警》當中特別摘錄呂本中的話，也代表他奉行的圭臬：

　　　　呂居仁曰：學者須做有用文字，不可盡力於虛言。有用文字，議論
　　　　文字是也。須以董仲舒、劉向爲主，《周禮》及《新序》、《說苑》之
　　　　類，皆當貫穿熟考，則做一日工夫。近世如曾子固諸序，尤須詳味。
　　　　文章之妙，在敘事狀物。《左氏》記列國戰伐次第，敘事之妙也。韓
　　　　退之、柳子厚諸序記，可見狀物之妙。至于《禮記‧曲禮》委曲教
　　　　人，《論語‧鄉黨》記孔子言動，可謂至深厚。學者作文，若不本於
　　　　此，未見其能大過人也。〔註168〕

元好問認同呂本中（字居仁，西元1084年～1145）〔註169〕所謂有用文字，也與他眞誠面對創作與以意爲主的觀念相通，有用文字包括議論文字、敘事狀物、言動深厚，便是包括事、理、情等三方面。因此呂本中特地指出可以參考學習的人物或典籍，當中還必須貫通思考、熟記運用，如《新序》、《說苑》

〔註167〕見（金）元好問著、狄寶心校注，《元好問詩編年校注（第四冊）》，頁1740。
〔註168〕見姚奠中主編、李正民增訂，《元好問全集（增訂本）上》，頁1243。
〔註169〕《宋史》記載「呂本中字居仁，元祐宰相公著之曾孫、好問之子。」見（元）
　　　　脫脫等撰、楊家駱主編，《新校本宋史並附編三種（14）》卷三百七十六〈列
　　　　傳第一百三十五‧呂本中〉，頁11635。

包括史料傳說、議論與解說等等，以故事寓意傳達理念或言簡意賅極富哲理，自然能成為論說文章的材料，而《左傳》善於敘事描述戰爭，韓愈、柳宗元擅長擬物寓言，可以供後人仿效揣摩；至於《禮記·曲禮》、《論語·鄉黨》委婉傳達誠懇對待他人，使人懂得含蓄委婉地顯露真情。這便是博覽群書後，再找出各別文人或各類文體特色，以供自己學習效法。

元好問認為閱讀經典作家的作品對創作深層的幫助，便是培養出自我審視創作文字的能力，在明瞭他人智慧結晶時，省思自己在書寫時是否也能傳達完善與表達到位，元好問在〈張仲傑郎中論文〉便有詳細的自我檢視：

> 文章出苦心，誰以苦心為？正有苦心人，舉世幾人知？
> 工文與工詩，大似國手棋。國手雖漫應，一著存一機。
> 不從著著看，何異管中窺。文須字字作，亦要字字讀。
> 咀嚼有餘味，百過良未足。功夫到方圓，言語通春屬。
> 只許曠與夔，聞弦知雅曲。今人誦文字，十行誇一目。
> 關顫失香臭，瞽視紛紅綠。豪厘不相照，覿面楚與蜀。
> 莫訝荊山前，時聞刖人哭。〔註170〕

元好問認為作詩與作文同樣困難，就如同擁有國家水準的棋手，看似若有似無的隨意下一子，其實早在完善佈局之中，每一子都飽藏機變的路數，如果不從全盤來看，便如同以管窺天一樣。閱讀也是如此、創作也是如此，必須字字細看，反覆咀嚼才知道作者的用心，即便是經過千百次的閱讀功夫，才能了解字裡行間的深微旨意。也因此只有樂師曠與夔，才能憑絃聲聞知典雅之曲，現今的人誇耀一目十行，實則非鑽研精深，如同鼻子堵塞無法嗅出味道、眼睛色盲無法辨別光彩，以為只差細微而已，實則差距如同兩地遙遙相望，也就不用訝異卞和獻玉不被君主明識。這些例子代表身為一個欣賞者必須觀照作品字句當中義理、情感的安排，才有審美視野的產生；如此在未來創作時，才會注意自己作品織羅編排的層層遞進，如同下棋的棋手了解彼此時所下的每一步棋，都具有暗藏先機超越對手，而有自覺的創作者在理解前輩作品時，也能察知自己是否不蹈前人之路而創新。

同樣在二十八歲編錄前人詩詞的評點命之《錦機》，此書亡佚只留存一篇序文〈錦機引〉也可證：

> 文章天下之難事，其法度雜見於百家之書，學者不偏考之，則無以
> 知古人之淵源。予初學屬文，敏之兄爲予言如此。……山谷與黃直
> 方書云：「欲作《楚辭》，須熟讀《楚辭》，觀古人用意曲折處，然後
> 下筆。喻如世之巧女，文繡妙一世，誠欲織錦，必得錦機，乃能成
> 錦。因以「錦機」名之。〔註171〕

元好問將書籍命名爲「錦機」，取自黃庭堅用織布機來比喻作文的方法，世間
的心靈手巧的女子也需要有織布機才能織出源源不絕的布，創作者同樣需要
有完善的寫作機制，這寫作的機制便來自於觀察百家之書而理出心得，所以
元好問在年輕時便不斷依循哥哥的叮嚀，透過蒐羅、考察各種文章，待來日
轉化成屬於自己靈感源頭。因此，元好問積累的功夫，同樣來自於大量廣泛
的閱讀書籍，淺層意義先理出文體特色、各家風采，厚實創作的各種素材與
方法，就深層意義，培養獨具慧眼的審美視野，認知自己與前輩的優缺異同
點，才能下筆有屬於自我的傳神妙處。

　　元好問在稱許別人著作時，也常常提及眞切累積而有的成就，如在〈集
諸家通鑒節要序〉、〈皇極道院銘〉兩序文：

> 弋唐佐學有源委，讀書論文精玩旨意，隨疑訂正，必理順而後已。故
> 其所編次，部居條流，截然不亂。……公既爲成書上之，復自爲《通
> 鑒詳節》傳於世者，獨何歟？其後呂、陳、王、陸諸人，亦皆以公
> 例爲之，豈數公者於編年本末，故使之不相綴屬，開學者涉獵之漸
> 乎？弋唐佐眞積之力久，必能得其微旨，幸爲講明之，以曉我曹之未
> 知者。〔註172〕

> 虛白處士趙君已入全眞道，而能以服膺儒教爲業。發源《語》、《孟》，
> 漸於伊洛之學，方且探三聖書而問津焉。計其眞積之力，雖占候醫
> 卜，精詣絕出，猶爲餘刃耳。〔註173〕

第一篇元好問稱讚弋唐佐效法司馬光《資治通鑑》等書而撰寫《通鑒詳節》，
還影響呂祖謙、王十朋等人節錄史書的體例，而弋唐佐成功原因便在於讀書
論文都能求得精要旨意，有疑慮必考察修正，道理暢通才停止，這便是「眞

---

〔註171〕見（金）元好問著、狄寶心校注，《元好問文編年校注（上冊）》，頁4。
〔註172〕見（金）元好問著、狄寶心校注，《元好問文編年校注（中冊）》，頁 1015～
　　　　1016。
〔註173〕見（金）元好問著、狄寶心校注，《元好問文編年校注（下冊）》，頁 1163～
　　　　1164。

積力久」的功夫所致。第二篇是元好問為虛白處士所入的皇極道院寫的銘文，提到虛白處士能夠兼容並蓄，將儒道兩家的學問融合，從論孟儒家之學，漸漸了解程頤程顥的理學，並願意尋找堯舜時期的典籍，尋求儒家入門之道，開始根據天象變化預測自然界的災異或人事遷移轉變、也能精通醫療和卜筮為人治病問事。這便是元好問所認為「真積之力」的工夫，在一個領域能經年累月的勤勉努力，才能長遠精進。

而元好問「真積之力」所要達到的最終境界，在三十六歲閒居嵩山完成的《杜詩學》便在引文中以杜甫作為一個典範：

> 竊嘗謂子美之妙，釋氏所謂學至於無學者耳。今觀其詩如元氣淋漓，隨物賦形；如三江五湖，合而為海，浩浩瀚瀚，無有涯涘；如祥光慶雲，千變萬化，不可名狀。固學者之所以動心而駭目。及讀之熟、求之深、含咀之久，則九經、百氏，古人之精華，所以膏潤其筆端者，猶可仿佛其餘韻也。〔註174〕

元好問以佛家語來理解杜甫詩歌所達到的境界「學至於無學」，觀察杜甫詩精神是令人酣暢痛快。元好問讚許杜甫能對生動描寫客觀事物的型態，就好比大海一般容納流過各湖泊的各條江水，沒有邊際；也好比五色祥雲一般千變萬化不可名狀。後輩看見杜甫作品自然震撼極大，然而杜甫可在作品中不著前人痕跡而自有美感，最主要的前提還是「學」字，伴隨學識修養的不斷增加，求取精深、咀嚼越久，前人經典皆會成為創作者筆中的氣韻。這便是元好問所追尋的境界，「真積之力」的「錦機」來自於「學」，昇華提煉為創作者的字字句句，要讓人感受到通達無礙、自然寫意，便是「無學」的境界。

從蘇軾的「博觀約取」與元好問的「真積之力」，誠見兩人都曠日費時、焚膏繼晷從最基本的知識累積來豐厚本身的學養；至於「隨物賦形」、「自得錦機」則是兩人實際創作，了解觀察萬物、理解前人智慧，能優游於自己文章的呈現，故最後達到「道伎兩進」、「學至無學」的境界，是圓融汲取前輩學者眾家文體的智慧，無形的貫徹到自己文筆，而經營出屬於自己的風格。

## 二、元好問自覺有常有變而意外得新

元好問與前輩大文學蘇軾對創作的歷程與追尋的境界多有相似，皆能博學而篤志，切問而近思，對古往今來文化的積澱有著深層的自我省思。

---

〔註174〕見（金）元好問著、狄寶心校注，《元好問文編年校注（上冊）》，頁91。

蘇軾在散文、詩詞等各方面，繼唐代李白、韓愈、杜甫，宋代歐陽脩、柳永之後推展到另一個境界，因「有為而作」〔註 175〕、「文理自然，姿態橫生」〔註 176〕，蘇軾詩文皆能對事物有深刻的體認，充分發揮心中感悟，無論在政論性、歷史性散文、亭臺樓閣的文賦，抑或社會寫實、生活理趣詩、狀物寫景詩，都有其內在精神與思想感情的真切傳達。而對詞作的實踐上，相較柳永雖然擴大詞的內容，然而在題材與風格的擴展還是蘇軾另闢新天地，所以「雖無柳七郎風味，亦自是一家」〔註 177〕，代表他將原寫柔媚相思離別的詞，用以表達懷古、感傷、悼亡、記遊等主題。正如《宋元文學史稿》指出：

> 蘇軾的散文善於吸取前代散文的種種優點與長處……他的詩在意境、內容上，都有極其廣闊的現實生活體驗作基礎，且具有前代各家大詩人之所長……在詞的創作上更是開闢詞的新天地作出創造性貢獻的大家。〔註 178〕

蘇軾在各種文類既有傳統的繼承，也能獨樹一格，在文藝思想上是從生活各層面體悟精深新穎的情感事理，並融會貫通前代大家創作文采與藝術風格，成就了蘇軾在文學史上的千古地位。

而前人的智慧結晶一直是元好問踏穩步伐，追尋藝術奧妙的根基，在《詩文字警》當中元好問特別紀錄黃庭堅、歐陽脩說過的話語來鼓舞自己：

> 魯直曰：文章大忌隨人後。又曰：自成一家乃逼真。孫元忠樸學士嘗問歐陽公為文之法，公云：于吾儕豈有惜，只是要熟耳。變化姿態，皆從熟處生也。〔註 179〕

元好問認同黃庭堅與歐陽脩的看法，認為文章各有姿態橫生，在熟知前人作品之後，必須不隨人後而自成一家，可以自己體會有常有變的定理。他在〈病中感寓贈徐威卿兼簡曹益甫高聖舉〉說「讀書略破五千卷，下筆須論二百年」

---

〔註 175〕語出〈題柳子厚詩二首〉其二。見（宋）蘇軾撰、（明）茅維編、孔凡禮點校，《蘇軾文集（第五冊）》，頁 2109。

〔註 176〕語出〈與謝民師推官書〉。見（宋）蘇軾撰、（明）茅維編、孔凡禮點校，《蘇軾文集（第四冊）》，頁 1418。

〔註 177〕語出〈與鮮於子駿三首〉之二。見（宋）蘇軾撰、（明）茅維編、孔凡禮點校，《蘇軾文集（第四冊）》，頁 1560。

〔註 178〕見吳組緗、沈天佑著，《宋元文學史稿》（北京：北京大學出版社，1989 年 5 月第一版），頁 54～71。

〔註 179〕見姚奠中主編、李正民增訂，《元好問全集（增訂本）下》，頁 1241。

〔註180〕，期許自己不僅僅是讀萬遍書之外，還有能在下筆振書之時，能與前輩甚至是後生晚輩有一較高下的豐碩成果。

元好問在追尋自我、超越前人的途徑上，即使存有諸多與蘇軾相似之處，但仍存在反省，主要是針對蘇軾唱和詩與追求奇趣。在元好問自許有常有變的態度下，以創作者的「誠」、「意」為要求，而對後世學習蘇軾卻刻意追求某些形式表現，他所流露的不同意見，底下便主要從這兩部分來論述他的見解。

## （一）縱橫見高情，一語亦天然

元好問強調作者以自我情感真誠坦率傳達，認為創作便是一種將無窮的情思、萬種的思緒，透過文字給予極大的感染力。再者，元好問又身處北方金元剛健民風的特質，在作品中不掩追求震撼力量的感受，因此論詩或創作時喜愛用「縱橫」來表達對雄渾豪邁美感追求，例如底下三篇作品中的字句：

> 縱橫詩筆見高情，何物能澆塊磊平。老阮不狂誰會得，出門一笑大江橫。萬古文章有坦途，縱橫誰似玉川盧？真書不入今人眼，兒輩從教鬼畫符。（〈論詩絕句三十首〉其五、十三）〔註181〕

> 煙梢露葉捲秋山，揮灑縱橫意自閑。莫問筆頭龍未化，看看霖雨滿人間。（〈龍門公墨竹風煙夕翠二首〉其二）〔註182〕

> 想醃酒臨江，賦詩鞍馬，詞氣縱橫。《〈木蘭花慢·渺漳流東下〉》
> 〔註183〕

元好問〈論詩絕句三十首〉其五是稱讚阮籍（字嗣宗，西元 210 年～263 年）〔註184〕作詩思路闊達，馳騁表達高雅情懷。而〈論詩絕句三十首〉第十三首是稱讚盧仝（自號玉川子，西元 795 年～835 年）〔註185〕的詩，在唐詩盛行

〔註180〕見（金）元好問著、狄寶心校注，《元好問詩編年校注（第三冊）》，頁 1477。

〔註181〕見（金）元好問著、狄寶心校注，《元好問詩編年校注（第一冊）》，頁 50、57。

〔註182〕見（金）元好問著、狄寶心校注，《元好問詩編年校注（第四冊）》，頁 1591。

〔註183〕見（金）元好問撰、趙永源校註，《遺山樂府校註》，頁 84。

〔註184〕《晉書》記載「阮籍字嗣宗，陳留尉氏人也。」見（唐）房玄齡等撰、楊家駱主編，《新校本晉書並附編六種（2）》卷九十四〈列傳第十九·阮籍〉，頁 1359。

〔註185〕《唐書》記載「盧仝居東都，愈為河南令，愛其詩，厚禮之。仝自號玉川子，嘗為月蝕詩以譏切元和逆黨，愈稱其工。」見（宋）宋祁、歐陽脩等撰、楊家駱主編，《新校本新唐書附索引（7）》卷一百七十六〈列傳第一百一·盧仝〉，頁 5268。

時代走出一條自己的道路，有誰能像他藉飲茶來表達酣暢淋漓的情感。〔註186〕
阮籍、盧仝的作品給予元好問強烈的渲染力，來自文字敘述能有大開大闔的
力度引發讀者無限的想像。

　　而元好問〈龍門公墨竹風煙夕翠二首〉稱讚劉敏畫墨竹的氣度，認為他
揮灑自如描摹煙雨迷濛夕陽西下的一片竹林，還不需要問劉敏畫筆是否已為
竹林潤色完畢，就早已讓人覺得整幅畫竹林朦朧欲滴，早已鮮活飽滿。元好
問則在〈木蘭花慢‧渺漳流東下〉想學古人臨江祭酒於河水中，豪情萬丈的
騎馬賦詩，「縱橫」二字代表歌詞有奔放灑脫的美感。

　　從對阮籍、盧仝的稱讚，可看出那是屬於個人情性與姿態的展現，並非
人人能夠複製或學習。作品中有生命活力的氣息，還是得仰賴作者原有內心
的修養特質而展現的，詩筆能在縱橫中見高情，是因內心有著飽滿不吐不快
之氣，振筆疾書而慷慨高歌，又不得不溢於言詞之外。這作品之氣與作家之
力是搭配的自然得宜，並非刻意為之，所以元好問在強調「縱橫」二字之餘，
在〈論詩三十首〉及〈繼愚軒和黨承旨雪詩四首〉中更特別拈出「天然」一
詞：

> 一語天然萬古新，豪華落盡見真淳。南窗白日羲皇上，未害淵明是
> 晉人。慷慨歌謠絕不傳，穹盧一曲本天然。中州萬古英雄氣，也到
> 陰山敕勒川。〔註187〕（〈論詩絕句三十首〉其四、其七）

> 愚軒具詩眼，論文貴天然。頗怪今時人，雕鐫窮歲年。君看陶集中，
> 飲酒與歸田。此翁豈作詩，真寫胸中天。
>
> （〈繼愚軒和黨承旨雪詩四首〉其四）〔註188〕

〈論詩絕句三十首〉其四是元好問稱許陶淵明（字元亮，西元365年～427年）
〔註189〕，能夠語言自然坦率不加雕飾，平淡悠遠中見到創作者的真實醇厚，
便如遠古時候的人物純真閑雅；而〈論詩絕句三十首〉其七是元好問訴說漢

---

〔註186〕在〈新軒樂府引〉中元好問曾引用盧仝〈孟諫議貢餘新茶〉盛讚以品茗過程
　　　　抒發人生感嘆有如醍醐灌頂般的酣暢淋漓。見（金）元好問著、狄寶心校注，
　　　　《元好問文編年校注（下冊）》，頁1384。
〔註187〕見（金）元好問著、狄寶心校注，《元好問詩編年校注（第一冊）》，頁 48、
　　　　52。
〔註188〕見（金）元好問著、狄寶心校注，《元好問詩編年校注（第一冊）》，頁189。
〔註189〕《晉書》記載「陶潛字元亮，大司馬侃之曾孫也。」見（唐）房玄齡等撰、
　　　　楊家駱主編，《新校本晉書並附編六種（3）》卷九十四〈列傳第六十四‧隱逸‧
　　　　陶潛〉（臺北：鼎文書局，1987年1月5版），頁2460。

魏時期樂府的慷慨激昂，〈敕勒歌〉吟誦北方草地天地開闊的風光，給人極目遙望四方壯麗之感，這都是縱橫詩筆後，因感情真摯熱切激盪而出撼動人心的場面。

元好問在〈繼愚軒和黨承旨雪詩四首〉其四則特別感嘆金元時期多愛追求技巧的雕琢，卻都忘了陶淵明這種直寫胸懷的灑脫。而元好問對天然詩風的追求，實可從兩方面來了解。

### 1. 對次韻唱和詩有微詞

以「縱橫高情」、「真淳天然」爲藝術審美觀點爲前提，元好問便對次韻唱和詩的風氣頗有微詞，在〈論詩絕句三十首〉提到：

> 窘步相仍死不前，唱酬無復見前賢。
>
> 縱橫正有凌雲筆，俯仰隨人亦可憐。〔註190〕

元好問對於次韻唱和詩的態度，認爲是以技巧優先蓋過情感表露的考量；強調應該是要自己能有呼風喚雨的剛健之筆，怎麼可以隨人步調前進。唱和詩自東晉以來，在南北朝就已繁榮鼎盛，到了唐代用於宮廷應制、餽贈祝賀、感傷抒懷等等，內容已然更加擴大，在形式上除了文人或集團的唱和之外，更有「自和」、「追和」等創新〔註191〕；到了宋代蘇軾，一生作唱和詩相當多，他不但和韻又重和、自和、追和古人，在兩千多首詩歌中次韻詩就佔了33％，一系列的「和陶詩」拓展唱和的新層次。〔註192〕唱和詩是以原詩爲寫作對象，大致有三類，一爲就詩的旨意回答，二是就原詩的韻腳來和韻，三爲既是和意也和韻〔註193〕，和韻方式又分依韻、次韻、用韻等。〔註194〕唱和詩可能在同一時空下完成，也可能在交往過程中以一般書信盡通情意，甚至也有不同一時空的對象作爲追和。

---

〔註190〕見（金）元好問著、狄寶心校注，《元好問詩編年校注（第一冊）》，頁64。

〔註191〕見陳鍾琇，《唐代和詩研究》（臺北：秀威資訊科技股份有限公司，2008年4月），頁10～12。

〔註192〕見徐宇春，《蘇軾唱和詩》，頁11。

〔註193〕褚斌杰將唱和詩分爲兩類，一是和意，一爲和韻，而陳鍾琇進一步指出除了和原詩意外，在形式上也可能和韻。見褚斌杰，《中國古代文體概論》，（北京：北京大學出版社，1992年8月出版），頁260、陳鍾琇，〈唐代和詩研究〉，頁15。

〔註194〕徐師曾《詩體明辯》卷十四〈和韻詩〉：「按和韻詩有三體：一曰依韻，謂同在一韻中而不去用其字也；二曰次韻，謂和其原韻而先後次第皆因之也；三曰用韻，謂有其韻而先後不必次也。」見（明）徐師曾纂、（明）沈芬、沈騏箋，《詩體明辯（下）》（臺北：廣文書局有限公司，1972年4月初版），頁1039。

　　然而元好問想遏止自宋代以來將詩歌作爲一種應酬服務的風氣，從劉祁《歸潛志》收錄一段元好問與好友在論詩過程，便展露這樣的看法：

　　　　凡作詩，和韻爲難。古人贈答皆以不拘韻字。迨宋蘇、黃，凡唱和，
　　　　須用元韻，往返數迴以出奇。余先子頗留意。故每與人唱和，韻益
　　　　狹，語益工，人多稱之。嘗與雷希顏、元裕之論詩，元云：「和韻非
　　　　古，要爲勉強。」先子云：「如能以彼韻就我意何如？亦一奇也。」
〔註195〕

劉祁所記載這段文字，必須注意的前提是「宋蘇、黃，凡唱和須用原韻」，所抨擊的是按原詩韻腳所作的和詩，因爲在「韻益狹，語益工」限制條件下完成作品，在當時已成爲文人之間逞才炫辭的形式，形成一股爭相稱讚仿效的應酬風氣。劉潛的「古人贈答，皆以不拘韻字」和元好問提到「和韻非古，要爲勉強」都是反對依韻、次韻或用韻來作的唱和，此方式就如同步履艱難的沿襲古人韻部而無法前進一般，如此足以愧對詩家前輩。

　　〈論詩絕句三十首・窘步相仍死不前〉是否全然否定蘇軾的唱和詩，明代都穆（字玄敬，西元 1459 年～1525 年）〔註196〕所著的《南濠詩話》則提供另一思索的方向，這當中一段文字是如此記載，

　　　　東坡云：「詩須有爲而作。」山谷云：「詩文惟不造空強作，待境而
　　　　生，便自工耳。」予謂今人之詩，惟務應酬，眞無爲而強作者，無
　　　　怪其語之不工。元遺山詩云：「從橫正有凌雲筆，俯仰隨人亦可憐。」
　　　　知此病者也。〔註197〕

《南濠詩話》多記載古今詩人遺作軼事，雖有疏陋之處，仍具一定史料價值。都穆這番話是在評判明代詩歌多爲應酬之作，特地擷取蘇軾、黃庭堅、元好問等句字來警醒避免如此弊病。從都穆角度來看，這三人觀點不謀而合。引文中蘇軾這段的原文出自〈題柳子厚詩二首〉之一：「詩須要有爲而作，用事當以俗爲雅。好新務奇，乃詩之病。柳子厚晚年詩，極似陶淵明，知詩病者也」〔註198〕，蘇軾認爲柳宗元晚年創作偏向陶淵明的恬淡自然，是了解詩歌

---

〔註195〕見（金）劉祁撰、崔文印點校，《歸潛志》（北京：中華書局，1983 年 6 月第
　　　　1 版），頁 90。
〔註196〕見王珍珠的《都穆考論》，蘇州大學碩士學位論文（2009），頁 1。
〔註197〕見（明）都穆著，《南濠詩話》，收於（清）鮑廷博輯，《知不足齋叢書（二）》
　　　　（臺北：興中書局，1964 年 12 月出版），頁 777。
〔註198〕見（宋）蘇軾撰、（明）茅維編、孔凡禮點校，《蘇軾文集（第五冊）》，頁 2109。

非一味追求形式，須有主要的意念、明確的目的性，再化用俗事典故使詩歌情感凝煉、含蓄深刻，所以追求新奇的字句或形式無法傳達眞切情感，那就是詩歌的弊病。

都穆將蘇軾、黃庭堅與元好問的說法並列，是認爲元好問的「從橫正有凌雲筆，俯仰隨人亦可憐」實與蘇軾的觀點不謀而合，元好問能眞切理解蘇軾創作中心，該注重的是蘇軾次韻唱和詩多半表達對弟弟蘇轍或至交好友的眞情，或抒寫懷抱、傳達思想，甚至切磋詩藝、互通觀點，那才是次韻唱和詩所具有的意義，然而後人卻將焦點放在形式上的精深而不具有生命力。

所以元好問所批評的對象，是金代文士特別用功鑽研於次韻倡和的形式，如金代王寂〈高武略復和尖字韻見贈走筆奉酬〉、〈兒子以詩酒送文伯起既而複繼三詩予喜其用韻頗工爲和〉五首、〈伯起善用強韻往複愈工再和〉五首〔註199〕，善於用尖險韻來酬唱，甚至讚許兒子與文伯起互贈酬唱又另作十首和詩。

從〈論詩絕句三十首・窘步相仍死不前〉到劉祁《歸潛志》的「和韻非古，要爲勉強」、明代都穆《南濠詩話》「惟務應酬，眞無爲而強作者，無怪其語之不工」，這一脈絡可知元好問主張從熟處變化卻又不蹈前人步伐，要縱橫高筆而傳達眞情，定然避免刻意被動式創作的唱和詩，元好問在一生所作的唱和詩數量相當少的。但值得一提的是，元好問面對東坡作品也有一些經典尊崇下的追和、模擬，如〈定風波・離合悲歡酒一壺〉自註「永寧范使君園亭，會汝南周國器、汾陽任亨甫、北燕吳子英、趙郡蘇君顯、淄川李德之，用東坡體。擬〈六客詞〉」〔註200〕是效法蘇軾思念過去與張先等人會於吳興，而感人事已非所作的〈定風波・月滿苕溪照夜堂〉〔註201〕；更甚至重組陶淵明詩歌而作集句詩〈雜著〉五首，〔註202〕這五首古體詩句句都擷取陶淵明不同作品中的詩句，重新排列組合，以澆自己胸中塊壘。

從上述可知元好問面對和韻、擬體詩詞存在不同態度，並非反覆不定而無主見，從他「誠」、「意」的審美命題來看，多次強調「常山周得卿言：……

---

〔註199〕詩見《拙軒集》卷三。見（金）王寂撰，《拙軒集・附詞》，收於《叢書集成初編》，頁44。

〔註200〕見（金）元好問撰、趙永源校註，《遺山樂府校註》，頁609～611。

〔註201〕見鄒同慶、王宗堂著，《蘇軾詞編年校註（中冊）》，頁678。

〔註202〕見（金）元好問著、狄寶心校注，《元好問詩編年校注（第一冊）》，頁312～320。

文章以意爲主，以字語爲役。主強而役弱，則無令不從」、「文字千變萬化，須要主意在」〔註203〕，元好問認爲創作是以作者的意念先行，而和韻詩最大特點在於被動的唱和，如此在元好問的文藝思維裡，和韻詩是「以字語爲主，以意爲役」明顯違背他的創作理念。

元好問所說「和韻非古，要爲勉強」是特別針對沒有才氣駕馭文體的創作者來論述，金元以來文人是無法如蘇軾有如此天賦，很難再從舊有格局中開創。

### 2. 仍注重詩意的經營

元好問以縱橫之筆表達符合創作者情感胸懷，在情感內容認爲能夠密切結合情況下，才屬於天然的作品，還特地從態度、字句、風格等層面提出正反對舉的觀點，透過《詩文自警》中一組詳細論述的方式來告知：

> 文須字字作，亦要字字讀。
> 要破的，不要粘皮骨。要放下，不要費抄數。要工夫，不要露椎鑿。
> 要原委，不要着科臼。要法度，不要窘邊幅。要波瀾，不要無畔岸。
> 要明白，不要涉膚淺。要簡重，不要露鈍滯。要委曲，不要強牽輓。
> 要變轉，不要生節目。要齊整，不要見間架。要圓熟，不要拾塵爛。
> 要枯淡，不要沒咀嚼。要感諷，不要出怨懟。要張大，不要似叫號。
> 要敘事，不要似甲乙帳。要析理，不要似押韻文。
> 要奇古，不要似鬼畫符。要驚絕，不要似敕壇咒。
> 要情實，不要似兒女相怨思。要造微，不要鬼窟中覓活計。〔註204〕

從這一大段話了解元好問對寫作技巧的縝密要求，「要破的」、「要放下」、「要工夫」、「要原委」、「要法度」這五個便是創作一開始的態度。「破的」傳達寫作要切中目標，不要執著於粗淺表面的字句；「放下」是指要對所學所執先暫時拋開，不要想襲取各派表現方式；「工夫」當然是鍛字練意，不能過分有痕跡阻礙情感傳達；「原委」是指想傳達事情始末絕對是因人而異，自然不要陷入古人單一的敘述模式；「法度」在一切技巧都講究完善時，千萬不能使詩文內容反映內在情感或社會生活的廣度有所狹隘。

中間的十項「要波瀾」、「要明白」、「要簡重」、「要委曲」、「要變轉」、「要齊整」、「要圓熟」、「要枯淡」、「要感諷」、「要張大」便是創作技巧所該注意

---

〔註203〕見姚奠中主編、李正民增訂，《元好問全集（增訂本）下》，頁1242。
〔註204〕見姚奠中主編、李正民增訂，《元好問全集（增訂本）下》，頁1242。

的要點,「要波瀾不要無畔岸」即便是情感萬丈起伏、波濤洶湧也都不該無所節制放縱任性;「要明白不要涉膚淺」要使讀者易懂易感悟,但不能傳達淺顯的知識感受;「要簡重不要露鈍滯」語言需要言簡意賅、端莊持重時不能令人感覺厚重沉悶;「要委曲不要強牽輓」想要婉轉含蓄的表達情感,可是切忌勉強拉扯不適當的事物來寄寓比喻;「要變轉不要生節目」要懂得變化轉折並非橫生枝節,失去情感或事理的原有中心;「要齊整不要見間架」使文章的陳述井然有理,但不能刻意彰顯佈局;「要圓熟不要拾塵爛」必須圓滿成熟表達情感,不易使人誤會而猜疑;「要枯淡不要沒咀嚼」質樸平淡的語言,不代表是不經過頭腦深思熟慮寫下;「要感諷不要出怨懟」追求感動世人、嘲諷時事,並非一味自身憎恨怨憤的宣洩;同樣「要張大不要似叫號」傳達猛烈的情緒也不是大聲哭嚎而不知收束。

最後六個是說在各種文體或風格的完成時,所該注意的缺失,「要敘事,不要似甲乙帳」要能夠陳述故事,需有情節的鋪陳安排,而不是如商人一樣計流水帳;「要析理,不要似押韻文」要明辯事理、分析論述而不能越來越緊湊急促;「要奇古,不要似鬼畫符」追求奇特高古,不能是哄騙人的技法;「要驚絕,不要似救壇咒」追求驚世駭俗的作品,並不能如道壇咒文般使人難懂;「要情實,不要似兒女相怨思」傳達感情是要真切,並不是小兒小女的思人情怨;「要造微,不要鬼窟中覓活計」想到精妙的程度,不能失去真實而追逐妄言。從這一組「文須字字作,亦要字字讀」的要求,一系列從正面陳述又不忘從反面要求,證明元好問在強調「主題」為主導地位時,仍注重「形式」的附屬地位,如此的正反相合也呼應元好問以「誠」為創作態度。因此創作者縱橫執筆,無論是感諷、怨懟、敘事、說理,或情感波瀾、坦白直率時,都不失鋪陳安排的用心經營,所謂的「天然」是情感與形式中和的美感。

元好問認為注重情感的抒發,要精煉字句又不使情意破碎晦澀;當執著經營詩意,又要有超越前人的態度。倘若掌握得宜才有成熟圓滿的表達,如何使情感表達與文字精煉達於一種平衡呢?從〈新軒樂府引〉、〈木庵詩集序〉所提到兩段對蘇軾的反思,元好問用一組對照指出一個重要境界,首先先看〈新軒樂府引〉的一段引文:

> 唐歌詞多宮體,又皆極力為之。自東坡一出,情性之外不知有文字,真有「一洗萬古凡馬空」氣象。雖時作宮體,亦豈可以宮體概之?人有言:「樂府本不難作,從東坡放筆後便難作。」此殆以工拙論,

非知坡者。所以然者,《詩》三百所載小夫賤婦幽憂無聊賴之語,特
猝為外物感觸,滿心而發,肆口而成者爾。其初果欲被管弦、諧金
石,經聖人手,以與六經並傳乎?小夫賤婦且然,而謂東坡翰墨游
戲,乃求與前人角勝負,誤矣!自今觀之,東坡聖處,非有意於文
字之為工,不得不然之為工也。〔註205〕

〈新軒樂府引〉這段文字,讚美蘇軾的詞一出,一掃晚唐五代綺麗的詞風,而
有雄渾不凡的氣象,因此使後代要填詞的作者,難以從蘇軾作品中另尋新路。
元好問認為這便是一種庸人自擾、自尋困境的想法,舉了《詩經》三百裡面的
民間歌謠,多半都是一般百姓因對外在境遇的感觸,是因為滿懷情感而抒發,
從口中自然歌唱,難道是因為經過孔子等整理過後,才與五經並傳歌頌嗎?當
然不是,而是《詩經》本身詩歌有感動人心的力量。所以元好問認為,蘇軾因
為心中不存有刻意爭勝取巧的心,才能不受拘限的盡情創作,也是在透徹了解
各詞體的特色,適當抒發情意,便使後世讀者以為是在完美的形式下表達。「情
性之外不知有文字」所代表,詩人的了悟仍需靠語言文字來做表達,只是呈現
在作品中能灑脫擺落形式的束縛而呈現真摯情感的高妙境界。

所以元好問在〈木庵詩集序〉中也曾據此反駁蘇軾的觀點:

東坡讀參寥子詩,愛其無蔬筍氣,參寥用是得名。宣、政以來無復
異議。予獨謂此特坡一時語,非定論也。詩僧之詩所以自別於詩人
者,正以蔬筍氣在耳。假使參寥子能作柳州〈超師院晨起讀禪經〉
五言,深入理窟,高出言外,坡又當以蔬筍氣少之邪?木庵英上人
弱冠作舉子,從外家遼東,與高博州仲常游,得其議論為多,且因
仲常得僧服。……近年〈七夕感興〉有「輕河如練月如舟,花滿人
間乞巧樓。野老家風依舊拙,蒲團又度一年秋」之句,予為之擊節
稱嘆,恨楊、趙諸公不及見之。己酉冬十月,將歸太原,侍者出《木
庵集》,求予為序引。試為商略之:上人才品高,真積力久,住龍門、
嵩少二十年,仰山又五六年。境用人勝,思與神遇,故能游戲翰墨
道場而透脫叢林窠臼,於蔬筍中別為無味之味。皎然所謂「情性之
外不知有文字」者,蓋有望焉。〔註206〕

---

〔註205〕見（金）元好問著、狄寶心校注,《元好問文編年校注（下冊）》,頁 1383～
　　　　1384。
〔註206〕見（金）元好問著、狄寶心校注,《元好問文編年校注（中冊）》,頁 1086～
　　　　1087。

元好問認為各種身分的人，因不同生活情境，自然產生不同本質氣息。而蘇軾喜愛參寥師的作品中沒有清苦、清寒、清愁等佛家苦修的酸餡氣，可是元好問認為這也只是東坡因一人一時一地的觀點，並非放諸四海皆準，他認為詩僧之所以特別，便是在意境清寒，所以他舉了〈七夕感興〉為例，也許生活範圍不出蒲團，然木庵師仍注意到時節的變化，銀河如同一匹白練，而弦月如同一艘小船輕輕滑過，人間佈滿求得心靈手巧或男女相守姻緣的祈福花飾；因此對比在蒲團上又要度過一年秋天，僧院依舊樸實度過這充滿喜氣的節日。如此不受生活空間的想像與環境心境巧妙對比，元好問才稱讚木庵師「境用人勝，思與神遇」，他能用心體會世間生活與寺院苦修，在文字中跳脫原有的表現模式，木庵師的蔬筍氣中別有一番滋味。

「情性之外，不知有文字」是說在揮灑自如的文筆書寫中，能擺落文字的束縛，使人感受到渾然天成的境界，《詩經》三百的小夫賤婦、東坡詞甚至生活僧院的師僧，都是各自從真實生活體會而出，能不受格式的侷限，能從「文須字字作，亦要字字讀」要求中解脫，還是來自於元好問一貫由「誠」的涵養到「意」的思緒，這一脈絡注重創作者的真誠感受於胸懷之中，溢於言表才能自有風味。

### （二）慘澹入經營，灑落出鋒穎

元好問認為創作者要能詩筆縱橫有開闊的格局，須注意「文須字字作，亦要字字讀」的技巧，在符合情感的傳達有「天然」之美，熟知各種文體風格與鍛句煉意的形式又要拋開一切束縛，使「情性之外不知有文字」，要如何達到此一境界。元好問在自身用心經營詩文的過程中，也指出一條明確的道路提攜後輩學者，〈自題〉二首詩便說深知創作的艱辛：

共笑詩人太瘦生，誰從慘淡得經營？
千秋萬古回文錦，只許蘇娘讀得成。
千首新詩百首文，藜羹不糝日欣欣。
鏡中自照心語口，後世何須揚子雲。〔註207〕

大家總是嘲笑詩人生活辛苦在於為詩文消瘦，的確都是苦費心力的撰寫詩歌，但是能夠完成流芳百世的錦繡文章，而遇知音懂得詩中真情，便是值得

〔註207〕見（金）元好問著、狄寶心校注，《元好問詩編年校注（第四冊）》，頁 1713～1714。

的。因此爲了豐碩的創作，天天粗茶淡飯的也是開心喜悅，只要發自內心的
書寫，即使攬鏡自照也對得起自己眞情也足夠了。

### 1. 對江西詩風的評驚

　　元好問審美觀點深知慘澹經營，要進入一種揮灑自如、圓融無礙的創作
狀態，才能夠灑落出鋒穎。而在經營過程之中刻意追求「奇」，是否符合元好
問的創作觀點，這在〈論詩三十首〉其二十二對江西詩風的評驚，引發歷代
學者廣泛的討論。

　　元好問在〈論詩三十首〉其二十二說到：「奇外無奇更出奇，一波纔動萬
波隨。只知詩到蘇黃盡，滄海橫流卻是誰。」〔註208〕這句話從不同方向的理
解，都爲後代文人激烈辯解的焦點，尤其是清代紀昀、翁方綱、方東樹、宗
廷輔等人都有各自立場，或認定元好問指摘蘇軾、或爲蘇軾辯解，或認爲元
好問是企圖超越蘇軾。

　　較早認爲元好問指摘蘇軾的是紀昀，他在《四百三十二峰草堂詩抄序》
說到：

> 東坡才筆，橫據一代，未有異詞。而元遺山〈論詩絕句〉乃曰：「蘇
> 門果有忠臣在，肯放蘇詩百態新」又曰：「奇外無奇更出奇，一波才
> 動萬波隨，只言詩到蘇黃盡，滄海橫流卻是誰！」二公均屬詞宗，
> 而元之持論，若不欲人鑽仰于蘇黃者，其故殆不可曉。〔註209〕

紀昀認爲蘇軾的文筆才氣使後世不太有質疑之詞，而元好問又多次針對蘇軾
的風格及影響提出看法，所以紀昀認爲元好問不想讓人景仰或鑽研蘇黃文
筆，但這背後的原因，紀昀並未說明。

　　後來顧奎光、陶玉禾在《金詩選》的評語：「〈論詩三十首〉『奇外』首評：
西江一派，迄於宋亡，蘇、黃不作罪魁，特溯其發源耳。」〔註210〕也採保留
態度，是認爲江西詩派到了宋末已然不振，蘇黃二人還不至於是罪魁禍首，
僅能說是江西詩風的源頭；而宗廷輔《元遺山論詩三十首》：「〈奇外〉首，評：
自蘇、黃更出新意，一洗唐調，後遂隨風而靡，生硬放佚，靡惡不臻，變本

---

〔註208〕見（金）元好問著、狄寶心校注，《元好問詩編年校注（第一冊）》，頁64。
〔註209〕語出《紀文達公文集》卷九。見《清代詩文集彙編》編纂委員會編，《清代詩
　　　　文集彙編（354冊）》（上海：上海古籍出版社2010年12月第1版），頁325。
〔註210〕見（清）顧奎光選輯、（清）陶玉禾參評，《金詩選》（本銀町（江戶）：宮商
　　　　閣，1807年8月發行），卷三。

加厲，咎在作俑。先生慨之，故責之如此。」〔註211〕就直接點出元好問認為蘇軾、黃庭堅一改唐代詩風，使詩歌過於生硬，江西詩派更是追求形式過甚，始作俑者是因蘇黃二人。至於近代錢鍾書先生更肯定元好問是在批判蘇詩，但重點不僅在江西詩風的流弊，他提到：

> 遺山「詩到蘇黃盡」一絕後即曰：「曲學虛荒小說欺，俳諧怒罵豈宜時。今人合笑古人拙，除卻雅言都不知。」此絕亦必為東坡發。「俳諧怒罵」即東坡之「嘻笑怒罵皆成文章」，山谷《答洪駒父》第二書所謂：「東坡文章短處在好罵」，……《遺山文集·東坡詩雅引》曰：「雜體愈備，則去風雅愈遠。詩至於子瞻而且有不能近古之恨」云云，絕句中「坡詩百態新」之「新」字、「雅言都不知」之「雅」字，皆有著落。〔註212〕

錢鍾書是把元好問〈論詩絕句〉三十首中「奇外無奇更出奇」、「曲學虛荒小說欺」兩則合併來看，都是在批評蘇詩風格，就整體詩歌發展來看，蘇詩的諧趣怒罵，的確使詩歌風貌有所多元，然元好問認為雜體越多，離詩歌風雅精神越遠，所以錢鍾書站在元好問曾提及的「雅正」來說明「蘇詩百態新」、「滄海橫流」意指蘇詩的一些諧謔好罵是元好問無法認同的。

也有站在蘇軾角度來進行辯解的，紀昀曾把對元好問這一段文字放進嘉慶年間會試考題，企圖在考生答卷中尋求有建設性的思辨，在《趙渭川四百三十二峰草堂詩抄序》同一段記載：

> 余嘉慶壬戌，典會試三場，以此條發策，四千人莫余答也。惟揭曉前一夕，得朱子士彥卷，對曰：南宋末年，江湖一派，萬口同音，故元好問追尋源本，作是之論。又南北分疆，未免心存畛域，其《中州集》末題詩，一則曰：「北人不拾江西唾，未要曾郎借齒牙」；一則曰：「若從華實論詩品，未便吳儂得錦袍。」詞意曉然，未可執為定論也。喜其洞見癥結，急為補入榜中。〔註213〕

朱士彥（字修承，西元1771～1838年）〔註214〕的父親朱彬是乾隆六十年舉人，

---

〔註211〕見孔凡禮編，《元好問資料彙編》（北京：學苑出版社，2008年4月北京第1版），頁321。

〔註212〕見錢鍾書著，《談藝錄》，頁151～152。

〔註213〕語出《紀文達公文集》卷九。見《清代詩文集彙編》編纂委員會主編，《清代詩文集彙編（354冊）》，頁326。

〔註214〕《清史》記載「朱士彥，字修承，江蘇寶應人。」見（清）趙爾巽、柯劭忞

在訓詁、文字用力尤深，對諸儒經傳頗有涉獵，朱士彥受此薰陶，學識相當淵博，嘉慶七年便考上進士〔註215〕，當年紀昀所出有關元好問批評蘇軾的策論，認爲朱士彥的回答頗有見地，朱士彥是站在南北文學的差異來評斷，他引用了元好問編寫《中州集》所提的詩，特指金元時期北方文人不喜重蹈江西詩風一路，眞實的內容要比南宋詩人講求華美的形式要重要的多，朱士彥認爲元好問以當時南北詩風來評斷，頗爲狹隘。後來方東樹在《昭昧詹言》也爲蘇軾辯解：

> 蘇子瞻胸有洪爐，金銀鉛錫，皆歸鎔鑄。其筆之超曠，等於天馬行空脫羈，飛仙游戲，窮極變幻，而適如意中所欲出。韓文公後，又開闢一境界也。元遺山云：「只知詩到蘇、黃盡，滄海橫流卻是誰。」嫌有破壞唐體之意，然正不必以唐人詩之。〔註216〕

方東樹讚許蘇軾超然曠達的氣度，將詩歌作爲天馬行空的變化，但仍適時適地傳達自己情意，是承接韓愈之後開闢詩歌新境界。但方東樹認爲元好問是站在詩歌發展流變來看，不應從時間發展性來評判高下，因爲唐宋詩傳達方式的側重點本就不同。

至於對元好問接受蘇軾現象有大量評述的翁方綱，則提出不同的思索，在《石洲詩話·元遺山論詩三十首》：

> 〈奇外〉首，評：遺山寄慨身世，屢致滄海橫流之感，而於論蘇、黃發之。實皋《述書賦》論褚河南正是此意，不知者以爲不滿褚書也。又評讀至此首之論蘇詩，乃知遺山之力爭上游，非語言筆墨所能盡傳者矣。〔註217〕

翁方綱認爲元好問是因身世之感，才有滄海橫流之感；也是對整體金元詩壇的思索，才透過蘇、黃來感慨當時詩道散漫。翁方綱又認爲元好問頗有力挽狂瀾的姿態，才會說詩到蘇軾、黃庭堅似乎走到盡頭，眼前的詩壇局勢又有誰能阻止滄海橫流，自然是元好問對自己的期許。

---

等撰、洪北江主編，《清史稿（16）》卷三百七十四〈列傳第一百六十一·朱士彥〉（臺北：洪氏出版社，1981年8月初版），頁11552。

〔註215〕見（清）趙爾巽、柯劭忞等撰、洪北江主編，《清史稿（16）》卷三百七十四〈列傳第一百六十一·朱士彥〉，頁11552；《清史稿（18）》卷四百八十一〈列傳第二百六十八·儒林二·朱彬〉，頁13208。

〔註216〕見（清）方東樹撰，《昭昧詹言》（臺北：漢京文化事業有限公司，1985年9月初版），頁515。

〔註217〕見（清）翁方綱著，《石洲詩話（卷七）》，頁323。

　　無論是對元好問的認同或為蘇軾而辯解，多半是圍繞著江西詩風或金元詩壇現況來談。回到元好問接受蘇軾角度來看，「奇外無奇更出奇，一波纔動萬波隨。只知詩到蘇黃盡，滄海橫流卻是誰。」關鍵字在「奇」字，元好問的確認同詩文要有變化而奇，他在《詩文自警》中提到「文章有常有變，如兵家有正有奇。審音可以知治忽，察言可以定窮達，聲和則氣應，自然之理。」〔註218〕元好問認為文章存在變化、奇正，但重點在於細察言語可以知道情感是否暢達，詩文的聲氣相和便能自然呈現。

　　所以「奇外無奇更出奇」指外在形式的聲律與內在情感的氣質是要相呼應，所產生的新奇，便能合乎自然呈現的獨特，正如蘇軾所說「道子畫人物，如以燈取影，逆來順往，旁見側出，橫邪平直，各相乘除，得自然之數，不差毫末，出新意於法度之中，寄妙理於豪放之外」〔註219〕以吳道子畫人物，觀察燈影變化而一橫一豎表達得宜，筆勢不拘一格各有巧妙，但創新的意念還是來自一定的傳達情感方式，詩詞書文畫都是一樣，即使灑脫展現自我仍有細膩高深的道理蘊含其中。

　　元好問的「自然之理」、蘇軾「自然之數」都傳達出人對萬物之觀察與內在自我的共鳴下，透過不同形式展現而出，這才能自然流暢的傳達，正如同兩人一致認為創作是要有內在情感的目的性為重要的前提。

　　故元好問認為蘇詩能做到「奇外無奇更出奇」，而引起後人的效法或激盪出火花，才會說「一波纔動萬波隨」，因為這可能形成一正一反的結果，一種便是「隨人俯仰亦可憐」，所以「只知詩到蘇黃盡，滄海橫流卻是誰」便如翁方綱所說的元好問頗有想力振詩壇的氣魄。〔註220〕而另一種結果如元好問在〈寄謝常君卿〉一詩提到「百過新篇卷又披，得君重恨十年遲。文除嶺外初無例，詩學江西又一奇。」〔註221〕元好問讚許好友學蘇軾之文、江西詩風，而有個人奇特風格，所以元好問是贊同詩歌的創新，江西詩派也並非不可取，端看作者的創作才能來決定，是否隨波逐流或能更加出奇。

---

〔註218〕見姚奠中主編、李正民增訂，《元好問全集（增訂本）下》，頁1241。
〔註219〕見（宋）蘇軾撰、（明）茅維編、孔凡禮點校，《蘇軾文集（第五冊）》，頁2210～2211。
〔註220〕見方滿錦，《元好問〈論詩三十首〉研究》，（臺北：萬卷樓圖書股份有限公司，2002年9月初版），頁246～253。
〔註221〕見（金）元好問著、狄寶心校注，《元好問詩編年校注（第四冊）》，頁1790。

### 2. 詩文之奇的實踐

「奇」的產生是在合乎天下之至理、情事之通順，以淺顯生動或借比喻此等方式，引發深刻道理或鮮明形象，因此元好問即使在應制的碑誌銘詩與為數不豐的散文當中仍有令人為之一亮的表現。他的碑誌銘詩除了碑體序文對碑主的細膩觀察與真誠撰寫，在內容上或直筆史事、事理相參、描寫風土等彰顯碑主個人風采外，在最後表達哀悼的銘詩，元好問不全以四言、騷體等表達莊嚴肅穆，反而多用雜體詩突破尚實或尚簡銘詩風格，感情真摯筆法靈活，以〈郝先生墓銘〉、〈聶元吉墓志銘〉、〈蓬然子墓碣銘〉依次三首銘詩為例：

> 篤於其資，誠於其思。行可以士矩，政可以吏師。奉璋峨峨，其誰曰我私？昇鎰基而奪之，時操利器而莫施。窮巷抱書，在涅而不緇。曳履商謳，長與世辭。寧以一寒暑往來之暫，概細人而怨咨。良璞含光，平價不貲。棄擲泥塗，識者涕泗。孰物之尸？孰命之司？吾欲問之。有如先生者而止於斯，有如先生者而止於斯！〔註222〕

> 巖牆之死，匪曰正命。義存義亡，何適非正。天奪予眾，力獨奚競？多壽辱隨，瞑目為竟。善乎子程子之言曰：「今世之士，其無幸歟？展布其四體，未有以為容也，而得桎梏；萌意於方寸，未有毫末也，而觸機穽。」吾於吾元吉，誠愛其得所以死而死，然亦悲夫抱一概之操，泯泯默默，少不能俟天之定也。〔註223〕

> 積之之深，守之之堅。傳人之所不傳，兼人之所獨專。自拔泥塗，如蛻而仙。文以表之，慰彼下泉。顧雖愛我，豈以一言而敢私焉？〔註224〕

這三首銘詩仍注重押韻，然而沒有枯燥呆滯、沉悶平板感覺，第一首是元好問哀悼恩師（字晉卿，西元 1247 年～1313 年）〔註225〕，前十二句鮮明道出恩師耿耿自信、端莊嚴肅之貌，其為人踏實、真誠，都來自於天資秉賦與思慮修養，行為足以成為士人的表率、為官者的楷模，郝天挺的典範如同一塊

---

〔註222〕見（金）元好問著、狄寶心校注，《元好問文編年校注（中冊）》，頁 614。
〔註223〕見（金）元好問著、狄寶心校注，《元好問文編年校注（上冊）》，頁 298。
〔註224〕見（金）元好問著、狄寶心校注，《元好問文編年校注（中冊）》，頁 550。
〔註225〕見（元）脫脫等撰、楊家駱主編，《新校本金史並附編七種（4）》卷一百二十七〈列傳第六十五·隱逸·郝天挺〉，頁 2750。

良好的璞玉曖曖內含光，不能以尋常的價值看待。最後五句直率表露元好問的悲痛，想問問天地宇宙，誰掌管財物，誰掌管命運，有如同恩師命運窮困至此的嗎！有如同命運砍可至此的嗎！連四個問句修辭表達他對恩師遭遇的哀慟，也將撰寫者無奈情緒躍然紙上。

　　元好問的第二首銘詩是爲在蒙古圍城時，被崔立兵變受創而死的聶天驥（字元吉，西元？～1233 年）〔註226〕，一開頭用了正反對舉，是說聶元吉深陷圍城危險之地而死，不是順應天道而壽終正寢的「正命」，然元好問認爲聶元吉爲家國大義而死，便是一種「正命」，還引用晉程本的話，對於聶元吉在崔立叛亂時，執意堅守節操爲國犧牲，是爲他自己所愛的家國而死。元好問感受的悲傷是聶元吉懷抱著節操，恬然寂靜的等待死亡，依然無法避免天命的定奪。第三首則爲擅書法的蓬然子趙滋（字濟甫，西元1179～1237 年）〔註227〕寫的銘詩，元好問在前四句就讚賞蓬然子書法及其他詩文等等涵養，是後世所無法習得的獨特風采。

　　從這三首的鋪陳安排可知，元好問早已打破銘誄尚實的審美要求，仍在押韻的體式之下，或引用或對比或議論或抒情，撰寫者自然不矯揉造作的表達對死者莊嚴的仰慕以及激昂的不捨，或長或短的篇幅都將碑主人格特質或行事作風最直接生動地傳達，在合情合理下緣事而發，正是元好問在碑誌文中的「奇」。

　　此外，他在其他雜體文如論說、遊記、詩評、序引等等，雖然創作不多，但善用譬喻寓意、感諷說理皆有巧妙之處，也是一「奇」。例如〈麻杜張諸人詩評〉：

> 麻信之、杜仲梁、張仲經，正大中同隱內鄉山中，以作詩爲業。人謂東南之美，盡在是矣。予嘗竊評之：仲梁詩如偏將軍將突騎，利在速戰，屈于遲久，故不大勝則大敗。仲經守有餘而攻戰不足，故勝負略相當。信之如六國合從，利在同盟，而敝於不相統一，有連雞不俱棲之勢。雖人自爲戰，而號令無適從，故勝負未可知。光弼

────────────

〔註226〕《金史》記載「聶天驥字元吉，五臺人。至寧元年進士，調汝陰簿，歷睢州司候、封丘令。興定初，辟爲尚書省令史。」見（元）脫脫等撰、楊家駱主編，《新校本金史並附編七種（4）》卷一百十五〈列傳第五十三・聶天驥〉，頁2531。

〔註227〕《中州集》記載「趙滋字濟甫……丁酉歲歿於東平，時年五十九。」見（金）元好問編、（明）毛晉刊，《中州集（卷十）》，頁22。

代子儀軍，舊營壘也，舊旗幟也，光弼一號令而精彩皆變。第恐三
子者不爲光弼耳。〔註228〕

元好問巧妙以兵法戰爭來評論好友麻革、杜仁傑、張澄的構思才能高低。杜仁傑擅長異軍突起，優點在於能夠敏捷布局，然而只要陷入長久考量，對呈現的作品通常都有兩極化結果。而張澄中規中矩，合乎法度，卻有壓倒眾人的氣勢若顯不足。至於麻革善於利用篇章各種意象，但時有不協調的所在，使情感無法流暢。元好問以作戰的進攻退守、戰局的謀劃經營比喻三人作詩的優缺點。

而且元好問又以李光弼在代郭子儀統帥軍隊時，使用郭子儀舊有的營壘、旗幟，卻能因李光弼的號令一變，也有嶄新變化莫測的佈局，故「郭子儀舊有的營壘、旗幟」暗喻前人寫作的路數或意象，在不變之中如何找尋變化的創新，就在於發號施令的創作者，「李光弼號令而精彩皆變」便比喻後代有傑出智慧的人，元好問認爲此三人還不足以有此等才智。

這篇看似簡單的評比論述，不正也與元好問「奇外無奇更出奇」、「從橫正有凌雲筆，俯仰隨人亦可憐」、「需做過人文字」等文藝觀點相合，從表層的比喻三人的才學勝負，又到深層隱含元好問一貫的創作理念，足見與朋友共同勉勵的用心。

又另一篇感諷時事的精采〈射說〉：

晉侯觴客於柳溪，命其子婿馳射。婿，佳少年也，跨蹕柳行中，勝氣軒然舞於顏間。萬首聚觀，若果能命中而又搏取之者。已而，樂作，一射而矢墜；再而貫馬耳之左；馬負痛而軼，人與弓矢俱墜。左右奔救，雖支體不廢、而內若有損焉。晉侯不樂，謝客。客有自下座進者曰：「射，技也，而有道焉；不得於心而至焉者，無有也。何謂得之於心？馬也、弓矢也、身也、的也，四者相爲一。的雖蚤之微，將若車輪焉，求爲不中、不可得也。不得於心則不然，身一、馬一、弓矢一，而的又爲一。身不暇騎，騎不暇彀，彀不暇的，以是求中於奔駛之下，其不碎首折支也幸矣！何中之望哉？走非有得於射也，顧嘗學焉，敢請外廄之下駟，以卒賢主人之歡，何如？」晉侯不許，顧謂所私曰：「一馬百金，一放足百里；銜策在汝手，吾安所追汝矣！」竟罷酒。元子聞之曰：「天下事可見矣！爲之者無所

〔註228〕見（金）元好問著、狄寶心校注，《元好問文編年校注（上冊）》，頁197～198。

知，知之者無以爲。一以之敗，一以之廢。是可嘆也！」作〈射說〉。
〔註229〕

「說」本爲論說的文體，元好問卻在整篇文章中以敘述爲重，以晉侯子婿華而無才，所有人仰慕是他表面的風采，他第一箭沒射到靶，第二箭又傷到馬耳，使馬負痛奔走，子婿也因此摔馬受傷，使得晉侯相當不悅。而座下客擅長射箭者，論及了箭術如何精明，並願意表演一番給眾人看，好賓主盡歡，未料晉侯卻說，一匹馬值百金一奔跑起來可到千里遠，倘若將馬交給了你，你跑走我又如何追得上。從最後這晉侯回答可知，第一，原來子婿摔傷，晉後不悅的不只是面子的問題，更是寶貝自己失去一匹馬，全然不在乎子婿；第二，晉侯心胸狹隘、不輕信於人，不願輕易借馬；第三，晉侯是個惜物重於惜才之人。

元好問才會總結天下許多在位者是愚昧無知，只見眼前利益，自己無心於政事，卻又無法重用人才，擔心賢能的人把自己比下去；而眞正有一技之長、胸懷遠大志向的人，卻往往無法得遇知音獲得提拔。

全文不重視說理，道理隱含層層對話與人物行事當中，最後畫龍點睛，加深前面故事的評論深度，這也代表元好問關心時局、見微知著，自己如那位座下客，滿腔熱血卻徒勞無功，空有一身抱負卻也只能看著金朝逐步衰亡。而且當中座下客的一番話，「馬也、弓矢也、身也、的也，四者相爲一。的雖蟲之微，將若車輪焉，求爲不中、不可得也。不得於心則不然，身一、馬一、弓矢一，而的又爲一」代表無論爲官從政或爲民服務，由內心統御在官職責任、施政權力、身心修養與理想抱負，那麼所有細微的小事，都能一清二楚的規劃達成；倘若心神不寧，賴以推行的工具與內在運籌帷幄的心思無法搭配得宜，終究會無法達成遠大的目標。

元好問推崇「奇外無奇更出奇」，卻認爲「一波纔動萬波隨」對無創新的人人是容易形成「隨人俯仰亦可憐」，便造成「只知詩到蘇黃盡，滄海橫流卻是誰」，後世評論者只會知道蘇軾、黃庭堅，並不會知道學蘇黃的人有誰，所以必須自己在鑽研前輩創作路數與技巧後，自己要能灑脫，如同他在各類文體的不受拘束，卻也表達至情至性而生動貼切、隨寫揮灑中隱含妙理奇趣。元好問在晚年爲好友楊鵬所寫的〈陶然集詩序〉可代表他一生文藝觀點與境界追求的總結論點：

---

〔註229〕見（金）元好問著、狄寶心校注，《元好問文編年校注（下冊）》，頁1568。

予釋之曰：「詩之極致，可以動天地、感鬼神。故傳之師，本之經，眞積之力久而有不能復古者。自『匪我愆期，子無良媒』、『自伯之東，首如飛蓬』、『愛而不見，搔首踟躕』、『既見複關，載笑載言』之什觀之，皆以小夫賤婦滿心而發，肆口而成，見取於採詩之官；而聖人刪詩、亦不敢盡廢。後世雖傳之師，本之經、眞積力久而不能至焉者，何古今難易不相侔之如是邪！蓋秦以前，民俗醇厚，去先王之澤未遠。質勝則野，故肆口成文，不害爲合理。使今世小夫賤婦，滿心而發，肆口而成，適足以污簡牘，尚可辱採詩官之求取邪？故文字以來，詩爲難；魏、晉以來，復古爲難；唐以來，合規矩準繩尤難。夫因事以陳辭，辭不迫切而意獨至，初不爲難；世以不得不難爲難耳！古律歌行、篇章操引、吟詠謳謠、詞調怨嘆，詩之目既廣；而詩評、詩品、詩說、詩式，亦不可勝讀。」〔註230〕

過往《詩經》當中小夫賤婦滿心而發，肆口而成的詩歌，是眞摯動人到連采詩官或整理經書的聖賢都捨不得刪除修改的；然而傳至今日，何以無法有如此作品，便在於創作者是否願意累積品德與學識，過往民心醇厚，質勝則野，是可以自然合理的表達眞誠情性，可是如今一般平民百姓只爲自己私心私慾滿腹牢騷，意境便差距甚遠了。元好問也感嘆，對於後輩來說詩歌的確是越來越難做，畢竟前人的古律歌行、篇章操引、吟詠謳謠、詞調怨歎，各體都已蓬勃發展；再加上詩評詩品、詩說詩式等等歷代評斷，指出各家師法的優劣，更增添後生晚輩要在閱讀熟知之後另尋途徑的難度。

於是元好問在〈陶然集詩序〉後半部又各舉歷代重要大家來勉勵後輩：

今就子美而下論之，後世果以詩爲專門之學，求追配古人，欲不死生於詩，其可已乎？雖然，方外之學有『爲道日損』之說，又有『學至於無學』之說；詩家亦有之。子美夔州以後，樂天香山以後，東坡海南以後，皆不煩繩削而自合，非技進於道者能之乎？詩家所以異於方外者，渠輩談道，不在文字、不離文字；詩家聖處，不離文字、不在文字；唐賢所謂『情性之外，不知有文字』」云耳。以吾飛卿立之之卓、鑽之之堅、得之之難，異時霜降水落，自見涯涘。吾見其溯石樓、歷雪堂、問津斜川之上，萬慮洗然，深入空寂；蕩元

<hr>

〔註230〕見（金）元好問著、狄寶心校注，《元好問文編年校注（下冊）》，頁 1149～1150。

　　　　氣於筆端，寄妙理於言外。彼悠悠者，可復以昔之隱幾者見待邪？

　　　　《陶然後編》，請取此序証之，必有以予爲不妄許者。〔註231〕

元好問便以杜甫、白居易、蘇軾在詩歌史上開創性的地位，認爲「不煩繩削而自合」即是能在詩歌法度中，呈現自我的風格，才能達到詩學中最終境界；元好問認爲此觀點與禪學語言態度極爲接近，所以從方外者「不在文字，不離文字」、詩家「不離文字，不在文字」來作一結合說明。因爲禪學與詩學都注重了悟，禪學超越一切形式，當然包括語言文字，所以禪學有「不立文字」的傳教方式〔註232〕，語言文字僅是體悟道理的工具；但是詩歌的美感得靠文字的書寫，是「不離文字」的，作者得把握極致的語言呈現作品，讀者才能體會到在文字之外，作者欲表達的情感韻味，因此「不在文字」。詩歌美感的存在不能離開文字，卻又不能拘限於文字，便是與禪學有這層差別。

　　因此「不離文字，不在文字」便是從「情性之外，不知有文字」爲出發點，作者情感的表達並非「沒有文字」，而是讓人感到「不知有文字」，語言文字的美感存在，是自然流露情感爲優先考量。最後稱讚楊鵬所寫的詩集，是深入鑽研前人作品，而從艱難中理出自己的心得，能夠沉澱萬般思慮，寂靜中悟得作詩的造詣精湛，激盪文筆飽含自己的充沛精神，能在語言之外自有奇趣，這便是慘澹入經營而灑落出新穎，也正是元好問一生追尋的崇高境界。

　　總結而論，蘇軾與元好問原本的文藝觀念以創作情感爲重心論，從涵養自我情性的「誠」到創作須以自身情感與對社會理念爲負責的「意」，就會發現更多隱藏在隻字片語之中元好問與蘇軾的相異點，元好問「不隨人俯仰，做過人文字」自會產生與蘇軾不同的審美要求，如對於詩詞的歷史定位、唱和詩的態度、詩僧是否有伊篝氣等等都可見元好問另一番見解。

　　此章由「誠」、「意」、「自成一家」等三方面來看，眞誠態度、自內心的情感事理抒發、洞察世事的眞知灼見、累積功夫、文藝的獨創性都是他們兩人特有點，蘇軾的「其身安於禮之曲折，而其心不亂，以能深思禮樂之意」與元好問的「優柔於弦誦之域，而饜飫於禮文之地」都傳達一個理想的大同

〔註231〕見（金）元好問著、狄寶心校注，《元好問文編年校注（下冊）》，頁 1149～1150。

〔註232〕參考韋政通著，《中國思想史（下冊）》（臺北：水牛出版社，2003 年 9 月 30 日第 13 版），頁 905～907、詹杭倫，《中國審美文學命題研究》（香港：香港大學出版社，2011 年 1 月出版），頁 95～100。

世界。蘇軾從博觀約取通往道技兩進的境界，元好問雜見百家而學至無學，
都是一種累積的功夫，代表注重創作者的人品與文品是要同步和諧成長的，
這也是元好問熱愛蘇軾的原因，都是對創作內在思維的真誠面對，與對作品
以外的世界有著熱切的感同身受。

　　身爲後輩的元好問有自覺領悟要獨樹一幟，將「誠」的意念涵蓋著對作
者與讀者的要求，創作者要無愧於作品的情感，讀者要有學識涵養方能識得
作品的真誠。又爲有別於蘇軾「以詩爲詞」擴大詞境的方式，元好問則自編
《中州樂府》以史存詞、以詞存史，並且在詞作中標誌詞體，以供後人效法
撰寫；從兩點來看，元好問是將原本娛賓遣興的詞，視爲具歷史延續性與獨
特創造性的文體文學。

　　此外，元好問更在碑文的敘事議論、銘詩的灑脫真摯、雜體記文的譬喻
寓理等各類文體，結合屬於自身生命歷程與時代風氣，自然能從前輩大家的
影響中脫穎而出，元好問期許自己「學至於無學」、「情性之外不知有文字」，
必須創造獨特風格，在文史上有自我價值的實現。